백석 시의 '기억'과 구원의 시쓰기

이화연구총서 26

# 백석 시의 '기억'과 구원의 시쓰기

안상원 지음

**역락**

# 이화연구총서 발간사

이화여자대학교 총장 김 혜 숙

이화는 1886년 여성교육을 위한 첫 발걸음을 내딛었습니다. 소외되고 가난하고 교육의 기회를 갖지 못한 여성을 위한 겨자씨 한 알의 믿음이 자라나 이제 132년의 역사를 갖게 되었습니다. 배움을 향한 여성의 간절함에 응답하겠다는 이화의 노력을 통해 근현대 한국사회의 변화·발전이 이룩되었습니다.

이화여자대학교는 한국 근현대사의 중심에 서있었고, 이화가 길러낸 이화인들은 한국사회에서 최초와 최고의 여성인재로 한국사회, 나아가 세계를 선도하는 역할을 수행해 왔습니다. 오랜 역사 동안 이화는 전통과 명성에 안주하지 않고 항상 새로운 길을 개척하며 연구와 교육의 수월성 확보를 통해 세계적 경쟁력을 갖춘 대학으로 거듭나고자 매진해왔습니다.

이화여자대학교의 성취는 한 명의 개인이나 한 학교 차원에서 그치는 것이 아니라 사회적 책무를 다하려는 소명 의식 속에서 더 큰 빛을 발해왔다고 자부합니다. 섬김과 나눔, 희생과 봉사의 이화정신은 이화의 역사에서 일관되게 나타났습니다. 시대정신에 부응하려 노력하고, 스스로를 성찰하고, 민주적 절차를 통해 미래를 선택하려한 것은 이러한 이화정신의 연장선에 놓여 있는 것입니다.

섬김과 나눔의 이화 정신은 이화의 학문에도 반영되어 있습니다. 이화의 교육목표는 한 개인의 역량과 수월성을 강화하는 것에서 머무르지 않고, 사회적 약자와 소수자를 외면하지 않고 타인과의 소통과 공감능력을 갖춘 인재를 배출하는 것입니다. 이화는 급변하는 시대의 변화 속에서 뚜렷한 가치관과 방향성을 갖고 융합적 지식을 갖춘 인재를 양성하려고 노력해 왔습니다. 또한 학문의 지속성을 확보하기 위해 차세대 연구자에게 연구기반을 마련해줌으로써 학문공동체를 건설하려고 애써왔습니다. 한국문화의 자기정체성에 대한 투철한 문제의식 하에 이화는 끊임없는 학문적 성찰을 해왔다고 자부합니다.

한국문화의 우수성을 국내외에 알리고자 만들어진 한국문화연구원은 세계와 호흡하지만 자신이 서있는 토대를 굳건히 하려는 이화의 정신이 반영된 기관입니다.

한국문화연구원에서는 최초와 최고를 향한 도전과 혁신을 주도할 이화의 학문후속세대를 지원하기 위해 매년 이화연구총서를 간행해오고 있습니다. 이 총서는 최근 박사학위를 취득한 신진 학자들의 연구논문 가운데 우수논문을 선정하여 발간하는 것입니다. 이를 통해 신진 학자들의 연구를 널리 소개하고, 그 성과를 공유하여 이들이 학문세계를 이끌 주역으로 성장할 수 있도록 도움을 주고자 합니다. 신진 연구자들의 활발한 연구야말로 이화는 물론 한국의 학문적 토대이자 미래가 되기 때문입니다.

앞으로도 이화연구총서가 신진학자들의 도전에 든든한 발판이 되고, 학계에 탄탄한 주춧돌이 되기를 기원합니다. 이화연구총서의 발간을 위해 애써주신 연구진과 필진, 그리고 한국문화연구원의 원장을 비롯한 연구원들의 노고에 진심으로 감사드립니다.

## 머리말

　무엇을 해도 늦되었다. 1년 정도가 지나야 이전 해에 배운 내용을 이해했던 학창 시절을 떠올려 보면 한결같은 늦됨을 인내한 주변 분들이 얼마나 너그러웠는지를 깨닫게 된다. 학위논문을 쓰면서도 느렸던 필자를 안팎으로 인내해 주신 어머니와 지도교수님의 애정 덕분에 이 지난한 과정을 무사히 건넜다. 부끄러움과 면구함을 등에 지고 일 년 뒤에야 다시 글을 열었다. 나름대로 이 글을 쓸 수밖에 없던 이유를 뒤늦게 납득했기 때문이었다.

　그간 백석의 시를 '기억'과 연관 지어 밝힌 연구는 많았다. 이 글은 주체의 '기억' 행위가 시쓰기 의식과 매개되는 양상을 분석함으로써 그의 시의 '기억'이 개인적, 사회역사적으로 의미하는 바를 밝히는 데 목적을 두었다. 유년주체의 평화로운 세계를 조망하는 것을 넘어 일상의 경험세계를 기억하는 주체의 태도에 주목함으로써 기억의 범위를 개인적 차원에서 벗어나 집단, 그리고 역사적 차원에서 두루 살피고자 했다. 기억의 영향사를 좀 더 검토하지 못한 점은 앞으로 남은 숙제이다.

　글이 완성되기까지 아낌없이 애정을 베풀어 주신 분들이 참 많다. 첫 지도교수님이신 김현자 선생님을 만나 시 공부 시간이 '참 맛있다'고 느꼈고, 그 맛에 덜컥 대학원에 진학했다. 대책 없는 제자를 은퇴

후에도 걱정하셨던 선생님께는 부끄럽고 감사할 따름이다. 또한 후배이자 제자의 박사논문지도를 맡으신 정끝별 선생님께는 매번 나아지겠다는 약속 밖에는 드릴 것이 없다. 지도교수님 면담 후에 기운을 내서 논문을 쓴다는 것이 얼마나 큰 행운인가를 지금도 실감한다. 누구보다 든든한 '세상의 등뼈'가 되어 주신 선생님께 감사드린다.

학위 논문을 심사해 주신 선생님들께 감사드린다. 십여 년에 걸쳐 백석 시어를 정리해 책으로 보여 주신 고형진 선생님, 손수 두 편의 단행본을 챙겨 주시고 체계를 꼼꼼히 봐 주신 이경수 선생님은 연구 대상에 대한 애정이 무엇인지 직접 보여 주신 분들이다. 대학원 내내 촘촘하게 작품을 읽는 것이 얼마나 아름다운 것인지 가르쳐 주신 김미현 선생님, 잊고 있던 미약한 메시야에 대한 영감을 부여해 주신 연남경 선생님께 깊이 감사드린다.

이화는 따로 또 같이 공부할 수 있는 둥지였다. 김현숙 선생님, 강진옥 선생님, 정우숙 선생님께 감사드린다. 그리고 매번 고민할 때마다 응원해 주신 이사라, 이은정, 김진희, 한수영, 임수영, 김세령, 김희정 선생님께도 감사를 전한다. 창(窓)과 창을 맞대고 공부한 김지은, 김혜빈, 전지니, 허윤에게도 함께 잘 살아가 보자고 말하고 싶다. 먼 곳에서 응원을 건넨 심은지에게도 고마움을 전한다.

특별히 직장생활에 바쁘면서도 때마다 온갖 맛난 먹을거리를 챙겨와 격려해 준 한지윤에게 우정의 힘으로 잘 살아냈다고 전하고 싶다.

보살핌과 감정노동에 책임을 느끼면서도 논문 과정 내내 반동으로 살았다. 그 시절 내내 헌신해 주신 가족들에게 사랑과 고마움을 전한다. 부모님, 그리고 늦은 밤이면 한번씩 방문을 열고 따뜻한 차를 건네 준 동생에게도 격려를 전한다.

　언제나 그렇지만 그 언저리에서 늘 머물게 만드는 시를 쓴 백석 시인에게 가장 큰 사랑과 감사를 표한다. 그가 쓴 갈매나무가 무엇일지 매번 곱씹었다. 사랑받는 시인이었던 만큼, 백석을 연구한 선배 연구자 선생님들이 많았고, 그분들의 애정과 사랑에 감염돼 논문을 쓸 수 있었다. 백석에 대한 연구를 정리하시고 앞으로의 방향을 조망해 주신 수많은 선생님들께도 감사드린다.

　아울러 이 글을 이화연구총서로 선정하고 출판해 주신 이화여자대학교 한국문화연구원과 도서출판 역락에 감사드린다. 원고의 크고작은 실수를 잘 잡아 주신 박윤정 과장님께 감사를 전한다.

2018년 2월

저자 안 상 원

# 차 례

제1장

# 서 론

# 서 론

## 1. 왜 백석 시의 '기억'인가

1930년대 한국현대시단에서 제기된 문제들은 일제강점기뿐 아니라
지금의 한국문단에서도 도전적인 재독(再讀)의 대상이다. 국권침탈과
경제공황, 그리고 근대적 감수성과 소비문화는 전통성과 근대에 관한
질문1), 곧 우리에게 근대란, 그리고 전통이란 무엇인가를 묻는 질문으
로 다가온다. 따라서 이 시기 문단을 다룬 양면적인 평가, 곧 사회적
주체의 불연속적 정체성2)이나 시문학의 역할과 지향점에 대한 성실
한 탐색3)을 음미할 필요가 있다. 위의 질문은 문학이 묻는 '지금, 이

---

1) 김용직 외, 『한국현대시사의 쟁점』, 시와시학사, 1991, 325쪽.
2) 김윤식, 『한국근대문예비평사연구』, 일지사, 1976, 203쪽 ; 김우창, 「모더니즘과 근대
   세계」, 유종호 편, 『현대한국문학100년』, 민음사, 1999, 608쪽.
3) 김종철, 「30년대 시인들」, 『시와 역사적 상상력』, 문학과지성사, 1978, 9쪽 ; 김용직, 「서

곳'의 삶을 다시 점검하게 하기 때문이다. 1930년대에 문인들이 던졌던 질문은 경제위기 이후 국내외적 정세의 변화와 후기산업사회의 불안정성, '포스트', 혹은 '탈' 담론이 등장하는 후기산업사회에서도 중요한 참조점이 된다. 노동, 정치성, 환상성과 전복성, 주체와 타자, 그리고 매체 간의 상호텍스트성, 변화하는 국제정세 앞에서 한국문단은 문학의 정의 자체가 넓어지는 질문을 만난다. 결국 이 모든 질문은 앞서 지적한 대로 2000년대 한국시단에 '지금, 여기'에서 문학이란, 그리고 시쓰기란 무엇인가를 다시금 묻는 물음으로 변주된다.4)

이 시점에서 30년대에 등단, 문학 활동을 한 시인 백석5)의 작품을

---

정, 실험, 제 목소리 담기」, 김윤식·김우종 외, 『한국현대문학사』, 현대문학, 2002, 146쪽 ; 최동호, 『현대시의 정신사』, 열음사, 1985, 25쪽.

4) 2006년 이후 계간지에서 시작된 '서정'과 '신서정'에 관한 연구에서 이를 찾아볼 수 있다. 김수이, 『서정은 진화한다』, 창작과비평, 2006 ; 김유중, 「서정의 회복을 위한 전제 조건」, 『문학사상』 제35권 제1호, 문학사상사, 2006, 21-31쪽 ; 박현수, 「서정시 이론의 새로운 고찰 : 서정성의 층위를 중심으로」, 『우리말글』 제40집, 우리말글학회, 2007, 259-297쪽 ; 이경수, 「'서정'에 대한 새로운 질문들 : 해방 이후-1980년대의 시에 나타난 '서정'의 흐름과 편차를 중심으로」, 『서정시학』 제17권 제1호 통권 제33호, 2007, 28-42쪽 ; 정휘립, 「서정의 순정성과 사회적 감성의 조응」, 『문예운동』 97호, 문예운동사, 2008, 321-344쪽.

5) 30년 『조선일보』 신춘문예에 소설 「그 모(母)와 아들」을 발표하고, 1935년 같은 신문사에 시 「定州城」을 발표하며 문단에 등단했다. 시집으로 『사슴』(1936)이 있으며, 이후 출간된 시를 모은 시집으로는 이동순 편, 『백석시전집』(창작사,1987), 『모닥불 : 백석시전집』(솔, 1998), 김학동 편, 『백석전집』(새문사, 1990), 송준 편, 『백석시전집』(학영사, 1995), 『백석 시 전집』(흰당나귀, 2012), 고형진 편, 『백석』(새미, 1996), 『(정본) 백석 시집』(문학동네, 2007), 정효구 편저, 『백석』(문학세계사, 1996) 김재용 편, 『백석전집』(실천문학사, 1998, 개정증보3판, 실천문학사, 2011), 이숭원 주해, 이지나 편, 『(원본) 백석 시집』(깊은샘, 2006), 『백석을 만나다』(태학사, 2008), 이동순, 김문주, 최동호 편, 『백석문학전집 1 시』(서정시학, 2012), 현대시비평연구회, 『다시 읽는 백석 시』(소명, 2014) 등이 있다. 이 글에서는 고형진 편, 『(정본) 백석 시집』(문학동네, 2007)을 주 텍스트로 하고, 시어 해석의 경우 현대시비평연구회의 『다시 읽는 백석 시』(소명, 2014)와 고형진, 『백석 시의 물명고』(고려대학교 출판부, 2015)를 참고하였다.

재해석할 필요가 있다. '기억'을 시쓰기의 차원으로 확장하는 그의 시선은 개인뿐 아니라 사회역사적 '기억'이 문화자본으로 활용[6]되는 현재의 한국사회에 중요한 참조점이 된다. 개인적인 노스텔지어의 회복이나 현실압력의 내면화가 오히려 보수적인 과거회귀를 지향하는 시점에, 백석은 그것을 비껴나는 시쓰기의 감각을 제시하기 때문이다.

백석 시를 다룬 선행연구[7] 중 '기억'과 관련된 최초의 연구는 오장환, 박용철, 김기림 등의 초기 단평 중심의 연구에서 찾아볼 수 있다. 백석에 대한 오장환의 평가는 사뭇 박하다. '사투리와 옛이야기, 연중행사의 묵은 기억 등을, 그것도 질서도 없이 그저 곳간에 볏섬 쌓듯이 구겨 넣은데 지나지 않은 것'이라 혹평을 가하기 때문이다. 반면 '향토(鄉土)의 생활(生活)이 제 스사로의 강렬(强烈)에 의(依)히야 필연(必然)의 표현(表現)의 의상(衣裳)을 입었다는 데 있다'는 박용철의 평가나, '애상적(哀想的)이게 만들 수 있는 세계를 주무르면서도' '철석(鐵石)의 냉담에 필적하는 불발한 정신을 가지고 대상과 마주 선다'는 김기림의 평가는 그보다는 호의적이다.[8]

이토록 상이한 지적에서 추출할 수 있는 것은 무엇일까. 바로 백석

---

6) 권은선, 「신자유주의 문화상품 - 1990년대를 재현하는 향수/복고 영화와 드라마」, 『영상예술연구』 25권, 영상예술학회, 2014, 35 - 55쪽.
7) 백석 연구사에 대한 전체적 개관은 고형진, 『백석 시를 읽는다는 것』(문학동네, 2013)을 참고하였고, 연구의 현황과 전망을 살핀 논문은 이숭원의 「백석 시 연구의 현황과 전망」(『한국시학연구』 제34호, 한국시학회, 2012, 99 - 132쪽)과 김문주, 「백석 문학 연구의 현황과 문학사적 균열의 지점」(『비평문학』 54호, 한국비평문학회, 2013, 81 - 109쪽), 이경수, 「백석 시 전집 출간 및 어석 연구의 현황과 과제」(『한국근대문학연구』 27, 한국근대문학회, 2013, 67 - 97쪽)을 참고하였다.
8) 김기림, 「<사슴>을 안고」, ≪조선일보≫, 1936.1.29 ; 박용철, 「백석시집 <사슴> 평」, 『박용철전집』 2, 동광당서점, 1940, 122쪽. ; 오장환, 「백석론」, 『풍림』 통권 5호, 1937.4, 19쪽.

시의 '기억'이 갖는 특질이다. 시적 주체의 기억작업은 생활감각과 밀착되어 있으며, 주체는 감정을 절제한 채 기억의 풍경을 응시한다. 그리고 기억대상은 특정한 질서 없이 무작위로 주체 앞에 나타난다. 근대적 감수성이 드러나는 실험적 표현, 그리고 향토적이고 전통적인 내용이라는 이질적인 두 요소가 백석 시에서 상호작용하고 있으며, 그 상호작용에 기여하는 것은 오장환의 지적대로 '기억'이라 할 수 있다. 따라서 백석 시의 '기억'은 시의 내용과 형식 사이에 놓인 중요한 창작원리가 되는 것이다.

다채로운 개인의 기억들의 합 속에서 독자는 이전까지 볼 수 없었던 이면을 바라볼 수 있게 된다. 쓸쓸한 '정주성'의 풍경(「정주성」)이나 '가즈랑집 할머니'의 모습은, 내지인 주재소장 집에서 다른 곳으로 흘러가는 '애보개 계집아이'(「팔원 - 서행시초3」), 그리고 말없이 사랑하다 굴껍지처럼 죽는다는 '천희(千姬)'(「통영」)의 모습으로 현재화되고, 이들 개별자들의 역사는 몰락하는 식민지의 알레고리로 기능하며 개인의 기억이 역사의 단면으로 확장될 가능성을 제시한다. 그런 점에서 개별성과 보편성을 끌어안는 백석의 시세계는 문학 내적인 형식에만 집중해 정치적 이념을 도외시한 것으로 평가받곤 하는 30년대 시단에서 '경험'을 살려냈다는 평가를 받는 것이다.[9]

이후 기억 관련 연구는 풍속사 연구에서 찾아볼 수 있다. 풍속은 한 집단의 생활습관과 사고의 특질을 이루는 요소이자 집단의 기억이라고 할 수 있기 때문에 풍속사 연구는 한국인의 익숙한 삶의 풍경을 구체적으로 기억해내는 기법에 집중한다. 해당 분야에서 백석 시의

---

9) 김종철, 앞의 글, 20쪽.

연구내용 역시 회상체의 과거적 상상력과, 친밀한 장소에서 겪는 생생한 체험이 장소사랑(topophilia)으로 이어진다는 지적이 중심을 이룬다. 기억 속의 공간 혹은 장소는 그곳에 내재된 기억의 힘으로 의미를 얻는다. 기억 혹은 회상의 구성요소로서 장소는 주체 내부에 감정적인 각인을 할 수 있으며, 지상에 위치하는 장소는 구체적인 회상을 통해 개인과 시대와 문화에 기억을 지속하는 역할을 한다.10) 자기 충족적 세계를 시간 역전을 통해 재현하는 시적 주체의 뒤에는 폭력과 부조리가 난무하는 일제강점기라는 현실이 놓여 있다. 민속에 대한 집착 혹은 수집욕은 어린아이의 기억을 넘어 어른이 된 시적 화자의 '마음'과 연결되며 어눌한 말씨 속에서 진정성을 획득한다.11) 이는 풍속, 그리고 풍물이 고독감과 외로움, 그리고 막막한 죽음의 순간에 전생애를 회고하며 만나는 운명의 '받아들임'이라는 생활철학으로 이어진다는 논의와도 만난다. 유종호는 「남신의주유동박시봉방」을 "한국인의 생활철학과 인생관을 집약시킨 사상시"12)로 설명하며, 김현과 김윤식은 "민속 자체를 대상으로 삼고 있으며, 방언을 통해 한국인의 상상력의 원초적인 장을 드러냈"13)다는 적극적인 의미부여를 한다. 신

---

10) 알라이다 아스만(Assmann, Aleida), 『기억의 공간』, 변학수 외 2인 옮김, 경북대학교출판부, 2003, 391쪽.
11) 이숭원, 「풍속의 시화, 눌변의 미학」, 고형진 편, 『백석』, 새미, 1996, 109 - 135쪽.
12) 유종호, 「한국의 페시미즘」, 『현대문학』, 195호, 현대문학사, 1961.9, 191쪽.
13) 김윤식, 김현, 『한국문학사』, 민음사, 1973, 219쪽 ; 최두석, 「1930년대 시의 표현에 관한 고찰」, 서울대학교 석사학위논문, 1982 ; 최두석, 「백석의 시세계와 창작방법」, 『우리시대의 문학』 6집, 문학과지성사, 1987, 257 - 274쪽 ; 김재홍, 「민족적 삶의 원형성과 운명애의 진실미」, 『한국문학』 192호, 1989.10, 364 - 391쪽 ; 김열규, 「신화와 소년이 만나서 일군 민속시의 세계」, 『1930년대 민족문학의 인식』, 한길사, 1990, 182 - 193쪽.

범순은 시 정신에 있어서 전통성과 근대성을 연결시켜 해석하면서 한국인의 존재방식의 두 양상으로 김소월과 백석을 제시한다. 해당 연구는 풍속이 개인의 기억에서 집단기억으로 확장되는 것, 그리고 집단기억이 개인의 세계관과 창작의 원리로 작용한다는 점을 시사한다. 등단 이후 일관적으로 유년기의 기억을 창작의 대상으로 삼는 점을 생각해 볼 때, 기억이 개인의 삶을 묶어 주는 받침대이자 타자와 연대하는 원동력이 된다고 지적한 신범순의 지적을 음미할 필요가 있다.[14]

다음으로 '기억'을 다루는 주체의 언술양식에 대한 연구가 있다. 주로 동일한 사물과 사실을 거듭해서 열거하는 방식을 중점적으로 다루는데,[15] 조동일의 경우 백석 시의 시어와 민요의 유사성에 주목한다.[16] 이후 단독 주제 논문을 발표한 김명인은 백석의 시 세계를 동일한 주제로 변주되는 반복과 회귀의 과정으로 파악하며 사투리에 집착하는 것을 의도적인 근대의 반성으로 보았다.[17] 같은 맥락에서 이숭원은 풍속과 인정과 말이 어우러진 평화로운 삶에 대한 복원에 집중하면서 백석 시의 특수성을 '풍속의 시화, 눌변의 미학'으로 압축하였다.[18]

고형진은 최초로 백석을 단독으로 연구한 학위논문에서 그간 알려

---

14) 신범순, 「현대시에서 전통적 정신의 존재방식과 그 의미 - 김소월과 백석을 중심으로」, 『국어교육』 96, 한국국어교육연구회, 1998, 423 - 454쪽.
15) 김명인, 「백석 시고」, 『우보 전병두 박사 회갑기념논문집』, 1983 ; 고형진 편, 『백석』. 새미, 1996, 77 - 108쪽 ; 김명인, 『한국근대시의 구조연구』, 한샘출판사, 1985 ; 김헌선, 「한국시가의 엮음과 백석 시의 변용」, 제3세대비평문학회 편, 『한국현대시인연구』, 신아, 1988, 225 - 248쪽 ; 이경수, 「현대시의 반복 기법과 언술구조」, 고려대학교 박사논문, 2003 ; 『한국 현대시와 반복의 미학』, 월인, 2005.
16) 조동일, 『한국시가의 전통과 율격』, 한길사, 1982.
17) 김명인, 앞의 글.
18) 이숭원, 앞의 글.

지지 않았던 백석 전기와 방언, 작품 연보를 정리하는 동시에 판소리의 기법과 연결, 분석하며 고향 회귀를 민족적 상실감과 연결하였다[19]. 그는 김명인과 이숭원 등이 주장한 반복과 나열, 부연적 수식의 언술형태의 기원이 민요, 엮음아라리, 무가, 사설시조, 사설난봉가, 휘모리잡가 등 전통시가의 '엮음' 형태에 있다고 보았다. 백석의 시에서 이야기체 및 서사성은 사건이 일어나는 세계를 환기하는 데 초점을 두고 있는데, 이는 동일한 통사구의 삽입 및 중첩을 통해 삶의 내력을 적절히 표상하는 '서사적 리듬'으로 명명되곤 한다. 구전 요소를 생동감 있고 발랄하게 재현하는 백석의 시에서 판소리나 사설시조 등이 반복 - 회귀구조의 어법에 적절하게 활용되었다는 논의가 중심을 이룬다.[20] 실제로 구술문학에서 이야기의 전달은 특정 수식어와 삽입구를 반복하고 펼침으로써 전달자의 기억능력을 보충한다.[21] 연희를 중심으로 이루어지는 판소리의 서술구조는 백석 시에 등장하는 화자의 서술방식, 곧 특정 인물이나 사물을 수식하는 수식어구를 통해 해당 대상을 생생하게 기억하고 재현하는 방식을 뒷받침할 수 있다.

이경수 또한 반복기법이 백석 시의 창작원리라는 데 착안, 반복기법을 '부연적 반복과 의미의 구체화', '병렬적 반복과 동시적 의미'라는 두 축으로 제시한다[22]. 부연적 반복의 경우 명사나 명사구 앞에

---

19) 고형진, 「백석 시 연구」, 고려대학교 석사논문, 1983 ; 「1920 - 30년대 시의 서사지향성과 시적 구조」, 『한국현대시의 서사지향성, 연구』, 시와시학사, 1995, 103 - 104쪽.
20) 고형진, 위의 글.
21) Ruth Finnegan. *Oral Poetry : its nature, significance, and social context*, Cambridge ; New York : Cambridge University Press, 1979 ; 월터 J. 옹(Walter J. Ong), 『구술문화와 문자문화 : 언어를 다루는 기술』, 이기우, 임명진 옮김, 문예출판사, 1995.
22) 이경수, 「현대시의 반복 기법과 언술구조」, 고려대학교 박사학위 논문, 2003 ; 『한국

'-하고', '-한다는', '-하는' 등의 수식어를 길게 배치함으로써 명사구를 초점화하거나, 기본 문장에 다른 문장을 덧붙이는 '되새김질'[23] 형태로 확장하는 방식을 말한다. 이경수는 수식어구가 초점화된 명사나 명사구를 명료하게 하며, 되새김질은 기본 문장 속 정서를 확장한다고 지적한다. 병렬적 반복의 경우, 동일 구문이 반복되거나 반복되는 부분을 포함한 동일한 구조의 문장이 반복되는 것을 예로 들 수 있다. 그는 병렬적 배치를 통해 이질적인 것들이 공존 가능하며 연대성이 이루어지는 백석 시의 세계를 추출한다. 그의 분석은 기억작업의 연쇄성, 그리고 회상하는 주체와 기억내용의 동시성을 해석할 방안을 마련한다는 점에서 의미가 있다.

따라서 '기억'과 언술양식의 연관성은 다음과 같이 추출할 수 있다. 첫째로 민요나 시가 판소리 등이 전통적 문학 갈래라는 데 착안, 집단기억으로서의 역사성을 환기한다는 점이다. 둘째로는 언술양식이 구술성에 기반한다는 점이다. 민요나 시가, 판소리의 기원은 본래 구술문학이었고, 대구, 병치, 반복, 회기 등은 인쇄매체가 발달하기 전 기억을 구어(口語)로 전달하는 기술이었다. 따라서 언술양식 또한 기억을 보존하고 전달 가능한 형태로 변환하는 형태로 이루어졌음을 알 수 있다. 해당 연구와 더불어 지역의 언어를 날것으로 드러냄으로써 근대화에 따른 민족적 상실감과 근대에 대한 반성을 도출한다는 전봉관의 연구는,[24] 기억의 영역에서 소실되는 언어와 삶의 풍경을 살려내

---

현대시와 반복의 미학』, 월인, 2005.

23) 백석 시의 창작원리를 '되새김질'로 설명한 연구는 최두석, 「백석 시의 시세계와 창작방법」, 정효구 편, 『백석』, 문학세계사, 1996, 305쪽 참고.

24) 전봉관은 백석 시의 방언을 독자적 표기를 사용하여 시의 미학에 기여하였다는 점,

려는 의지로 읽을 수 있다.

풍속성, 장소성, 그리고 언술양식 연구에서 백석 시의 '기억'은 단순히 전통적 요소의 회복에만 머무르지 않는다는 것을 알 수 있다. 백석, 이용악, 유치환, 서정주의 시를 시간 논리를 통해 자아와 세계의 대응양상으로 살펴본 심재휘는 백석의 과거지향적 시간의식이 기억의 현재화를 통해 드러난다고 보았다.25) 공동체적 세계 회복에 대한 낭만적 의지를 지적한 그의 논의는 이후 최정례의 논의에서 기억의 언어화를 통해 백석이 '다른' 세계를 선보인 것으로 이어진다. 최정례는 백석을 서구 편향적 기법의 모더니즘에서 탈피하여 한국적 근대성을 추구한 시인이라 지적하는데,26) 토속성을 재검토하는 그의 시선은 백석 시의 탈식민성과 타자성 연구와도 맞닿는다.27) 시적 주체는 외부

그리고 토속적 세계를 방언으로 드러내어 민족보다 더 큰 단위로 균질성을 확보할 수 있다고 주장한다. - 전봉관, 「백석 시의 방언과 그 미학적 의미」, 『한국학보』 98집, 일지사, 2000, 127 - 159쪽.
박순원은 백석이 자연어를 그대로 노출시켜 직접성의 세계로 독자를 이끄는 데 집중한다. 풍속과 인정과 말이 어우러진 세계를 지향한다는 점에 집중하고 시어를 추출한 결과, 시적 화자의 태도는 '생각하다', '쓸쓸하다', '흰 빛' 등의 태도와 대응양상으로 정리할 수 있게 되었다. 구체적인 자료는 통계를 중심으로 정리되어 있어 생략한다. - 박순원, 「백석 시의 시어 연구 - 시어 목록의 고빈도 어휘를 중심으로」, 고려대학교 박사학위논문, 2007.
25) 이 책에서 주목할 점은 세계상실을 맛본 자아가 '적극적인 시간질서의 재창조'(오세영의 용어를 차용한 것)로 기억을 활용하고 있음을 지적한 부분이다. 또한 역방향의 시간질서의 낭만성이 '미래에 대한 낙관'을 제시한다는 점을 지적한 부분 역시 주목을 요한다. 다만 미래에 대한 낙관이 백석의 시에서 어떻게 드러나는지 구체적으로 다루어지지 않았다는 점에서 아쉬움을 남긴다. - 심재휘, 『한국 현대시와 시간』, 월인, 1998.
26) 최정례, 「백석 시의 근대성 연구」, 고려대학교 박사학위논문, 2005 ; 『백석 시어의 힘』, 서정시학, 2008.
27) 조혜진, 「1930년대 모더니즘 시의 타자성 연구」, 성신여자대학교 박사학위논문, 2007 ; 임형택, 『흔들리는 언어들 : 언어의 근대와 국민국가』, 성균관대학교 대동문화연구원 편, 성균관대학교 출판부, 2008 ; 이길주, 「한국 현대시 속의 북방, 슬라브, 시베리아 공간 및 역사인식 : 백석의 낙원회복의 꿈과 고대사 공간인식을 중심으로」, 『한국시

세계의 시간흐름을 연대기적으로 기억하는 대신, 기억의 양과 질을 재배치하고 논리정연한 언어 대신 토속어를 고집함으로써 외부에서 삭제한 고향을 기억을 통해 복원해낸다. 이는 제국주의 담론이 중심과 주변, 근대와 반근대, 문명과 비문명의 이분법을 강조한 것에 반하여 소외된 피식민지인의 삶의 서사를 발견하는 동시에 근대어와 일본어의 제국 언어가 아닌 방언과 같이 말소될 위기에 처한 피식민지인의 목소리를 복원하는 데 집중하였기 때문이다. 이러한 어형 연구는 역사적 망각에 대응하는 시 쓰기의 태도를 드러내는 단서라 할 수 있다. "유년으로 침잠하여 '기억의 현상학'에 매진하였고, 섬세하게 나열되는 방언과 사물의 재현을 통해 낯설기 그지없는 미학적 전위를 보여 주었다"28)고 평가한 유성호의 논의는 모더니티와 토속성이 '기억'을 통해 시화되고 있음을 선명하게 드러낸다. 두 연구자의 논의에서 백석 시의 '기억'이 '다른' 근대의 가능성을 드러낸다는 점, 기억의 역사적 차원을 살펴볼 수 있다는 점을 추출할 수 있다.

이 외에도 '기억' 연구는 유종호, 김용희, 한수영, 류지연의 논문을 들 수 있다. 유종호는 샥텔의 이론을 들어, 훼손되기 쉬운 유아기 기억이 백석의 시에서 구체적으로 등장하는데 그 결과 쾌락원칙에 지배되기 쉬운 유아기가 회복되고 있다고 보았다29). 김용희는 개인만의 기억이 아닌 집단의 기억으로 확장되는 기억술의 양상을 구술성에 집

베리아연구』, 15권 2호, 배재대학교 한국 - 시베리아센터, 2011, 100 - 157쪽.
28) 유성호, 「백석 시의 세 가지 영향」, 『한국근대문학연구』 제17호, 한국근대문학회, 2008, 26쪽.
29) 유종호, 「시원 회귀와 회상의 시학 - 백석의 시세계1」, 『다시 읽는 한국시인』, 문학동네, 2002, 237 - 266쪽.

중하여 살펴 본다. 특히 구술성의 선택 배경에는 '형식의 정치학'이 놓여 있음을 지적하면서 동일화의 기억을 거부하는 의도적 환기를 조명하였다.[30] 환기의 의도성을 언급한 그의 논의는 감추어져 있던 기억을 찾아내려는 주체의 의지를 드러낸다는 점에서 의의가 있다. 이 외에도 기억된 과거의 풍경에 몰입하는 원인을 현재 탐구를 위한 과거로의 투사,[31] 현실 극복에의 낭만적 의지[32] 등으로 해석하는 연구를 찾을 수 있다.

최근 연구는 백석 시에서 '기억'을 환기하는 '감정'을 다룬다. 주체가 '기억'하는 대상은 상실되거나 사회역사적으로 망각된 대상들이다. 김윤식의 지적대로 백석 시에 드러나는 '허무'라는 정서는 상실을 전제[33]했다는 점에서 '기억'이라는 관점을 뒷받침한다. 20년대 이후로 문단을 주조한 정서인 '슬픔'이 나라 잃은 식민지조선 공동체를 '만들어내는' 감정이 되었다는 점[34]에 주목할 필요가 있다. 슬픔과 우울감이 역사의 지속성을 추구하는 대신, 애정과 슬픔, 서러움과 정다움 등의 양가적인 감정이 역설적으로 상실한 대상이 순간적으로 '살아나게' 하는 힘으로 활용되기 때문이다.[35] 이기성은 망각 혹은 상실을 경험

---

30) 김용희, 「백석 시에 나타난 구술과 기억술의 이데올로기」, 『한국문학논총』 38, 한국문학회, 2004, 143‐164쪽 ; 『한국 현대 시어의 탄생』, 소명, 2009, 13‐33쪽.
31) 한수영, 「백석 시 연구」, 이화여자대학교 석사학위논문, 1990.
32) 류지연, 「백석 시의 시간과 공간의식 연구」, 명지대학교 박사학위논문, 2002.
33) 김윤식, 「백석론‐허무의 늪 건너기」, 『한국 현대 시론 비판』, 일지사, 1993, 197‐202쪽.
34) 박숙자, 「근대적 감수성의 탄생 : '조선적 감정'이라는 역설」, 『현대문학이론연구』 29권, 현대문학이론학회, 2006, 49‐63쪽.
35) 김영범, 「백석 시에 나타난 '슬픔'의 의미」, 『한국문학이론과 비평』 제40집, 한국문학이론과비평학회, 2008, 251‐278쪽 ; 김정수, 「백석 시에 나타난 슬픔의 의미와 성격」, 『어문연구』 142호, 한국어문교육연구회, 2009, 319‐339쪽 ; 소래섭, 「백석 시에 나타난 감정과 언어의 관련 양상」, 『한국시학연구』 제31호, 한국시학회, 2011, 35‐60쪽.

한 멜랑콜리적 주체의 시쓰기 의식을 지적한다.36) 그에 따르면 주체는 간극과 분열을 체험하면서 타자를 발견한다. 또한 주체는 상실된 세계와 '없음'에서 '부끄러움'과 '고독'을 거치며 흰 바람벽에 쓰인 글자를 읽음으로써 의미를 찾아내는 시쓰기를 이루며, 더 나아가 '재 위에 지우는 글쓰기'를 통해 근대적 사유를 비껴내는 미성숙의 글쓰기를 실현한다. 소래섭 역시 백석 시의 주체가 토속어와 기억에 집착해 일상의 편린 혹은 파편을 수집하는 것을 '멜랑콜리적 주체'37)의 특징으로 설명한다. 주체는 상실을 경험한 후 리비도를 주체의 내면으로 돌림으로써 자신을 성찰한다. 스스로를 관찰함으로써 발생하는 '보는 주체'와 '보이는 주체' 사이의 간극에서, 주체는 자신과 타자를 발견하게 된다.38) 망각의 영역에서 재호출하는 '기억'의 작동원리는 '슬픔'이라는 감정이며, 이 감정은 개인의 것만이 아니라 사회역사적인 것으로 확장된다. 이들의 논의에서 '기억'은 이성과 합리성, 질서와 발전이라는 근대적 논리와 거리가 먼, 옛것과 망각된 것을 호출하는 시쓰기의 원동력이 된다.

이상의 연구사에서 백석의 '기억' 대상과 방식, 그리고 기억하는 시적 주체의 감정과 시쓰기 의식은 부분적으로 드러난다. 이 글의 문제

---

36) 이기성, 「초연한 수동성과 '운명'의 시쓰기 - 1930년대 후반 백석 시의 자화상」, 『한국근대문학연구』 제17호, 한국근대문학회, 2008.4, 33 - 64쪽.
37) 소래섭이 참고한 멜랑콜리적 주체에 대한 설명은 아래를 참고
김홍중, 「멜랑콜리와 모더니티 - 문화적 모더니티의 세계감 분석」, 『한국사회학』 40집 3호, 한국사회학회, 2006, 1 - 31쪽; 「멜랑콜리와 모더니티」, 『마음의 사회학』, 문학동네, 2009, 213 - 251쪽 ; 김홍중, 「근대적 주체의 성찰성의 풍경과 성찰적 주체의 알레고리」, 『한국사회학』제41집, 한국사회학회, 2007, 186 - 214쪽 ; 「근대적 성찰성의 풍경과 성찰적 주체의 알레고리」, 『마음의 사회학』, 문학동네, 2009, 253 - 287쪽.
38) 소래섭, 앞의 글.

의식은 여기에서 시작한다.

백석 시의 시적 주체는 일제강점기라는 거대한 흐름 앞에서 현실을 부정하지 않는다. 대신 그는 사라져 가는 풍속을 호명하고 유년기 기억을 호출하며 조선과 만주에서 경험한 것들을 의미화한다. '기억' 너머의 현실에는 가난과 불안정이 놓여 있지만 '기억'의 세계는 다시금 현실세계에 침투함으로써 현실의 삶을 살아갈 바탕을 마련하는 것이다. 이 두 세계는 '기억'하는 행위 자체를 통해 긴장감 있게 연결된다. 그가 내세운 '기억'하는 주체는 가난하지만 흥겹고 따뜻했던 유년세계를 발굴하고 만주 및 조선의 구체적인 일상사의 의미를 자각하며, 더 나아가 개인을 버려진 거미새끼처럼(「수라」) 만드는 거대한 운명 앞에서 '시인'의 행위가 어떻게 구원을 이루는지 사유한다. 1948년 발표된 「남신의주유동박시봉방」에서 볼 수 있듯 내리는 흰 눈 사이에 선 '굳고 정하다는 갈매나무'는 '기억'하는 주체의 시쓰기의 지향점이 무엇인지 구현한 산물이다.

주체가 기억하는 내용은 놀잇감, 미신, 가난한 친족들, 이웃들, 그리고 삶의 누추한 풍경으로, 사후적으로 재구성되거나 정체성의 우위를 확인하는 대상이 아니다. 근대적 발전논리에 따르자면 극복하고 버려야 할 것에 가까운 대상을 일관성 있게 회상하고 그것을 시화(詩化)하는 태도는 백석에게 '기억'이 시쓰기의 동력으로 작용한다는 것을 시사한다.

유년시절의 기억이 풍성한 백석 시의 특징은 이상의 연구사에서도 충분히 언급되지만, 여전히 유년기의 기억을 탐사하는 행위와 성년주체의 사유방식은 분리해 논의되고 있다. 그럼에도 백석의 시에서 기억은 여전히 시쓰기의 중요한 동력으로 작용하고 있는데, 과거의 '슬픔이며 어리석음이며'를 '연하여 쌔김질하는'(「남신의주유동박시봉방」) 주체에게서는 분명 유년기뿐 아니라 일상의 경험세계를 '기억'하는 태도를 살펴볼 수 있기 때문이다. 「수박씨, 호박씨」, 「촌에서 온 아이」, 「「호박꽃초롱」 서시」 등에서 자주 등장하는 '시인'에 대한 언술이 운명론을 넘어 자기 존재의 구원과 관계를 맺고 있다는 점을 감안할 때, 유년기의 기억을 회상하는 행위는 성년주체의 사유방식과 분리할 수 없다.

위의 논의를 종합해 볼 때 백석 시의 '기억'에 대한 연구는 개인과 집단 차원에 머물러 있고 '기억'과 밀접한 시쓰기 의식을 다룬 연구는 사회의식과 정치성을 논의하는 데까지 이르렀다. 이 연구는 연구 대상과 방법 사이의 균열에 주목하였다. 앞서 논의한 대로 '기억'이 소재 차원을 넘어 시쓰기 의식의 주 동력이라는 점에 착안할 때 백석 시의 '기억'의 범위는 개인과 집단뿐 아니라 역사적 차원에서까지 두루 논의되어야 한다. 이러한 문제의식 하에 이 글은 백석 시의 '기억'을 역사적, 정치적 차원으로 확장하여 논의하고자 한다.

백석 시의 '기억'이 갖는 역사적, 그리고 정치적 의의를 살펴보고자, 이 논문은 발터 벤야민(Walter Benjamin)의 기억이론을 빌려온다. 베를린에서 유년 시절을 보낸 벤야민은 대도시의 유년기 체험이 세계대전을 경험한 동시대인들이 현재를 견딜 수 있는 '예방주사'와 같다고 보았다. 그에 따르면 어린 시절의 대도시 경험은 망각되었다가 새로운 형태의 기억으로 변주되면서 개인과 역사, 그리고 정치적 차원으로 확장된다. 소래섭과 나명순, 이소연 역시 이 점에 입각하여 개인의 망각된 유년기의 경험이 사회역사적으로 해석될 수 있다는 벤야민의 논의를 적용한다. 소래섭은 멜랑콜리적 주체의 시쓰기 전략이 수집가의 '수집'[39]하는 태도와 관계 있음을 지적하며, 백석의 시 「모닥불」을 분석한다.[40] 나명순 역시 전통적 지명과 '사소한 것'들을 호명하는 주체의 태도를 수집가적 면모에 적용하여 분석하는데,[41] 뚜렷한 이론을 차용하기보다는 주로 텍스트를 중심으로 분석하는 데 집중한다. 인습적이고 낡은 것을 한꺼번에 나열하는 방식이 어떤 면에서 새로움의 대상이 되는가는 오히려 소래섭의 연구에서 예각화되고 있다. 이소연은 벤야민의 기억이론에서 '회상' 모티프를 추출하였으며 망각된 기억이 변화되고 재창조되는 과정이 알라이다 아스만이 언급한 '활력'[42]과 유사하다고 지적한다. 그는 백석 시의 주체가 회상을 '몸'과 '장소'를 주 방법으로 삼고 있다고 지적하였다.[43]

해당 연구들은 시적이고 추상적인 벤야민의 기억이론을 서사장르가 아닌 시장르에 적용하면서 백석 시의 독법을 입체화했으며, 백석시의 '기억'이 시쓰기의 중요한 동력이라는 점을 드러냈다는 의의를 갖는다. 그렇지만 벤야민의 기억이론의 구체적인 작동방식을 '망각'[44],

---

39) 벤야민은 사소한 삶의 편린이 대상의 특징을 순간적으로 반영한다는 '변증법적 이미지'론을 주장하면서, 어린아이나 수집가, 그리고 시인은 세계의 '편린' 혹은 '파편'을 모으는 존재라고 명명한다.

40) 소래섭, 앞의 논문.

41) 나명순, 「백석 시 연구」, 고려대학교 박사학위논문, 2004.

42) 아스만은 주체가 경험한 기억은 축적되어 망각의 영역에 놓이는데, 이것을 저장기억이라 하였다. 그러나 적당한 자극이 주어지면 저장기억은 활성화되어 새로운 형태로 변환된다. '활력'은 저장기억이 의지와 목적과 결부된 '기능기억'과 조우하면서 기억이 새로운 형태를 띠는 것을 의미한다. - 알라이다 아스만, 앞의 책, 195쪽.

43) 이소연, 「백석 시에 나타난 기억의 구현 방식」, 『한국문학이론과비평』 제53집, 한국문학이론과비평학회, 2011, 95-116쪽.

'회상'45), '수집'46), '장소성'47) 등의 키워드로만 읽기에는 한계가 따른다. 회상의 의도성과 기억과 시쓰기 욕망의 구체적인 연관관계를 통합적으로 살펴볼 필요가 있기 때문이다. 따라서 주체의 구체적인 회상방식과 회상된 기억의 의의가 벤야민 이론의 변증법적 시각과 관계 있음을 지적하고자, 기억 이론을 벤야민의 전체 이론에서 대리 보충할 것이다.

---

44) 망각(Vergessen) : 주체가 의식화하지 못한 체험들은 주체 내부에 저장되었다가 우연한 계기로 촉발된다. 벤야민은 망각된 기억을 무의지적 기억으로 보았다.

45) 회상(Eingedenken) : 망각된 기억을 흔적으로 발견한 주체는 흔적을 열쇠로 삼아 망각된 기억을 찾아가게 된다. 이 과정을 회상이라고 한다. 이때의 '회상'은 종교적이고 제의적인 차원에서의 '잊지 않음(eingedenk)'에서 온 말이다. 잊지 않기 위해 무의식 깊은 곳으로 내려가 발굴해야 하는 '기억(Gedächtnis)'은 기억을 하나의 저장고로 상정하고 있음을 보여 준다. 기억의 발굴 작업은 문명이 발전하면서 억압되고 분열된 주체의 상흔을 언어화 작업을 통해 치유한다는 프로이트의 작업과 유사하다. 벤야민은 전술한 프로이트의 논의를 좀 더 적극적으로 제시하는데, 이를 인간학적인 유물론(Anthropologischer Materialisumus)이라고 보았다.

46) 수집(Sammlung) : 일차적으로 다양한 사물을 모으는 것을 의미한다. 벤야민은 쓰레기 더미에서 노는 어린아이, 폐품을 모으는 넝마주이, 그리고 골동품을 모으는 수집가를 유사하게 취급한다. 쓰레기나 폐품, 골동품은 교환가치를 유지하지 못하는 사물이다. 그러나 이들은 쓸모 없는 대상에 유희적 가치를 부여한다. 이들은 사물의 쓸모와 관계 없이 사물을 둘러싼 기억을 모으는 존재로 변이된다. - 최성만, 「벤야민 횡단하기 IV - 벤야민의 개념들」, 『문화과학』 49권, 문화과학사, 2007, 247쪽.

47) 공간은 가치와 정서를 부여하게 될 때 '장소'로 전이된다. - 이 푸 투안(Tuan., Yi - fu), 『공간과 장소』, 구동회·심승희 옮김, 대윤, 1995, 19 - 20쪽. 해당 개념은 이 푸 투안이 제시한 개념이지만, 벤야민에게 있어 유년기의 베를린과 성년기의 파리가 갖는 의미 또한 설명할 수 있다고 보았다.

## 2. 무의지적 기억, 의도적 회상

발터 벤야민의 기억이론[48]은 망각된 기억을 '회상'을 통해 찾아낸
다는 점, '회상'의 대상이 되는 사물 혹은 집단과 주체 사이의 상호침
투하는 욕망을 읽어낼 수 있다는 점, 그리고 발전 중심의 진보론적 역
사가 삭제한 미약하지만 유의미한 가능성으로서의 과거에 집중한다는
점에서 주목받는다.

베르그송이나 마이어호프의 지적대로 기억은 근대사회에서 자아가
동일성을 회복하는 수단으로 쓰였다. 그러나 이들의 기억이론은 자아
의 내면에 치중함으로써 당대의 시공간적 자장을 삭제했다는 한계가
있다.[49] 해당 논의가 확장될 경우 기억은 베네딕트 앤더슨이 언급한
'상상의 공동체'[50]를 구현하는 방식으로 활용되기 때문이다. 더 나아

---

48) 벤야민이 기억에 대해 구체적으로 언급한 저서의 목록을 선집에서 찾아보면 다음과
같다.
「1900년경 베를린의 유년시절(Berliner Kindheit Neunzehnhunert)」, 『1900년경 베를린
의 유년시절/베를린 연대기』(선집3), 윤미애 옮김, 길, 2007, 33 - 151쪽.
「베를린 연대기(Beliner Chronik)」, 『1900년경 베를린의 유년시절/베를린 연대기』(선집
3), 윤미애 옮김, 길, 2007, 153 - 242쪽.
「역사의 개념에 대하여(Über den Begriff der Geschichte)」, 『역사의 개념에 대하여 /
폭력비판을 위하여 / 초현실주의 외』(선집5), 최성만 옮김, 길, 2008, 329 - 350쪽.
「프루스트의 이미지(Zum Bilde Prousts)」 『서사·기억·비평의 자리 - 발터 벤야민』
(선집 9), 최성만 옮김, 길, 2013, 233 - 260쪽.
「이야기꾼 : 니콜라이 레스코프의 작품에 대한 고찰(Der Erzähler : Betrachtungen zum
Werk Nikolai Lesskovs)」, 『서사·기억·비평의 자리 - 발터 벤야민』(선집9), 최성만 옮
김, 길, 2013, 415 - 460쪽.
이후 선집은 『선집1』-『선집10』으로 제시한다.
49) 앙리 베르그송(Henri Louis Bergson), 『물질과 기억』, 박종원 옮김, 아카넷, 2005 ; 한스
마이어호프(Hans Meyerhoff), 『문학과 시간의 만남』, 이종철 옮김, 자유사상사, 1994.
50) 베네딕트 앤더슨(Beedict R, O' Anderson), 『상상의 공동체』, 윤형숙 옮김, 나남출판,
2002.

가 '활동적 삶(vita activa)'51)을 기반으로 한 신자유주의 담론 아래서 탈/
후기근대사회의 '기억'은 주체를 구성하는 보충물, 곧 먹을거리와 주
거를 비롯한 개인적 생활환경에 대한 취향으로 축소되거나 문화적으
로 소비됨으로써 결과적으로는 주체를 소외시킨다.52) 이는 '즐기라'는
명령으로 전환된 사회적 금기53)를 주체가 적극적으로 내면화하는 작
업과 유사하다. 그 결과 개인적·집단적 경험으로서의 기억 및 서사는
빈곤해지며, 주체는 소외를 자각하지 못한다는 문제가 생긴다.54) 대안
으로 바우만은 '고독'55)을, 한병철은 '사색하는 삶(vita contemplativa)'56)을
제시했으나 소외의 사회적·정치적 조건을 섬세하게 분석한 것에 반
해 고독과 사색의 구체적인 구조를 논하기 어렵다는 점에서 한계가
있다.

따라서 '기억' 논의는 개인적 정체성의 회복 외에도 사회역사적 기억,
그리고 주체가 의식하지 못했던 무의식적인 것에도 접근해야 한다. 또한
기억한다는 것의 의미를 강력하게 추출함으로써 기억이 하나의 사회역사
적 발화형태가 될 수 있음을 드러내야 한다. 이러한 관점에서 출발한 것이

---

51) 한병철, 『시간의 향기』, 김태환 옮김, 문학과지성사, 2013.
52) 권은선, 앞의 논문.
53) 슬라보예 지젝(Slavoj Žižek), 『당신의 징후를 즐겨라!』, 주은우 옮김, 한나래, 1997.
54) 바우만은 삶의 진정성을 얻기 위해 고독을 주장한다. 그에 다르면, 진정성은 사물이
    주체의 의식과 태도를 드러냄으로써 주체의 세계를 의미 있게 만든다. 진정성을 얻
    지 못할 때 개인은 단순히 살아 있는 것 자체만을 중요시하는 '속물'로 전락한다. 그
    결과, 의식주나 풍속에 대한 관심은 유행과 취향을 양산하는 것에 그칠 뿐이다. - 지
    그문트 바우만(Bauman, Zygmunt), 『액체근대』, 이일수 옮김, 강, 2005 ; 『쓰레기가
    되는 삶들』, 정일준 옮김, 새물결, 2008 ; 한병철, 『피로사회』, 김태환 옮김, 문학과지
    성사, 2012 ; 『시간의 향기』, 김태환 옮김, 문학과지성사, 2013 ; 김홍중, 「삶의 동물/
    속물화와 존재의 참을 수 없는 귀여움」, 『마음의 사회학』, 문학동네, 2009, 51-78쪽.
55) 지그문트 바우만, 『고독을 잃어버린 시간』, 조은평, 강지은 옮김, 동녘, 2012.
56) 한병철, 『시간의 향기』, 김태환 옮김, 문학과지성사, 2013.

유태계 독일 문학비평가 발터 벤야민의 기억이론이다.

아우라(Aura)와 「파사주(Das Pasangen‐Werk)」,[57] 그리고 산책자(flâneur)를 중심으로 소개된 그의 이론은 일상성과 구체성, 사회의식과 정치성을 드러낸다는 평가를 받는다.[58] 기억이론 역시 마찬가지인데, 망명 후 작성한 「1900년경 베를린의 유년시절」, 「베를린 연대기」에서 그는 유년기의 대도시 경험을 '기억'의 차원에서 호출하며, 「파사주」에서는 19세기의 파리를 자본주의의 유년기로 전환, 역시 역사적으로 망각된 '기억'을 강력하게 재호출한다. 「역사의 개념에 대하여」에서도 마찬가지로 망각되었던 과거를 현재와 연결하며, 묻혀 있던 과거의 힘이 미약하게나마 미래를 예감하게 한다는 주장을 펼친다. 유년기 기억, '파사주'로 나타나는 자본주의 도시에 대한 기억, 그리고 과거에 대한 현재적 해석이라는 '역사'로서의 기억. 이 세 가지의 공통점은 연대기적이고 진보론적인 발전논리 대신 망각된 것을 다시금 찾아내는 '회상(Eingedenken)'으로서의 '기억(Gedächtnis)'이라는 데 있다.[59] 그가 '회상'에 무게를 둔 것은 무의지적 기억의 산물을 포착하고 언표화하는 '회상'에는 주체의 의도성이 강조되며,[60] 회상된 기억의 변화에서 주체와

---

57) 1926‐1929년까지 메트로폴리스 파리를 주제로 권태, 먼지, 유행, 지옥으로부터의 19세기, 역사적 인물, 사회적 인물, 문화적 대상물을 다룬 메모, 그리고 인용문 모음으로 A‐Z까지 26개의 묶음으로 구성돼 있다. 1940년 벤야민의 자살로 「파사주(Das Pasangen‐Werk)」는 미완 원고로 남는다. 사후 그의 원고를 모은 아도르노의 제자 롤프 티테만(Rolf‐Tiedemann)에 의해 1982년 출간되었다. 이 논문에서는 벤야민의 원어를 존중해 파사주로 통일한다.

58) 한국에서의 벤야민 수용사는 최성만, 『기억의 정치학』, 도서출판 길, 2014 참고.

59) 각주 45번 '회상' 참고.

60) Detlev Schöttker, *Erinnern, Benjamins Begriffe*, Opitz, Michael., Wizisla, Erdmut. Frankfurt am Main : Suhrkamp, 2000, p.267 ; 벤야민은 프루스트의 소설에서 서사의 중심축을 전도하는 상황을 '백일몽을 꾸는 사람'들의 '이야기'이자 욕구로 분석하면서 삽입된

집단의 욕망을 읽을 수 있다고 보았기 때문이다.61)

  벤야민의 이론을 개념어 중심으로 정리한 『Benjamins Begriffe』에서 데트레프 쉐트커는 회상 방식을 ① 영상들의 명료한 현재화(이미지화된 대상) ② 삶의 흐름의 현재화(회상하는 현재와의 연관성) ③ 지나간 것에의 끝없는 삽입능력(회상된 기억의 중첩과 왜곡)으로 제시한다.62) '현재성'과 '공간성', 그리고 '불연속성'63)을 내세운 데트레프 쉐트커의 논의는 기억은 어디에 저장되고, 어떻게 호출되며, 어떻게 변화하는가에 대한 단서를 제공한다.

  벤야민의 기억이론을 간략히 정리하면 다음과 같다. 주체가 경험한 내용은 주체 내부에 망각되어 있고, 주체는 망각된 대상의 흔적을 이

---

이야기들 사이의 유사성을 '꿈'(무의식, 상상력)으로 명명한다. 결국 소설에서 '기억'을 호출하는 주체의 가장 내밀한 욕망은 죽음을 향해 흐르는 시간을 거스르는 '순간'적인 회생의 힘에 대한 욕망이자 행복에 대한 열망이기 때문이다. - 발터 벤야민, 「프루스트의 이미지」,『선집9』, 최성만 옮김, 길, 2013, 252쪽.

61) 「파사주」에서 제시한 '환등상'(Phantasmagorie)을 예로 들 수 있다. 벤야민은 '군중을 유혹하는 소비주의'로만 읽는 것이 아니라, 그 안에 내재된 군중의 '평등에 대한 소망'을 읽는다.

62) 데트레프 쉐트커, 앞의 글, p.260. 해당 용어는 쉐트커가 벤야민의 에세이 「프루스트의 이미지」에서 추출한 개념이다.
   ① 영상들의 명료한 현재화(anschauliche Vergegenwärtigung vonn Bildern) : 무의지적 기억으로 변형된 기억을 감각과 감정을 활용해 주체가 회상하는 것을 뜻한다.
   ② 삶의 흐름의 현재화(schauendeVergegenwärtigung des Lebensstromes) : 과거의 기억이 지금 회상하는 주체의 삶과 관계를 맺는 것을 의미한다.
   ③ 지나간 것에의 끝없는 삽입능력(Vermögen endloser Interpolationen im Gewesenen) : 회상된 기억의 연쇄성, 곧 연관관계가 있는 기억들이 함께 회상되는 것을 의미한다.

63) 벤야민은 망각 역시 기억의 일부로 이해한다. 그의 글에 등장하는 '꼽추 난쟁이'는 망각을 이미지화한 존재이다. 꼽추 난쟁이는 '망각의 창고에 저장하기 위해 거기서 절반을 회수해 가는' 존재로 그려진다. 분명히 존재하지만 주체가 인식하지 못하는 존재, 흔적으로 남지만 어딘가에서 주체에게 다시 나타나는 존재로서 꼽추 난쟁이는 후에 역사와 길항작용하는 신학이란 자동인형의 원형으로 자리 잡는다. - 발터 벤야민,『선집3』, 윤미애 옮김, 길, 2007, 148 - 151쪽 ; 데트레프 쉐트커, 위의 글, p.269.

미지로 포착하며, 포착된 이미지는 연쇄적으로 풀려나며 주체의 능동
적 행위를 이끈다. 이를 기억행위, 곧 '회상'이라 한다. 그리고 회상을
통해 사물의 이미지는 본래의 기능적인 영역에서 떨어져 나와 주체
내부에 묻혀 있던 사물들에 변화를 일으킨다. 이 변화는 문학작품 안
에서의 창작, 곧 '쓰기'와 관계를 맺는다. 따라서 기억의 호출처이자
망각된 기억의 유형, 회상의 작동방식, 그리고 회상된 기억의 시쓰기
방식을 벤야민 이론 전체에서 찾아보고자 한다.[64]

기억의 호출처는 전술했듯 개인적, 사회적, 역사적으로 망각된 기억
인 '무의지적 기억(Unwillkürliche Erinnerung)'[65]이다. 주체가 대상과 조우

---

64) 망각된 것의 복원이라는 점, 그리고 벤야민의 이론 및 문체가 특유의 추상성을 띤다
는 점 때문에 프로이트의 '억압된 것의 귀환'이나 크리스테바의 비체(objection)를 구
체적인 분석방법으로 설정하기도 한다. 그러나 벤야민 이론의 차별점을 드러내기 위
해서는 벤야민 이론을 중심으로 개념어를 대리보충할 필요가 있다. 벤야민 이론과
프로이트, 크리스테바를 접목한 분석의 예시는 이휘재, 「기억을 통한 역사 다시쓰기
: 이창래의『제스처 인생』분석」, 『현대영미소설』 20권 2호, 한국현대영미소설학회,
2013, 99 - 127쪽 참고.
65) 프루스트의『잃어버린 시간을 찾아서(À la recherche du temps perdu)』를 번역한 벤야
민은 프루스트의 소설 속 인물이 갑작스럽게 자신을 압도한 어린 시절의 기억의 힘
을 향유하는 것에 깊은 관심을 보인다. 이때 '무의지적 기억'이라는 용어는 들뢰즈가
『프루스트와 기호들』에서 같은 소설을 두고 제시한 'mémorie involontarie'의 번역어
로(질 들뢰즈, 『프루스트와 기호들』), 한국어로는 '무의지적 기억' 내지는 '비자발적
(비자의적) 기억'으로 번역되곤 한다. 들뢰즈와 벤야민 모두 무의지적 기억이 "펼칠
때마다 언제나 새로운 구조와 부챗살을 드러내는 부채"(『선집3』, 12쪽)처럼 변화하
는 갑작스럽고 생동감 있는 기억이라는 데 동의한다. 차이점이라 한다면 들뢰즈는
베르그송의 '지속' 개념을 수용한다는 점, 그리고 현재와 과거가 동시적으로 존재하
면서도 '영속적인 과거'가 있음을 주장한다는 점이다. 벤야민은 정지상태에서의 역
사 개념을 주장한 것에서 알 수 있듯 순간성을 존중한다는 점, 현재에 의해 과거의
의미가 재조명된다고 주장한다는 점에서 들뢰즈와 다른 행보를 걷는다.
질 들뢰즈(Gilles Deleuze), 『프루스트와 기호들』, 서동욱, 이충민 옮김, 민음사, 2004,
88, 96 - 97쪽 ; 윤미애, 「유년시절에 대한 기억을 '역사적 경험'의 차원으로」, 『선집3』,
윤미애 옮김, 길, 2007, 12쪽.

하며 경험한 것들은 미처 인식되지 못한 채 주체 내부에 저장된다. 벤야민은 이를 '망각'으로 보았다. 이렇게 저장된 기억들은 흔적을 남기는데, 외부의 충격을 마주하거나 저장된 기억 내용과 유사한 경험을 하게 될 때 저장된 무의지적 기억이 주체 앞에 나타나는 것이다. 따라서 기억의 범위는 망각된 유년기의 기억, 그리고 사회역사적 현장에서 마주치는 풍경이라는 기억, 망각된 역사로서의 과거로 확장된다. 각각을 벤야민의 용어를 차용해 설명한다면 '아우라(Aura)', 그리고 '꿈 - 깨어남(Traum - Erwachen)', 마지막으로 '유물론적 역사(Geschichte)'라는 개념으로 정리된다. '아우라'의 경우 유아기의 기억을, 그리고 '꿈 - 깨어남'과 '유물론적 역사'의 경우 사회역사적, 그리고 과거와의 역사를 총칭하는 개념으로 설정하였다.

다음으로 회상의 작동방식이다. 이 글에서는 회상의 방식을 벤야민의 '변증법적 이미지(Dialektischen Bild)'론에 기대어 추출하였다. 변증법적 이미지는 오감을 통해 만들어낸 상(像)만이 아니라 언어, 몸, 사유, 그리고 글쓰기 행위에서 일어나는 순간적인 제스처를 총칭하는데,[66] 주의할 점은 벤야민 특유의 시선, 곧 매체와 생산품의 관계, 기술변화에 따른 예술양식의 변화에서 드러나는 내용 - 형식, 주체 - 객체 사이의 변증법이다. 벤야민의 에세이에 등장하는 에피소드나 파사주의 환등상 해석에서 알 수 있듯, 벤야민은 이미지와 그것을 읽는 주체 사이의 상호침투를 중요하게 생각하기 때문이다.[67] 몸, 그리고 공간을 통

---

66) 이미지의 복합적인 결합이 일어나는 몸, 언어, 공간 등을 일컬어 '이미지공간(Bildraum)' 혹은 '몸공간(Leibraum)'이 한다. 이미지공간/몸공간을 다룬 논의는 최문규, 「이미지 공간/몸공간」, 『파편과 형세』, 서강대출판부, 2012, 371 - 396쪽 참고
67) 양말주머니의 접힌 부분을 더듬으며 그것을 '선물'이 담긴 주머니로 생각한 유년기

해 나타나는 변증법적 이미지의 포착 방식은 각각 '수집(Sammlung)', '읽기(lesen)', '쓰기(Mimesis)'로 살펴볼 수 있다.

다음은 변형된 기억을 통해 살펴볼 (시)쓰기 의식의 특징이자 목적이다. 그리스 신화에 등장하는 페넬로페가 밤만 되면 낮에 직조한 옷감을 풀었던 것처럼, 이미지는 망각을 거치면서 느슨하게 풀어지고 재창조되면서[68] 상상력과 문학적 읽기의 가능성을 열어 준다. 이 논문에서는 '회상'을 통한 시쓰기의 방법론이자 목적을 '발굴(Ausgraben)'[69]과 '자각(Bewusstsein)'[70], 그리고 '구원(Erlosung)'[71]으로 설정했다. 목차의 층위를 구성하는 핵심어를 살펴보면 다음과 같다.

|  | 기억 내용 | 회상의 방식 | 시쓰기 의식 |
|---|---|---|---|
| 유년기 기억 | 아우라 | 수집 | 발굴 |
| 성년기 기억 (사회역사적 기억) | 꿈-깨어남 | 읽기 | 자각 |
| 성년기 기억 (역사적 기억) | 유물론적 역사 | 쓰기 | 구원 |

2장에서는 '아우라(Aura)'[72]로서의 유년기억을 살펴볼 것이다. 종교

벤야민의 기억은 기억의 '내용'과 회상의 '방식'을 선명하게 구분하기 어렵다는 것을 보여준다. - 발터 벤야민, 『선집3』, 윤미애 옮김, 길, 2007, 118 - 199쪽.

68) '페넬로페적 글쓰기'에 대해서는 발터 벤야민, 「프루스트의 이미지」, 『선집9』, 최성만 옮김, 길, 2012, 237쪽 참고.

69) 발굴(Ausgraben) : 묻혀 있는 유물 곁에 간 사람이 삽으로 파낼 때 취하는 태도를 강조하는 의미에서 사용된 용어이다.

70) 자각(Bewusstsein) : 벤야민의 변증법적 시선이 드러난 용어로, 주체가 마주친 파국의 풍경에서 희망을 읽어내는 시선을 뜻한다.

71) 구원(Erlosung) : 벤야민 특유의 신학적 관점을 드러내는 용어 '구원'은 실제로는 폐허가 된 역사, 죽은 역사를 구출한다는 의미의 '구원'으로 활용된다.

72) 발터 벤야민의 아우라 논의는 「기술복제시대의 예술작품(Das Kunstwerk im Zeitalter

적 의미로 사용되다가 벤야민에 이르러 철학적 의미를 얻은[73] 아우라는 원본(Original, Urtext)의 제의가치(Kultwert)를 보장하여 모사품과 진품을 차별화하는 기준으로 설명된다. 벤야민은 이를 확장해 먼 대상을 '지금 여기'에, 그리고 '일회적으로' 현현하게 한다는 점에서 아우라를 무의지적 기억으로 설명한다.

① 아우라란 대체 무엇인가? 그것은 공간과 시간으로 짜인 특이한 직물로서, 아무리 가까이 있어도 멀리 떨어진 어떤 것의 일회적인 현상이다. 어느 여름날 오후 휴식의 상태에 있는 사람에게 그림자를 던지고 있는 지평선의 산맥이나 나뭇가지를 따라갈 때 종국에 가서는 그 순간이나 그 시간이 그 현상의 일부가 되는 상황 - 이것은 우리가 그 산이나 나뭇가지의 아우라를 숨 쉰다는 뜻이다.[74]

② 우리가 원래 무의지적 기억에 자리 잡고 있는 어떤 관조 대상의 주위에 모여드는 연상들을 그 대상의 아우라라고 부른다면, 그러한 관조 대상에서의 아우라는 사용 대상에서 연습으로 남게 되는 경험에 상응한다. …(중략)… 어떤 현상의 아우라를 경험한다는 것은 시선을 여는 능력을 그 현상에 부여하는 것을 의미한다. 무의지적 기억의 자료들은 이에 상응한다. (그런데 이러한 무의지적 기억의 자료들은 일회적이다. 이 자료들을 붙잡아 자기 것

---

seiner technischen Reproduzierbarkeit)」, 「사진의 작은 역사(Kleine Geschichte der Photographie)」, 「보들레르의 몇 가지 테제에 관하여(Über einige Motive bei Baudelaire)」에서 확인할 수 있다.
73) 심혜련, 「발터 벤야민의 아우라 개념에 관하여」, 『시대와철학』 12권 1호, 한국철학사상연구회, 2001, 146쪽.
74) 발터 벤야민, 「사진의 작은 역사」, 『선집2』, 최성만 옮김, 길, 2007, 184쪽.

으로 만들려 하는 기억에서 이것들은 빠져나가버린다. 이로써 이
무의지적 기억의 자료들은 "먼 곳의 일회적 나타남"을 내포하는
아우라의 개념을 뒷받침해준다).75)

인용문에서 알 수 있듯 아우라는 대상(객체)의 특수성뿐 아니라 그것
을 바라보는 감상하는 주체의 미적 경험과도 관련이 있으며,76) 매체
뿐 아니라 기억의 차원에서도 유의미한 해석점을 제공한다. ①에서
언급한 '공간과 시간으로 짜인 특이한 직물'이나 ②의 '관조 대상의
주위에 모여드는 연상' 등은 아우라가 주체가 존재하던 시간과 공간
에서 대상과 조우한 '체험'이자 '기억'과 관계있기 때문이다.77) 특히
②의 무의지적 기억자료로서의 아우라는 무의지적 기억, 곧 '주체가
기억에 남기고자 애쓰는 기억이 아닌 갑작스럽게 주체 앞에 떠오르는
기억'으로, 관조 대상의 주위에 모여드는 연상과 같은 맥락으로 이해
할 수 있다. 또한 '먼 곳의 일회적 나타남'이라는 측면에서 아우라적
기억은 성년주체와 시공간적으로 떨어진 유년기억을 회상하는 의도와
맞물린다.

그렇다면 지층 아래 숨겨진 기억을 찾기 위한 접근법과 유년기의

---

75) 발터 벤야민, 「보들레르의 몇 가지 모티프에 관하여」, 『선집4』, 김영옥·황현산 옮김,
    길, 2010, 236쪽, 240-241쪽.
76) 벤야민의 아우라 개념을 해석하는 전통적인 방법 두 가지는 미적 경험을 가능하게
    하는 인간의 주체성에 집중하는 아도르노의 해석과 대상의 특수성으로서의 아우라
    개념에 집중한 마르크스의 해석이다. 아우라 개념에 대한 벤야민의 해석 자체가 은
    유적인 언어로 작성된 탓에 아도르노와 마르크스는 서로 대조적인 해석을 제시하였
    으나, 현재 아우라 개념은 감상자의 주체성과 대상의 특수성을 아우르며, 이들의 교
    차를 언급하는 내용으로 활용되고 있다. - 박설호, 「발터 벤야민의 '아우라' 개념에
    관하여」, 『브레히트와 현대연극』 9권, 한국브레히트학회, 2001, 136쪽.
77) 위의 글, 139-140쪽.

숨겨진 기억을 시화하는 회상의 방식을 찾아볼 필요가 있다. 벤야민의 「베를린 연대기」에서는 회상의 방식은 '수집', 그리고 수집을 통한 망각된 기억의 시쓰기 방식을 '발굴'[78]로 찾아볼 수 있었다.

> 죽은 도시들이 묻혀 있는 매체가 땅인 것처럼, 기억의 저장은 체험된 것의 매체이다. 묻혀 있는 자신의 고유한 과거에 가까이 가려는 사람은 땅을 파헤치는 사람처럼 행동해야 한다. 이것이 진정한 기억의 어조와 태도를 규정한다. 진정한 기억에서는 똑같은 내용을 반복해서 떠올리는 것을 기피해서는 안 된다. 흙을 뿌리듯이 기억의 내용을 뿌리고, 땅을 파듯이 그 내용을 파헤치는 것을 기피해서는 안 된다. 왜냐하면 기억의 내용은 내부에 진짜 귀중품들이 묻혀 있는 성층이나 지층에 불과하기 때문이다. 진짜 귀중품들은 아주 꼼꼼한 탐사를 통해 비로소 모습을 드러낸다. 모든 과거의 연관관계로부터 벗어난 상들이 일종의 귀중한 물건들로 - 수집가의 갤러리에 있는 파편 혹은 토르소 - 나타나는 곳은 현재 우리의 성찰이 이루어지는 차가운 방이다. 물론 발굴을 성공적으로 하기 위해서는 계획이 필요하다. 마찬가지로 어두운 땅을 팔 때 조심스럽게 더듬듯이 하는 삽질도 필수적이다.[79]

아우라적 기억을 발굴하기 위해서는 앞서 다룬 주체의 '수집'하는 태도가 필요하다. 토르소의 잘려진 팔다리에서 원상을 이해하는 태도는 폐품에서 다른 것을 상상하는 수집가의 태도와 유사하다. 수집은

---

78) 갑작스럽게 떠오르는 무의지적 기억 혹은 비자의적이고 적극적인 탐사로서의 발굴 개념은 충돌할 수 있다. 벤야민은 무의지적 기억의 우연성을 사회역사적인 현실에서 찾음으로써 현실과의 접촉점을 잃지 않으며, 의지적 기억에서의 '해방'이 역설적으로 새로운 가능성으로서의 기억을 주조할 수 있다고 보았다는 점에서 이 두 개념은 충돌하지 않는다고 하겠다. - 최성만, 『기억의 정치학』, 길, 2014, 223쪽.
79) 발터 벤야민, 『선집3』, 윤미애 옮김, 길, 2007, 191쪽.

비슷한 것, 그리고 유사한 것을 탐색하는 반복작업과 밀접한 관계가 있다. 따라서 주체는 연관관계가 보이지 않는 기억의 편린을 수집[80] 해야 한다. 벤야민에 따르면 수집가는 사물의 쓸모와 관계없이 사물을 둘러싼 기억을 모으는 존재이다. 변증법적 시각 하에 익숙하고 구태의연한 것, 사소한 것, 그리고 쓸모없는 것으로 명명되는 파편들이 모여 삶 전체를 구성하는 산물이 되기 때문이다.

3장에서는 성년주체의 기억을 '꿈 - 깨어남(Traum - Erwachen)'으로, 그리고 그 기억을 시쓰기로 전환하는 방식을 '자각'[81]으로 살펴보았다. 회상은 기억내용을 주체 내부로 불러 오는 것을 뜻하는데, 여기에서 두 개의 간극이 생긴다. 회상하는 주체, 그리고 회상된 기억 내부로 침투한 주체가 그것이다. 이 두 사이를 일컫는 용어를 벤야민은 '꿈 - 깨어남'으로 설명한다. 꿈에서 갓 깨어난 사람이 다시 꿈의 내용을 떠올리는 것을 '꿈 - 깨어남'으로 설명하는 벤야민은 꿈에서 깨어난 사람은 일상을 낯설게 바라보는 동시에 꿈의 내용 또한 일상의 눈으로 새롭게 자각하게 된다고 보았다.[82] 여기서 꿈은 이상적이거나 몽상적인 대상만이 아니라 사물이나 진부한 것, 일상적인 것, 그리고 유행을 비롯해 사조(思潮)를 포함한 문학양식의 특징까지도 포함하는데, 그 결과 '꿈'은 개인의 사적 영역뿐 아니라 집단적이고 사회역사적인 영역으로 확장된다.[83] 이에 더해 '지각의 종류와 조직방식'이 자연적으로

---

80) 각주 46 참고.
81) '자각'에 대한 설명은 각주 70 참고.
82) 발터 벤야민, 「아침식당」, 『선집1』, 길, 김영옥·윤미애·최성만 옮김, 2007, 70쪽.
83) 프로이트의 이론을 '다르게' 차용한 벤야민의 특징에 관해서는 고지현, 『꿈과 깨어나기』, 유로, 2007, 73 - 78쪽 참고.

뿐 아니라 역사적으로도 조건지어진다는 그의 논리를 생각해 본다면,[84] 집단의 지각을 형성하는 무/의식적 영역 또한 '꿈-깨어남'의 무대로 생각할 수 있다. 의지적 기억, 그리고 의식의 차원에서 벗어나 무의지적이고 종합적인 기억과 만나기 위해서 먼저 기억의 잔재, 흔적에서 결락(缺落)과 욕망을 확인할 필요가 있다. 다시 말하자면 꿈의 세계에서 만나는 사물들을 꿈속의 것으로 인식하고, 이것이 드러내는 바를 찾아야 하는 것이다.

> 어느 시대든 다음 시대를 여러 가지 이미지를 통해 떠올려볼 수 있도록 해주는 꿈속에서 다음 시대는 근원의 역사적 요소, 즉 계급 없는 사회의 요소들과 단단히 결합되어 나타난다. 집단의 무의식 속에 보존되어 있는 그러한 사회에 대한 경험은 새로운 것과 철저하게 교차하는 가운데 유토피아를 낳는데, 이 유토피아는 오래도록 길이 남을 건축물에서 한순간의 유행에 이르기까지 삶의 무수한 배치 구성 속에 흔적을 남겨 왔다.[85]

인용한 예시문에서 '꿈-깨어남'과 연결 지어 생각할 부분은 두 가지이다. 첫째, 과거는 미래를 읽을 수 있는 수단이 된다는 점이다. 이때 미래에 해당하는 '다음 시대'는 과거가 꿈꾸는 유토피아와 관계가 있으며, 그 유토피아는 '계급 없는 사회'와 연관되어 있다. 둘째, '오래 남는 건축물에서 한순간의 유행에 이르기까지'에 해당하는 '삶의 무수한 배치 구성에 남는' '흔적' 혹은 '이미지'는 잔재로 남는 기억이자

---

84) 발터 벤야민, 「기술복제시대의 예술작품(2판)」, 『선집2』, 최성만 옮김, 길, 2007, 48쪽.
85) 발터 벤야민, 『파리의 원풍경』(아케이드 프로젝트1), 조형준 옮김, 새물결, 2008, 91-92쪽.

'꿈'이라 할 수 있다.86) 따라서 '흔적' 속에서 꿈을 읽을 수 있고, 더 나아가 꿈을 직조하는 집단의 무의식을 읽어낼 수 있으며 이것은 '과거'와도 연결된다는 점을 생각할 수 있게 된다. 그렇기에 '꿈 - 깨어남' 작업은 낮의 세계에서 시작되는 것이 아니라 꿈의 세계에서 시작되며, 최종 목적은 마르크스의 "의식의 개혁은 오로지 세계가 꾸고 있는 꿈에서 세계 자신을 깨어나게 하는 데 있다"87)는 지적처럼 꿈의 내용과 꿈에서 깨어나기 위해 자각해야 한다는 것을 드러낸다. 집단의식 내부에 존재하는 '익숙한 것들'과 얽혀 있는 '새로운 것'들이 꿈의 영역이자 집단의 무의식 속에서 순간 비치기 때문이다.88) 파사주 프로젝트가 개인의 꿈이 아닌 집단의 꿈을 발견하고 자각하는 과정이라는 점에 착안, 꿈의 사물들이 보여 주는 특정한 제스처를 포착하는 '읽

---

86) 이 지점에서 아도르노는 프로이트와 벤야민의 '꿈'의 차이가 무엇인지 지적한다. 벤야민은 꿈들이 갖는 심리학적 근원을 찾아가는 것보다, '꿈들이 깨어남에 가져다주는, 그러나 이성이 보통 경시하는, 속담 같은 눈짓들, 하지만 지극히 현실적인 그 눈짓들을 포착하는 일이 목표'라고 보았다. - 최성만, 「해제 : 『일방통행로』부터 『파사주』까지」, 『선집1』, 길, 2007, 53쪽 재인용.

87) 발터 벤야민, 『방법으로서의 유토피아』(아케이드 프로젝트4), 조형준 옮김, 새물결, 2008.

88) 앞서 언급한 「파사주」와 「일방통행로」를 비롯한 기타 에세이에서 벤야민은 19세기의 파리 관련자료를 수집하면서 꿈의 영역이자 무의지적 기억의 영역을 탐색하는 방식으로 내용을 기술하였다. 이때 벤야민이 파사주를 대상으로 글을 쓴 시공간은 1930년대이며, 대상이 된 파사주는 1820년 경에 처음 등장한 건물양식이라는 데 집중할 필요가 있다. 처음의 파사주는 새롭고 매혹적인 공간이었겠지만 벤야민이 글을 쓴 1930년대의 파리에서 파사주는 백화점의 등장으로 밀려날 대로 밀려난, 쇠락하고 몰락한 대상이 되었다. 그럼에도 벤야민은 20세기 자본이라는 현재를 읽어내기 위해 '19세기의 원사(upspring)'의 차원에서 19세기 자본의 상징태인 파사주를 통해 읽어내고자 한 것이다. 다시 말해 벤야민은 19세기 '파리'를 자본주의의 유아기로 설정하였다. - 권용선, 『세계와 역사의 몽타주, 벤야민의 아케이드 프로젝트』, 그린비, 2009, 217 - 233쪽 ; 조형준, 「아아, 이 세계를 완전히 분해해서 다시 조립할 수 있다면」, 『파리의 원풍경』, 새물결, 2008, 17쪽.

기'89)로서의 회상이 필요하다.

읽기는 무의지적 기억의 산물들의 배면에 놓인 개인적, 혹은 사회 경제적 상황을 인식하는 것을 말한다. 곧 '읽'는다는 것은 사물이 전하려는 진정한 메시지, 벤야민의 표현을 따르면 '진리내용'을 읽는 것이라 할 수 있다. 유사성을 기반으로 드러나지 않는 것을 읽기 위해서는 앞서 언급한 대로 특정한 제스처로 표출되는 무의지적 기억을 포착해야 한다.

4장에서는 '유물론적 역사'로서의 망각된 기억을 살펴본다. 역사는 과거에서 현재로 '내려오는' 것인지 현재 시점에서 과거를 선택적으로 읽는 것인지 질문할 필요가 있다. 벤야민은 대비되는 두 시점 중의 전자는 진보주의적 역사개념 내지는 '사적 유물론', 후자는 '유물론적 역사주의'로 설명한다.90) 「수집가이자 역사가 에두아르트 푹스」, 「역사의 개념에 대하여」를 통해 읽을 수 있는 벤야민의 유물론적 역사주

---

89) '읽기(lesen)' : 읽기에 관한 예로 벤야민은 점성술, 그리고 자본주의 사회의 '산책자'와 '창녀'를 제시한다. 이들은 주체가 '읽'어내는 사물과 욕망 사이의 친연성(비감각적 유사성)을 뜻한다. 하늘의 별 혹은 동물의 내장에서 인간의 운명을 예감하는 점성술에서 별과 내장이 인간의 운명과 어떤 관계를 맺는지 곧바로 인식할 수 없다. 또한 그가 자본주의 사회의 대표적 알레고리로 제시한 '산책자'와 '창녀' 사이의 유사성 역시 일차적으로 드러나지 않는다. 그렇지만 별들의 운행질서와 빛이 인간의 생로병사와 관계를 맺는 것에서 공통점을 추출할 수 있고, '산책자'와 '창녀'는 자기 자신을 최후의 상품으로 전시한다는 점에서 유사성을 찾아볼 수 있다.

90) "역사주의가 과거에 대한 영원한 이미지를 제시한다면, 역사적 유물론자는 그때그때 과거와의 유일무이한 경험을 제시한다. 서사적 요인을 구성적 요인으로 대체하는 일이 이러한 경험의 조건임이 드러난다. 역사주의와 '한때 ……이 있었다'는 이야기 속에 묶여 있었던 강력한 힘들이 이러한 경험 속에서 해방된다. 모든 현재에 대해 어떤 근원적인 경험이 되는 그러한 역사와의 경험을 작동시키는 일 - 이것이 사적 유물론의 과제이다." - 발터 벤야민, 「수집가이자 역사가 에두아르트 푹스」, 『선집5』, 최성만 옮김, 길, 2008, 261 - 262쪽.

의적 시각을 간단히 요약하면,[91] 역사는 과거에서 현재로 이어지는 연속체가 아니라, 현재를 고정점으로 '과거'를 읽는 작업이다. 따라서 역사는 "현재화하는 지금, 기억하기라는 행위로 옮겨진다."[92] 그리고 현재를 고정점으로 과거를 읽을 때, 과거의 역사적 사실에서 아직 '의식되지 않은 지식'[93]들을 찾아 낼 필요가 있다. 다시 말해, 역사가 진보한다는 가설을 증명하기 위해 근거 자료를 덧붙이는 것이 아니라, 묻혀 있던 사소한 것을 찾아내어 말하고/씀으로써 "역사의 현재를 현실 인식과 정치적 실천"[94]의 장(場)으로 만드는 것을 뜻한다.

'의식되지 않은 지식'은 섬광처럼 나타난다. 그렇기에 섬광처럼 나타나는 지식을 찾아 '쓰는' 것은 비평가와 작가들이 할 일이다. 이는 '의식되지 않은 지식'을 포착하는 것은 현재를 중심으로 과거를 재구성하는 것[95]이기 때문이다. 이 논문에서는 벤야민이 제시한 재구성의 방법을 '정관(靜觀 ; 숙고, Kontemplation)'[96]이라 보았다. 자기 안으로 깊게

---

91) 벤야민의 역사철학 연구를 좀 더 문학/문화 영역으로 읽어낸 연구자료는 다음과 같다.
    강수미, 『아이스테시스』, 글항아리, 2011 ; 고지현, 『꿈과 깨어나기』, 유로서적, 2007 ;
    조효원, 『부서진 이름들』, 문학동네, 2013.
92) 최성만, 『기억의 정치학』, 길, 2014, 378쪽.
93) Walter Benjamin, GS, V/2, 105f ; 최성만, 위의 글, 377쪽 재인용.
94) 강수미, 앞의 책, 132쪽.
95) 과거에서 미래의 가능성을 읽는다는 벤야민의 논리는 과거와 현재의 연속성을 주장하는 것과는 다르다. 그는 서사적 요소 대신 '구성적 요소'를 강조하는데, '구성'은 그의 저서에서 종종 드러나는 '성좌'(konstellation)를 이루는 과정과 동일한 언어로 드러난다. "특정한 과거의 단편이 특정한 현재와 함께 위치하는 비판적인 성좌구조"는 위에서 언급한 "근원적인 경험"을 풀어내는 과정으로, 과거의 편린을 현재와 연결하며 그것의 의미를 부여함으로써 미래의 가능성을 예감하는 단계라 할 수 있다.
    – 위의 글, 260쪽.
96) "과거의 진정한 이미지는 휙 지나간다. 과거는 인식 가능한 순간에 인식되지 않으면 영영 다시 볼 수 없게 사라지는 섬광 같은 이미지로서만 붙잡을 수 있다.(중략) 과거를 역사적으로 표현한다는 것은 그것이 '원래 어떠했는가'를 인식하는 일을 뜻하는

침잠한 역사적 주체는 가라앉아 있던 무의지적 기억, 역사의 더미들의 의미를 숙고한다. 이 과정에서 재구성 작업은 벤야민의 '메시아'론과 연결된다. 작가 혹은 비평가의 차원에서 연속성을 강조하려는 의도를 멈추고(정지), '의식되지 않은 지식'을 추적해 그것을 언어화할 때, 글쓰기는 메시아가 함의하는 '구원'을 이루기 때문이다. 이를 설명하는 데 적절한 것은 뒤러의 그림 멜랑콜리아(Melencholia)와 파울 클레의 '새로운 천사'(Angelus Novus)이다. 깊이 사색하는 천사나, 불어오는 사적 유물론이라는 바람을 응시하는 천사는 권력과 전통과 이데올로기에 오염되지 않은 역사를 추출한다. 벤야민은 새로운 천사가 하는 일이 바로 역사를 죽음에서부터 구출하는 것이라 명명하는데, 이것이 앞서 언급한 '구원'을 설명하는 말이다. 과거에 그것이 어떠했는지가 아니라 현재 시점에서 과거의 의미를 재부여하는 것이다.[97]

위의 정리를 바탕으로 할 때 유물론적 역사는 '현재'를 중점으로 하되, 과거를 현재의 시각에서 재탐색하는 것을 의미한다. 따라서 벤야민의 '역사로서의 기억' 논의를 작품에 적용할 때 유의해야 할 점은 '현재'를 주체가 어떻게 인식하는지, 그리고 '현재' 시점에서 주체가

---

것이 아니다. 그것은 위험의 순간에 <u>섬광처럼 스치는 어떤 기억</u>을 붙잡는다는 것을 뜻한다. 역사적 유물론의 중요한 과제는 위험의 순간에 <u>역사적 주체에게 예기치 않게 나타나는 과거의 이미지를 붙드는 일이다</u>" - 발터 벤야민, 『선집5』, 최성만 옮김, 길, 2008, 333 - 334쪽 ; 밑줄은 인용자.

[97] 역사의 천사는 선조적 시간의 흐름으로 쌓인 잔해를 부수고 죽은 것들을 불러내며 재조합하고자 한다. 이때 폭풍이 밀려온다. 폭풍은 천사의 일을 막는 동시에 천사가 날개를 접는 것도 막는다. 모순적인 두 행동 사이에서 벤야민은 변증법적인 독법을 제시한다. 그는 역사적 사건은 구원의 이미지에 바탕을 둔다고 지적한다. 현재를 의미 있게 하는 것은 과거의 기억인데, 벤야민이 언급하는 과거의 기억들은 역사로 기록된 것들, 공적이고 화려한 것이 아니라 망가진 것, 진부한 것들, 혹은 그냥 지나쳐 버릴 수 있는 것들, 인식 가능하지 않았던 것들에 가깝다. - 위의 글, 334쪽.

'과거'를 바라보는 시선은 어떠한지, 마지막으로 현재와 과거를 연결하는 '의식되지 않은 지식'은 무엇인지이다.

그렇다면 '역사로서의 기억'이 무의지적 기억과 관계 맺는 방식에 주목해야 한다. 벤야민은 '과거'라는 사건더미에서 '의식되지 않은 지식'을 탐색하고 이를 현재로 불러오는 작업이 바로 무의지적 기억을 '회상'하는 작업이라 보았다. '메시아'를 환기하는 '구원'은 기억, 더 나아가 역사의 차원에서 다음과 같이 작용한다. '아직 오지 않은 현재'라는 관점에 미루어 볼 때, 과거는 현재의 시점에서 이를 어떻게 인식하고 관계짓는가에 따라 달라진다. 따라서 "과거와의 유일무이한 경험"은 과거를 구원하는 것이자 무의지적 기억에 의미를 부여하는 과정이라 할 수 있다. 무의지적 기억을 붙잡는 것은 전승된 것, 균질적이고 무의미한 역사를 이기는 시도이자 과거에 대한 '구원'이 된다.

이제 '구원'으로서의 기억 '쓰기' 방식을 생각해 보아야 한다. 벤야민은 읽고 수집하는 것에서 멈추지 않고 사물이 전하려는 진리내용을 '쓴다'. 이 과정은 미메시스이자 벤야민의 신학적 언어철학 용어로는 '이름(der Name)'을 부르는 명명이라 할 수 있다.[98] 기독교적 관점에서 창조 당시의 인간은 창조된 세계의 사물에게 그 속성을 잘 드러내는 '이름'을 붙여 줌으로써 신의 창조에 대응하는 '이름언어'를 창조했다.[99] 이름언어는 사물의 가장 순수한 속성, 곧 그 자신의 이름(자기 이

---

[98] 벤야민은 직접적으로 '명명', 혹은 우리에게 익숙한 '호명'이라는 용어를 사용하지 않는다. 그의 이론에서는 '이름', '순수언어', '미메시스' 등의 개념이 활용되는데, '이름'을 찾아낸다는 것이 이미 사물의 이름을 읽고/부른다는 의미가 전제되어 있으므로, 익숙한 용어인 '명명'으로 대체하였다. '호명'을 사용하지 않은 이유는 벤야민의 언어관에서 큰타자를 적용할 수 없기 때문이다.

[99] 언어론을 다룬 에세이로는 다음을 참고하였다.

름 ; Eigenname)을 드러내는 순수언어였다. 실낙원 이후 의미와 내용은 완벽히 분리되고, 언어는 단순한 '기호(das wort)'로 전락한다. 이제 벤야민은 언어 앞에서 망각된 기억을 파고들어가 그것의 결을 살리고자 한다. 이것이 '기호'를 다시금 '순수언어'로 살리기 위한 '쓰기'이다. 따라서 명명하는 행위는 신성한 모사(模寫)의 욕망이자 번역, 그리고 미메시스 행위가 된다.

전술한 대로 이 논문에서는 백석 시에서 기억되는 대상의 특질과 기억하는 주체의 태도를 중심으로 아우라적 기억이 '발굴'을 통해 재현되는 방식, 그리고 '꿈 - 깨어남'으로서 무의지적 기억이 '자각'을 통해 제시되는 방식, 마지막으로 유물론적 역사로서의 기억이 '구원'과 매개되는 방식을 살펴보고자 한다.

각 장은 유년기의 기억, 여행자의 기억, 그리고 역사적 주체로서의 기억으로 분류할 수 있다. 각 장의 1절은 기억탐사의 방식을 정서적 층위에서 살펴보았으며, 2절은 기억이 시화되는 언어(변증법적 이미지)의 차원에서 언술양태의 특징과 몸의 감각을 중심으로 다루었다. 1절의 경우 A항에서는 주체의 기억탐사를 통해 발견하는 인식론적 층위를, B항에서는 회상의 지향성을 살펴보았으며, 2절의 경우 A항에서는 화제의 나열방식을, B항에서는 두드러지는 감각이 시쓰기의 차원에서 무엇을 재맥락화하는가를 다루었다.

먼저 2장에서는 망각된 유년기억을 '아우라'로 정의하였고, 유년기억을 시화하는 주체의 특징을 '수집'으로, 그리고 시쓰기의 최종 양태

---

「언어 일반과 인간의 언어에 대하여」, 「번역자의 과제」, 「미메시스 능력에 대하여」, 「언어사회학의 문제들」 - 발터 벤야민, 『선집6』, 최성만 옮김, 길, 2008.

를 '발굴'로 설명하였다, 유년주체는 망각된 기억을 탐사하는데, 1절에서는 이 과정을 기억을 '찾고', 기억이 주체를 '찾는' '술래잡기'로 설명하였다. 술래잡기 과정에서 주체가 찾아내는 것은 A항의 애니미즘적 시각에서 발견된 '넷말100)'이며 B항에서는 타자화된 존재들, 그리고 공동체이다. 2절에서는 기억의 언표화 양식을 경험을 전달하는 '이야기(Erzählung)'로 제시하였다. A항에서는 나열과 병렬, 그리고 반복어가 기억을 상호보충하는 과정을, 그리고 B항에서는 두드러지는 미각이 유의미한 삶의 서사로서의 '이야기'이자 풍속으로 치환된 것을 살펴보았는데, 주체는 삶에 필수적인 먹을거리가 바로 '이야기'로 바뀐 것을 통해 풍속을 재맥락화하였다.

3장에서는 사회적으로 망각된 기억을 '꿈 - 깨어남'으로 설정, 쇠락한 삶의 풍경을 전환시켜 집단의 소망을 찾아내는 것을 '읽기'로, 그리고 시쓰기의 특질을 '자각'으로 제시하고 백석 시의 여행시편을 살펴보았다. 1절에서는 여행자로 등장하는 시적 주체가 파국에서 희망을 읽어내는 '행복변증법(Dialektik der Glück)'적 욕망 아래 기억을 탐색한다. A항에서는 교환가치를 전유하는 시선이 백석 시에서 자주 쓰이는 시어 '가난'101)을 통해 드러나고 있음을 지적하였다. B항에서는 현실압

---

100) 백석 시에서 옛것을 지칭하는 시어는 '넷날'(「통영」, 「여승」, 「북방에서」, 「조당에서」, 「두보나 이백같이」, 「국수」) '넷말의 구신집'(「가즈랑집」), '넷말이 사는 컴컴한 고방'(「고방」), '태고에'(「자류」), '만년넷적'(「탕약」), '먼 넷적'(「고향」), '넷조상', '넷적'(「목구」, 「국수」), '넷적본'(「이두국주가도」), '넷사람'(「탕약」), '넷투'(「두보나 이백같이」), '넷성'(「흰밤」), '넷시인', (「두보나 이백같이」), '네날박이'(「칠월백중」), '넷님금'(「수박씨, 호박씨」), '옛한울'(「북방에서 - 정현웅에게」), '옛적본의 장반시계'(「남향 - 물닭의 소리」), '옛날이사는장거리'(「월림장 - 서행시초4」), '옛말속'(「팔원 - 서행시초3」) 등에서 찾아볼 수 있다. 고형진, 『백석 시의 물명고』, 고려대학교 출판문화원, 2015, 39, 76, 194, 318 - 319, 353, 669쪽 참고.

력을 전환하려는 의지가 여성성과 관계있음을 분석하였다. 2절에서는 현실을 있는 그대로 드러내는 '현상(darstellung)'이 '알레고리(Allegory)'로 드러나는 것을 살펴보았다. A항에서는 화제가 미완되고 유보되는 언술양식을, B항에서는 후각과 청각감각이 공간을 재맥락화하는 과정을 다루었다.

4장에서는 역사적 차원에서 백석 시의 기억을 살펴보았다. 진보와 자연적 발전논리를 거부하는 유물론적 역사로서의 기억이 묻혀 있던 과거를 어떻게 시쓰기를 통해 '구원'하는가가 중심을 이룬다. 1절에서는 삶의 기반이자 애정대상을 상실한 유랑자, 삶의 기반이자 애정대상을 상실한 멜랑콜리적 주체가 역사로서의 과거를 인식하는 방식이 '정관(靜觀)', 곧 숙고(Kontemplation)로 드러나고 있음을 살펴보았다. A항에서는 개개인이 맺는 동시적 관계로서의 역사를 '마음'102)의 양가성

---

101) 백석 시에서 시어 '가난'이 노출되는 시는 다음과 같다. '아 모도들 따사로히 가난하니'(「남행시초 4 삼천포」), '우리들은 가난해도 서럽지않다'(「선우사」), '가난한 내가'(「나와 나타샤와 힌당나귀」), '나는 가난한 아버지를 가진것과'(「내가생각하는 것은」), '가난한동무가 새구두를신고 지나간탓이고'(「내가이렇게외면하고」), '맑고 가난한 친구가 하나있어서'(「가무래기의 낙」), '가난한 엄매'(「국수」), '내 가난한 늙은 어머니', '가난하고 외롭고 높고 쓸쓸하니'(「힌 바람벽이 있어」) '가난한 마음', '마음이 가난하고 낯선 사람'(「허준(許俊)」) – 이경수, 「1930년대 후반기 시에 나타난 '가난'의 의미 – 백석과 이용악의 시를 중심으로」, 『현대문학의 연구』 32호, 한국현대문학회, 2007, 153 – 180쪽 ; 고형진, 위의 책, 629 – 630쪽 참고

102) 해당 용어는 '망딸리떼'의 대치어가 아닌, 백석 시어에서 추출한 시어로 재배치한 개념임을 밝힌다. 그의 시에서 '마음'은 개인의 고유한, 비물질적이고 비가시적인 대상으로 벤야민의 '의도하지 않은 지식'을 읽을 수 있는 무의지적 기억의 대상이자 개인의 정서적 반응이 일어나는 내면으로 이해할 수 있다.
그의 시에서 '마음'을 노출하는 시는 다음과 같다. '참으로 철없고 어리석고 게으른 마음이나/이것은 또 참으로 밝고 그윽하고 깊고 무거운 마음이라'(「수박씨, 호박씨」), '이 마을 사람들의 으젓한 마음을 지나서'(「국수」), '그것이 네 맑고 참된 마음에 분해서 우는구나'(「촌에서 온 아이」), '어쩐지 내마음은 갑자기 반가워지나', '얼마나 마음이 한가하고 게으른가'. '그 오래고 깊은 마음들이 참으로 좋고 우럴어

아래 다루었으며 B항에서는 자연사를 해체하면서 주체 내부로 향한 시선이 무력감을 어떻게 극복하는지 다루었다. 2절에서는 시쓰기를 통한 구원이 순수한 본질을 미메시스적으로 탐색하는 것에서 드러남을 밝혔는데, 이를 대상의 이름을 부르는 '명명'(der Name)으로 제시하였다. A항에서는 주체가 문답을 통해 화제에 집중하는 것을, 그리고 B항에서는 촉각감각이 역사를 재맥락화하는 과정을 다루었다.

5에서는 백석의 시를 벤야민의 기억이론으로 다룸으로써 얻을 수 있는 시사적 의의를 다루었다.

이 글에서는 등단작 「정주성」부터 1948년 『학풍』 창간호에 발표한 「남신의주유동박시봉방」까지를 연구 범위로 상정한다. 북한에서 발표한 시의 경우 동화시와의 연관성을 추출할 수는 있으나 교조적인 언술이 무의지적 기억과의 연관성을 떨어뜨린다고 판단, 추후 연구과제로 설정하고자 한다.

---

진다'(「조당에서」), '마음이 맑은 녯시인들은', '내쓸쓸한마음엔', '그들의 쓸쓸한 마음들이', '녯투의 쓸쓸한 마음'(「두보나 이백같이」), '나를 마음대로 굴려 가는 것을 생각하는 것인데', '내 어지러운 마음에는'(「남신의주유동박시봉방」), '마음이 가난하고 낯선 사람'(「허준」), '정한 마음으로'(「고야」), '마음 놓고 화리서리 걸어가다 보니'(「마을은 맨천 구신이 돼서」), '내 마음은 또 끝없이 고요하고 맑아진다'(「탕약」), '앞뒤로 가기를 마음대로 하는 건', '갓 쓰고 사는 마음'(「꼴두기 - 물닭의 소리」), '내 마음은 우쭐댄다'(「가무래기의 낙」), '낮에는 마음 놓고 낮잠도 한잠 자고 싶어서(「귀농」) - 이경수, 「백석 시에 나타난 '마음'의 형상화 방식과 의미」, 『한국시학연구』 제38호, 한국시학회, 2013, 147 - 178쪽 ; 고형진, 위의 책, 41 - 45, 516쪽.

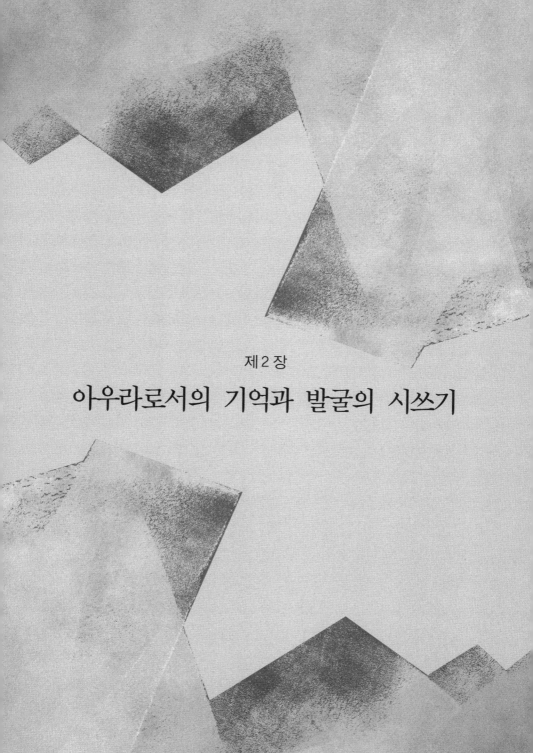

제 2 장

아우라로서의 기억과 발굴의 시쓰기

# 아우라로서의 기억과 발굴의 시쓰기

이 장에서는 백석 시의 유년기억의 특징을 '아우라'에 기대 살펴보고, 기억의 시화(詩化) 과정을 '발굴'로 설명하고자 한다. '아우라를 사는 경험', 다시 말해 망각되고 묻힌 것을 '발굴'하는 것은 백석 시의 유년 기억 탐색을 살펴볼 좋은 틀거리가 된다. 앞서서 설명한 대로 아우라 는 원전과 복제품을 구분하는 시금석이자 시공간적으로 멀리 있는 것 을 현재로 '불러' 오는 기억의 연쇄작용과 밀접한 관계를 맺는다.

무의지적 기억으로서 아우라를 백석의 시에 적용할 때 유년기억의 의미는 조금 더 구체화된다. 성인이 된 주체는 상징질서와 금기의 영 향을 받게 된다. 따라서 성인주체가 특정 사실을 기억하고자 노력할 때 회상되는 기억은 자의적 기억 또는 의지적 기억에 가깝다 하겠다. 역사적 기념비, 위인들의 이야기 등은 상징질서 하에 이데올로기적으 로 선택된 기억이자 사후적으로 재구성된 기억으로, 박제되어 있기에 활력을 찾기 어렵다. 기억의 잠재력과 활력을 찾기 위해 프로이트가 무의식을 언급한 것처럼, 벤야민은 망각된 기억과 상징질서의 영향에서 비교적 자유로운 유년의 기억을 호출한다.

유년기억을 발굴하는 구체적인 방식은 '수집'에서 유추할 수 있다. 유년주체는 사소한 삶의 편린을 수집하는데, 이를 벤야민의 용어로 정의하면 '파편(fragmant)'103)이라 할 수 있다. 파편은 아무 것도 아닌 것들, 사소하고 별 볼 일 없는 삶의 부스러기 같은 편린, 그리고 산만하고 이질적인 것들을 총칭한다. 어린이는 사물을 고정된 것으로 받아들이지 않고 그것을 새롭게 받아들인다. 그렇기에 파편으로 명명되는 폐품이나 쓰레기더미는 쓸모없는 것이지만, 어린이의 시선은 그것들을 장난감으로 바꾸고 활력을 불어넣게 된다.

익숙하고 고정적인 사물을 '수집'하고, 그것의 이력을 다르게 찾아내는 '발굴'의 시선은 백석 시의 유년주체에게서 쉽게 찾아볼 수 있다. 그의 시에서 유년주체는 미신, 그리고 타자화된 사람들의 내력을 모아 새로운 이야기를 부여한다. 또한 그는 고물투성이가 있는 공간인 고방을 탐색하고 흥미로워한다. 이 외에도 시적 주체는 별 볼 일 없는 사람들이 남긴 삶의 이력을 끊임없이 듣고, 그것을 경험으로 내

---

103) 파편 개념은 이론적으로 제시되기보다 「1900년경 베를린의 유년시절」, 「베를린 연대기」 등의 짤막짤막한 에세이에서 실제적으로 나타난다. 유년 시절 거센 목소리로 상대방에게 전화를 거는 아버지의 모습에서 자본가 아버지의 폭력성을, 할머니가 돌아가실 때가 되면서 요양소에 맡겨 집안에서 할머니의 자취가 사라진 것이나 매독으로 죽은 삼촌의 이야기를 실수로 언급한 아버지의 모습에서 노화와 죽음을 두려워하는 부르주아 사회의 모습을 사후적으로 읽는 것을 예로 들 수 있다. 따라서 파편 개념은 개인의 영역에만 그치지 않고 사회적으로도 확장 가능하다. - 발터 벤야민, 『선집3』, 윤미애 옮김, 길, 2007, 66쪽.

화하고 전달하고자 욕망한다.

이 과정에서 일관성 있게 드러나는 것이 파편을 '수집'하는 유년주체의 욕망이다. 유년주체는 창고, 집, 방, 논, 개울 등의 익숙한 생활공간과 요강이나 먹을거리 등을 놀잇감으로 인식하고 그것들에 새로운 의미를 부여한다. 주체는 '닭의 짖(닭털)'이나 '개터럭(개털)' 등에서 할아버지의 '슬픈 역사'를, '송구떡', '오지항아리' 등이 있는 '고방'을 상상력의 둥지로 생각하고 즐거워한다. 친족들과 마주칠 때도 마찬가지이다. 고모나 삼촌들의 삶의 이력이 주체의 회상을 통해 나타난다. 그리고 그 안에서 주체는 무의지적 기억 안에서 자신을 재발견하게 된다. 이는 결국 주체가 기억을 찾는 것이자 기억이 주체를 찾는 것이라는 변증법적 시선을 제시하는 것이라 하겠다.

1절에서는 유년주체가 아우라적 기억과 술래잡기함으로써 개인과 집단을 발견하는 과정을 다루었다. A항에서는 술래잡기의 정서적 기반이 애니미즘에 있음을 밝히고, 그 결과 백석 시에서 자주 등장하는 '녯말'이 공포뿐 아니라 매혹이라는 양가감정 하에 술래잡기를 촉발하는 것을 살펴보고자 한다. 이어서 B항에서는 술래잡기를 통해 그간 타자화되었던 몸, 인물, 미신 등이 아우라적 기억으로 주체 앞에 나타나는 과정을 살펴보고자 한다. 그리고 2절에서는 회상하는 주체의 언표화가 삶의 서사로서의 경험을 전달하는 이야기의 형태로 진행되고 있음을 다루고자 한다. A항에서는 나열, 병렬된 화제가 기억을 상호 보충하는 과정을, B항에서는 주체가 먹는 '음식'과 '이야기'가 등가를 이루면서, 풍습이 전달 가능한 이야기로 재맥락화되는 과정을 살펴보았다.

## 1. 유년주체와 술래잡기(Verstecke)로서의 탐색

유년주체의 기억탐사행위가 '기억 찾기'에서 '기억이 주체를 찾음'으로 전환될 때 적용할 수 있는 개념은 '술래잡기(Verstecke)'이다.[104] 술래잡기는 숨은 기억을 찾는 주체의 능동성, 그리고 발견된 기억의 변화와 왜곡 등을 아우르는 개념이다. 주체는 대상을 둘러싼 아우라로서의 기억을 회상을 통해 찾게 된다. 술래잡기를 시작한 유년주체에게 '집'이라는 익숙한 공간은 유령이 나올 수 있는 곳, 그리고 비의가 숨겨진 장소로 전이된다. 문이나 장롱, 책상 등의 일상물에 새로운 시선을 부여하기 때문이다. 그 결과 사물은 생생하게 살아 움직이게 된다. 술래잡기가 가능하려면 대상과 주체가 서로 '감응'[105]할 수 있

104) 'Verstecke'는 번역본에서는 '숨을 곳들'로 번역되었고, 최성만은 이 단어에서 추출된 놀이를 '술래잡기'로 해석하였다(최성만, 「역사인식의 방법으로서 '기억하기'-벤야민의『1900년 경 베를린의 유년시절』」,『독일어문화권연구』15권, 서울대학교 독일어문화권연구소(구 서울대학교 독일학연구소), 2006, 313‐334쪽).
"나는 집 안의 숨을 곳을 이미 다 샅샅이 알고 있었다. 따라서 그곳에 숨을 때면 마치 그 모든 것이 하나도 변하지 않았을 거라는 확신을 가지고 집에 돌아온 듯한 기분이 들었다. 나는 심장이 두근거렸고 숨이 멈추는 듯했다. 이곳에서 나는 사물만으로 이루어진 세계에 갇혔다. 그 세계는 나에게 무시무시할 정도로 분명하게 보였고, 아무 말 없이 가까이 다가왔다. 교수형당하는 사람이 비로소 밧줄과 나무가 어떻게 생긴지를 알게 되는 것도 그와 같으리라. 현관의 커튼 뒤에 선 아이는 커튼처럼 나부끼는 하얀 물체, 즉 유령이 된다. 식탁 아래 웅크리면 아이는 나무로 된 사원의 신상이 된다. 조각이 새겨진 식탁의 다리들은 사원의 네 기둥이다. 문 뒤에 숨으면 아이 자신이 문이라는 무거운 가면을 쓴 마법의 사제가 되어 아무 생각 없이 들어오는 사람들 모두에게 마법을 거는 것이다." - 발터 벤야민, 「1900년경 베를린의 유년시절」,『선집 3』, 윤미애 옮김, 길, 2007, 68‐69쪽.
105) '감응' 개념은 벤야민이 보들레르의 시 「교감(Correspondance)」에서 "인간이 상징의 숲속을 지나면/상징의 숲은 정다운 시선으로 그를 바라본다"라는 일부분을 인용해 언급한 '시선의 되돌림' 개념과 일맥상통한다. 그는 '시선에는 그 시선이 향하는 대상에게서 응답이 올 것이라는 기대가 내재해 있'고, 이것이 응답될 경우 '아우라의

어야 하는데, 대상을 단순한 객체로 생각하면 감응력이 사라져 술래
잡기를 할 수 없기 때문이다. 주체와 대상 사이의 상호작용이 이루어
질 때 주체는 대상을 둘러싼 무의지적 기억과 술래잡기를 할 수 있다.
물론 이성적인 사유 안에서 이러한 사고가 이루어지기란 불가능하다.
이것이 가능해지려면 사물을 있는 그대로 받아들이는 어린아이의 순
진무구함, 그리고 아우라의 세계를 인정하는 사유가 필요하다.

술래잡기하는 주체는 '샅샅이 알고 있'는 익숙한 공간에서 도리어
긴장감과 두려움, 그리고 매혹이라는 감정을 느끼게 된다. 기억이 주
체에게 익숙한 질료로 만들어진다 할지라도 탐색과정을 통해 주체에
게 기억은 새롭게 다가올 수 있기 때문이다.

백석의 시에서 술래잡기의 양상은 첫째, 귀신과 속신을 그대로 믿
는 순진한 유년주체의 등장에서 살펴볼 수 있다. '넷말'로 표상되는
애니미즘적 사유는 근대적 시선으로 보면 거부해야 할 미신이다. 백
석 시의 유년주체는 자신이 알지 못하는 존재, 혹은 민담이나 설화 속
에 등장하는 존재가 실제로 존재한다고 믿고 두려워한다. 유년기의
기억과 근대라는 시선 아래 망각 혹은 억압된 미신을 '살아 있는' 것
으로 믿음으로써 그 대상을 생생하게 그려낸다. 주목해야 할 것은 유
년주체가 해당 대상을 두려워하면서도 그 대상과 지속적으로 술래잡

---

경험이 충만하게 이루어진다'고 지적한다. '시선의 되돌림'은 주체가 객체를 통해
미적 경험을 한다는 것뿐 아니라, 객체 또한 주체를 통해 미적 경험이 가능하다는
논리로 읽어낼 수 있기 때문이다. 보는 것은 시각감각 안에 들어온 대상 전체를 아
우르는 것을 넘어선다. 다시 말해 '본다'는 행위 속에는 시선의 대상이 의미를 열어
보이는 것, 그리고 미적 경험이 이루어지는 것에 대한 기대가 자리한다. - 발터 벤
야민, 「보들레르의 몇 가지 모티프에 관하여」, 『선집4』, 김영옥, 황현산 옮김, 길,
2010, 240쪽.

기를 하려는 점이다. 여기에서 주체가 대상, 그리고 대상을 탐색하는 술래잡기에 매혹되었다는 것을 알 수 있는데, 매혹과 두려움이라는 양가감정은 역으로 주체에게 강력한 감응력을 행사할 감정적 동력으로 작용한다. 둘째, 유년주체는 삶의 서사에서 중요한 인물로 치부되지 못했던 부스러기 같은 인물들을 찾아내 그들의 '슬픈 역사'를 읽어내며, 몸 밖으로 버려지는 배설물을 통해 배설행위를 둘러싼 공동체의 삶을 형상화한다. 이 또한 근대적 시선 아래 망각된 유아기적 기억을 탐색하는 술래잡기로 이해할 수 있겠다.

## A. 애니미즘과 '녯말'의 양가성

동식물뿐 아니라 무생물에도 인간과 동일하게 영혼이 존재한다고 생각하는 애니미즘적 세계관은 원시시대의 사유방식 중 하나이다. 애니미즘적 세계관에서는 자연현상까지도 그것에 깃든 영혼에 의해 좌우된다고 보는데, 애니미즘적 사유는 대상의 아우라적 권위를 인정하는 것, 그리고 대상이 주체에게 끼치는 감응력을 인정하는 시선과 유사하다. 동식물이나 무생물의 영혼이 자신에게 영향을 끼칠 수 있다고 생각하는 것은, 주체가 통제하지 못했던 기억이 주체에게 새롭게 다가온다는 점에서 아우라적 태도로 해석할 수 있다.

백석의 시에서 애니미즘은 귀신을 비롯한 사물들을 두려워하거나, 동물과 눈을 마주하고 싶어 하는 유년주체의 욕망에서 살펴볼 수 있다. 유년주체는 귀신을 실제로 보지 못했지만 '녯말'을 통해 그것이 실제로 존재한다고 생각한다.[106] 다시 말해 지금은 없지만 과거에 존재했던 대상을 불러내는 힘이 비가시적이고 비물질적인 '녯말'을 살아 있게 만드는 것이다. 그의 시에서 '녯말', 혹은 '녯말속'이 빈번하게 등장하는 것 역시 일차적으로는 애니미즘적 시선, 그리고 더 나아가서는 아우라적 기억의 회상에서 기인한다 하겠다.

이제 유년주체가 대상에 감응력을 부여하는 감정을 살펴 볼 필요가 있다. 바로 매혹과 두려움이라는 양가감정이다. 백석 시의 유년주체는 익숙한 공간을 가면서도 그곳에서 나타나는 무언가를 두려워한다.[107] 또한 무서워하는 대상을 피하는 대신 부단히 찾으러 나선다. 보이지 않는 지렁이의 눈을 보고 싶어하거나(「나와 지렁이」), 외갓집에 있는 시끌시끌한 귀신들(「외가집」)과 집안에 있는 귀신들(「마을은 맨천 구신이 돼서」)을 무서워하면서도 그들에게 매혹된다.

'무서움'은 대상이 주체보다 우위에 있을 때 일어나는 감정이다, 백석의 시에서 유년주체가 경험하는 '무서움'은 특별한 영향력을 주지 않는 대상에게 힘을 부여하는 애니미즘의 세계관을 설명할 단서가 된다. 무서움은 주체가 대상을 완전히 파악할 수 없을 때 빚어지는데, 통제할 수 없는 대상은 주체가 의식화하지 못한 무의지적 기억과 유사하기 때문이다. 따라서 '피하는 나'와 '찾는 대상'의 관계는 거꾸로 '숨은 대상'을 '찾아나서는 나'와 짝패를 이룬다. A항에서는 「나와지렁이」, 「외가집」, 「마을은 맨천 구신이돼서」를 대상 텍스트로 한다.

---

106) 시어 '녯말'이 등장하는 텍스트는 각주 100 참고.
107) 유년주체의 순진함이 '무서워하는' 마음으로 표출된다는 해석은 고형진, 「'가난한 나'의 무섭고 쓸쓸하고 서러운, 그리고 좋은」, 『백석 시를 읽는다는 것』, 문학동네, 2013, 34쪽에서도 지적된 바 있다.

내 지렁이는

커서 구렁이가 되었읍니다.

천년동안만 밤마다 흙에 물을주면 그흙이 지렁이가 되었읍니다.

장마지면 비와같이 하눌에서 날여왔읍니다.

뒤에 붕어와 농다리의 미끼가 되었읍니다.

내 리과책에서는 암컷과 숫컷이있어서 색기를 나헛습니다.

지렁이의눈이 보고싶읍니다.

지렁이의 밥과집이 부럽습니다.

- 「나와 지렁이」 전문108)


　인용시에서는 지렁이의 '눈'을 보고자 하는 주체의 바람이 드러난
다. 상상적 믿음과 선명하게 구분되는 '리과(理科)'책의 이성적이고 합
리적인 논의가 등장하지만, 유년주체는 자신의 믿고 있던 유년기의
상상을 포기하지 않는다.

　과학적인 기준으로 볼 때, 흙이 지렁이가 되고 지렁이가 구렁이가
된다는 논리는 빈약하기 짝이 없다. 그렇지만 '천년동안만'이라는 신
화적 지표 아래 지렁이는 설화에 등장하는 힘 있는 대상으로 변모한
다. 한 인간의 수명을 훌쩍 뛰어넘는 천 년이라는 시간이 '천년동안만'
이라는 기한을 한정하는 금기와 만나면서 신화적으로 변모한 것이다.
금기는 일정 시간 동안 무엇을 하거나 하지 않는 것으로, 해당 대상과
인간이 맺는 일종의 약속이자 대상의 아우라를 유지하게 하는 역할을
한다. 이 시에서는 '천년동안만'에서 특정 기간을 한정하는 '만', 그리

---

108) 인용시의 기본 출처는 고형진, 『정본 백석 시집』(문학동네, 2007)이다. 해당 텍스트
　　를 원문으로 정하여 원문을 그대로 인용하되, 본문에 해당하는 시 해석에서는 가독
　　성을 높이고자 한글(한자)로 기록한다.

고 '밤마다'라는 조건이 첨부된다. 이제 '천년'은 어린이들이 듣는 옛 이야기가 환상으로 펼쳐지는 아득한 시공간의 배경을 마련한다.

애니미즘적 시각은 5연에서부터 지렁이의 생태와 죽음으로 인해 공격받는다. 주체는 이러한 사실을 인식하면서도 '지렁이의눈이 보고싶'다고 언급함으로써 신화적 시간의 존재, '녯말' 속 존재인 지렁이의 의미를 강화한다. '눈을 보고 싶다'는 내용에서 이를 알 수 있다. 생물학적으로 지렁이는 시각기관이 퇴화돼 눈이 없다. 쓸모없어 사라진 눈처럼 '폐품'이 된 지렁이에게 유년주체는 '눈'을 부여한다. 주체가 대상의 눈을 바라본다는 것은, 해당 대상이 무엇을 응시할 수 있는 존재이자 내면을 표출할 수 있는 존재라는 것을 의미한다.[109] 8행에서도 마찬가지이다. 지렁이를 '밥'과 '집'을 가진 존재로 상정함으로써 유년주체는 지렁이를 주체 자신과 같은 선상에서 인식한다. 주체는 지렁이를 '지렁이'로 언급하는 대신 '내 지렁이'로 한정해 지렁이와 나의 관계를 1:1로 제시한다. 그 결과 지렁이는 영혼이 있으며 주체와 대등하게 술래잡기를 할 수 있는 존재이자 살아 있는 '녯말'의 대상으로 상승된다.

> 내가 언제나 무서운 외가집은
> 초저녁이면 안팎마당이 그득하니 하이얀 나비수염을 물은 보득지근
> 한 복쪽재비들이 씨굴씨굴 모여서는 쨩쨩 쨩쨩 쇳스럽게 울어대고
> 밤이면 무엇이 기와곬에 무리돌을 던지고 뒤우란 배낡에 쩨듯하니
> 줄등을 헤여달고 부뚜막의 큰 솥 적은 솥을 모주리 뽑아놓고 재통에간

---

109) 각주 105의 '감응', '시선의 되돌림' 참고

사람의 목덜미를 그냥그냥 나려 눌러선 잿다리 아래로 쳐박고
　　그리고 새벽녘이면 고방 시렁에 채국채국 얹어둔 모랭이 목판 시루
며 함지가, 땅바닥에 넘너른히 널리는 집이다.

- 「외가집」 전문

　　인용시에서 애니미즘적 시선은 무서움을 강조하는 데서 찾을 수 있
다. 인용시의 통사구조는 '외가집은 - 한 집이다'로 구성되는 복문 형
태를 이룬다. ' - 하고', ' - 하는'의 연결어미로 긴장감을 잃을 수 있는
통사구조에 리듬과 질서를 부여하는 것은 '초저녁이면', '밤이면', '새
벽녘이면'이라는 시간지표이다. 초저녁에 일어난 행위와 밤에 일어난
행위, 그리고 새벽녘에 일어난 행위 등 각각 다른 시간대의 행위가
'언제나'와 '외갓집'이라는 시어로 집중되기 때문이다. 따라서 1행에
서 '내가 언제나 무서운 외가집은'의 '언제나'는 외갓집을 두려워하는
감정이 지속되고 있음을 보여 준다.

　　무서워하는 감정은 시 속에 등장하는 대상이 유년주체를 바라보고
있다는 데에서 시작된다. 유년주체는 그 대상을 피해 숨거나, 혹은 그
대상이 무엇인지 찾아내고자 한다. 이 경우 유년주체를 바라보는 대
상은 2행에서는 '복쪽재비', 3행에서는 '무엇'이라 할 수 있다.

　　흥미로운 것은 4행에서 유년주체를 바라보는 대상이 무엇인가이다.
앞뒤 문맥상 3행에 등장하는 '무엇'이 4행의 행동주체로 걸쳐질 수 있
지만, 좀 더 나아간다면 모랭이, 목판, 시루, 함지 자체가 넘쳐 오르는
에너지를 참지 못하고 스스로 '땅바닥에 넘너른히 널'린다는 해석도
가능하기 때문이다.

애니미즘적 시선은 행위주체에 대한 묘사가 3, 4행으로 이어질수록 주체 자체보다 행위에 집중되는 것에서 드러난다. 성인의 시각으로 생각할 때 '무엇'은 거센 밤바람이나 울타리 사이로 들어온 동물들일 가능성이 높다. 실제 백석의 시 「가즈랑집」에서 할머니가 살고 있던 '가즈랑집'을 일컬어 '멧돼지와 이웃사촌을 지내'는 곳이라고 언급한 것을 살펴보면, 외딴집으로 추정되는 외갓집에 산을 내려온 짐승들이 드나들 가능성을 배제할 수 없다. 그렇지만 유년주체는 성인과 달리 자신이 경험한 세계를 중심으로 인과관계를 부여한다. 이는 3행에 등장하는 '재통에간 사람의 목덜미를 그냥그냥 나려 눌러선 잿다리 아래로 쳐박고'라는 구절을 의도적으로 삽입한 것에서 찾을 수 있다. 화장실에 간 사람을 붙잡는다는 이야기는 어린 아이들을 놀리는 귀신이야기에서 쉽게 접할 수 있는 내용이다. 그것을 의심하지 않고 적용하는 주체는 '녯말'을 두려움과 매혹이라는 양가감정으로 살려낸다.110)

흔히 괴담류에서 귀신을 만나기 가장 쉬운 곳은 '재통', 곧 화장실이다. 주거공간에서 화장실이 분리되어 있으며, 누군가와 같이 가기보다 혼자 가야 한다는 점, 그리고 배설행위로 비유되는 억압에서의 해방 혹은 분출 등이 낯설면서도 익숙한 두려움을 불러일으키기 때문이다. 그렇기에 어린아이에게 늦은 밤, 잠자리에서 일어나 화장실을 가는 일은 두려운 경험일 수밖에 없으며, 어린아이는 자신이 저지른 실수를 눈에 보이지 않는 '귀신'의 잘못으로 투사하게 된다. 그 결과 움츠러드는 유년주체의 수동성은 귀신이라고 하는 대상의 능동성('목덜미

---

110) 이숭원은 '재미'와 '두려움'으로 유년기 자아의 감정을 설명하였다. - 이숭원, 『백석을 만나다』, 태학사, 2008, 344쪽.

를 그냥그냥 나려눌러선 잿다리 아래로 처박고')으로 전환되는 것이다. 목덜미
가 섬짓해지는 촉각을 목덜미를 내리누르는 압각으로 강화하고, 화장
실에 빠질지도 모른다는 막연한 두려움을 누군가가 잿다리 아래로 빠
뜨릴 것이라는 공격성으로 확장한다. 그 결과 유년주체는 자신이 바
라보는 대상을 거꾸로 유년주체에게 힘을 행사하는 대상으로 치환하
는 것이다. 이 과정에서 1행의 '무서운 외갓집'은 2행 - 4행의 행위화
소를 통합하며 4행의 '집이다'로 회귀하고, 매혹과 두려움이라는 양가
적 감정은 외갓집을 생생하게 그려내게 된다.

나는 이 마을에 태어나기가 잘못이다
마을은 맨천 구신이 돼서
나는 무서워 오력을 펼수 없다
자 방안에는 성주님
나는 성주님이 무서워 토방으로 나오면 토방에는 디운구신
나는 무서워 부엌으로 들어가면 부엌에는 부뜨막에 조앙님

나는 뛰처나와 얼른 고방으로 숨어 버리면 고방에는 또 시렁에 데석님
나는 이번에는 굴통 모통이로 달아가는데 굴통에는 굴대장군
얼혼이 나서 뒤울안으로 가면 뒤울안에는 곱새녕 아래 털능구신
나는 이제는 할수 없이 대문을 열고 나가려는데
대문간에는 근력 세인 수문장

나는 겨우 대문을 삐쳐나 밖앝으로 나와서
밭 마당귀 연자간 앞을 지나가는데 연자간에는 또 연자망구신
나는 고만 디겁을 하여 큰 행길로 나서서

마음 놓고 화리서리 걸어가다 보니

아아 말 마라 내 발뒤축에는 오나 가나 묻어 다니는 달걀구신

마을은 온데 간데 구신이 돼서 나는 아무데도 갈수 없다

「마을은 맨천 구신이 돼서」 전문

　인용시는 인간과 귀신이 각 공간에서 무엇을 하는지 속도감 있게 드러낸다. 성주님, 디운구신(지운 : 地運), 조앙님, 데석님(제석), 굴대장군(굴뚝신), 털능구신(칠능, 칠룽), 수문장, 연자망구신(연자매 귀신) 등은 각자 자신들이 지키는 구역이 정해져 있는 신들이다. 이들이 존재하는 장소는 어린아이가 접할 수 있는 생활공간이자 가족 및 마을공동체의 체험공간[111]이지만, 시적 주체는 이 공간을 자신이 태어나 살고 있는 공간이자 죽은 귀신을 만날 수 있는 공간으로 받아들인다. 따라서 이 시는 집안의 곳곳마다 주관하는 신들이 있고, 그 신들의 내력이 어떠한가를 풀어내는 <문전본풀이>를 환기한다. 일상의 영역이 인간의 운명을 관장할 수 있는 신들이 존재하는 공간으로 변환되며 귀신들은 시적 주체에게 영향을 줄 수 있는 대상으로 변주되는 것이다.

　이 시에서 드러나는 기억의 탐색과정은 해당 공간으로 가서 그들을 발견하는 것에서 찾아볼 수 있다. 그러기 위해서는 일종의 제의(祭儀)가 필요하다. 제의는 특정 공간을 정돈하고 신들이 올 수 있게 준비하는 것이다[112]. 공간의 정돈은 일상공간을 신을 만날 수 있는 공간으로

---

111) 심리나 감각, 상상(에서 비롯된 유령), 소리 등을 두려움의 질료로 삼을 때 체험공간을 무서워했던 기억이 더 오래 남는다는 연구 또한 남아 있다. - 최주영 외, 「유년기 무서움을 느낀 공간에 대한 원풍경의 체험특성에 관한 연구」, 『대한건축학회 논문집 : 계획계』 27권 8호, 대한건축학회, 2011, 21 - 28쪽.

112) 서사무가의 <본풀이>의 경우 신을 초청하는 청배(請陪) 과정에서 주변을 닦고 신

바꾸는 것에서 살펴볼 수 있다. 혼자 있거나 밤에 그 공간을 방문할 때 공간은 낯설어지고 다르게 느껴진다. 이제 유년주체는 해당 공간이 이전과 '달리' 보였던 순간들의 기억을 재조합하면서 귀신들을 회상한다. 잘못 들었던 소리, 어른들의 으름장, 어두운 밤 잘못 보았던 것들이나 그림자 등이 조합되면서 무서운 귀신의 형상을 만드는 것이다. 주체는 특정 장소에 갈 때마다 귀신들을 만난다. 귀신들의 이름을 나열하는 과정은 귀신들을 부르는 과정과 동일화된다. 이제 나타나는 귀신들 앞에서 주체는 그들을 재호출하고, 그들을 발견하며, 그들을 피해 몸을 숨긴다. '가다', '나가다' 등의 동사는 결국 '도망치다', '놀라다', '몸을 피하다'라는 동사를 추출해낸다. 누군가를 '피해' 숨고, 그에 의해 발견되면 다시 피해 숨는 것이 바로 술래잡기의 공식이다.[113]

여기서 '내가'가 반복되면서 '나는 무엇이 무섭다' 혹은 '내가 무서워하는 무엇'이라는 통사구조가 나열되는 것을 살펴볼 필요가 있다. '나 : 무서운 대상'의 반복은 앞선 시와 마찬가지로 시 전체에서 '대상 - 나'라는 짝패를 구성하며 둘 사이의 긴장감을 높인다. 긴장감이 높아지면서 '숨는 나'와 '찾는 대상'의 경계는 '찾는 나'와 '나타나는 대상'으로 변모하고, 두려움이라는 감정은 매혹으로 전치된다.

---

들을 초청하는 음식과 그들을 상징하는 물건을 늘어놓은 다음 그들이 즐겁게 놀음할 준비를 한다. 이에 더해 신들의 본(本)을 장황하게 읊음으로써 이들을 호명하는데, 이름을 부를 때 신들은 신계의 문을 열고 나와 인간이 사는 일상의 생활공간에 내려올 수 있다. - 강진옥, 「'신성과의 소통방식'을 통해 본 무속의례와 신화의 공간성 연구」, 『비교민속학』 39권, 비교민속학회, 2009, 387 - 438쪽.

113) 고형진은 유년주체가 도망치는 경로가 아이들이 자주 들르는 곳이라는 점, 그리고 빠른 템포가 흥겹게 노는 발걸음을 반영한다는 점을 들어 놀이 모습을 환기한다고 보았다. - 고형진, 『백석 시 바로 읽기』, 현대문학, 2006, 168 - 170쪽.

마지막 연에서 주체는 달걀귀신에게 붙잡힌다. 달걀귀신은 머리만 크고 팔다리는 아주 작거나 없다. 그리고 달걀이 머리를 대신하기 때문에 얼굴도 없다. 머리가 크고 팔다리가 작다는 점, 그리고 백지상태의 얼굴을 스스로 확인한다는 점에서 달걀귀신은 아이들 스스로가 자신을 투사한 대상이 된다. 집 밖으로 나가보려고 하지만 한계는 마을의 언저리이고, 그 바깥 세상에 대해 아무 것도 모르는 백지상태의 유년주체를 드러내기 때문이다. 그 결과 달걀귀신에 대한 두려움은 외부세계가 언제든 침범해 자기 삶을 뒤흔들지 모른다는 불안감이 투사된 것으로 읽을 수 있다.114)

이 감정과 연결해 인용한 시에서 '태어남'과 '달걀'의 이미지를 재독할 필요가 있다. 주체는 자신이 태어난 '마을'을 세 번 반복해 언급한다. 시에서 '마을'은 첫 부분에 두 번, 마지막 부분에 한 번으로 총 세 번 등장한다. 이는 '마을'이라는 공간이 시 전체의 배경이며 주체와 밀착적인 관계에 놓여 있음을 보여 준다. 마을이라는 공간에 주체가 감싸여 있듯, 흰자에 감싸인 생명의 씨앗은 연약하다. 달걀이 금방 깨져 점액질이 흘러나오고 길 위에 깨어진 점액질은 오고가는 사람들의 발걸음 속에 금방 사라진다. 사라지는 것에 대한 두려움과 불안은 거꾸로 그것을 밟고 지나가는 사람들, 혹은 깨어진 달걀을 밟고 '발뒤축'을 질질 끌며 발걸음을 옮겼을 자기 자신에게로 향한다.

흔히 어린아이들에게서 볼 수 있는 막연한 불안감은 삶과 죽음, 부모에 대한 감정, 약한 자신에 대한 두려움 등을 원인으로 한다. 프로

---

114) 지그문트 프로이트(Sigmund Freud), 「늑대인간 - 유아기 신경증에 관하여」, 『늑대인간』, 김명희 옮김, 열린책들, 2003, 197 - 341쪽.

이트 역시 병리적 불안을 언급했는데,[115] 세계에 대한 불안감을 형성하게 된 원초경(pre-mal scene)은 망각을 풀어헤쳐야만 찾을 수 있다. 백석의 다른 시 「고야」에서 아버지가 타관에 가고 엄마와 남아 있을 때 불안해하는 유년주체의 모습이 등장하는 것을 볼 때, 혼자 남는 것, 보호자가 존재하지 않는다는 데에 불안의 시작점이 놓였다고 볼 수 있다.

그럼에도 시적 주체가 두려움을 넘어 매혹으로 '넷말'에 해당하는 귀신을 살아 있게 하는 이유를 생각할 필요가 있다. 기억 속 사물을 호출하고 재현하며 '넷말'을 강력하게 호출함으로써 주체는 스스로를 발견하게 되며, 자신이 믿고 있던 것들을 의미화하게 된다. 귀신은 자신을 무서워하는 사람, 자신을 믿는 사람, 자신을 볼 수 있는 사람에게 달라붙는다. 무의지적 기억 역시 마찬가지로 망각되었던 것을 탐색하는 이에게 자신의 모습을 드러낸다. 그렇기에 무서운 감정이 강력해질수록 무의지적 기억으로 설명할 수 있는 '넷말'은 강력하게 주체를 매혹하는 것이다.[116]

세 편의 시에서 알 수 있듯, 유년주체의 애니미즘적 사유는 '넷말'이라는 비논리적이고 비물질적인 대상을 살아 있게 만든다. 유년주체는 과학과 이성의 논리를 거부하고 '지렁이의눈'을 보고 싶어할 뿐 아니라, 무서워하면서도 '외가집'을 설명하면서 '-집이다'를 반복함으로써 외갓집을 생생하게 재현해낸다. 또한 마을에 가득한 귀신들을

115) 위의 글.
116) 해당 논의를 발전시킨 글은 졸고, 「백석 시의 알레고리 연구」, 『한국문예창작』 36호, 한국문예창작학회, 2016, 39 - 61쪽.

피해 도망치면서도 역으로 그들의 이름을 부른다. 이 과정에서 두려움은 매혹이라는 감정을 이끌어낸다. 그 결과 유년주체는 매혹과 두려움이라는 양가감정 하에 '넷말'의 대상들을 생생하게 추출한다. 이 강력한 감정은 망각 혹은 억압된 기억의 에너지가 그만큼 강렬하다는 것을 반증한다. 기억을 매혹과 두려움으로 제시하는 백석 시의 세계에서 주체는 회상에 동반되는 쾌감, 그리고 무의지적 기억 속에서 스스로를 발견하는 쾌감을 이끌어내고 있다.

## B. 타자성의 복원과 공동체의 형상화

기억하고자 애쓰는 것, 혹은 사회경제적으로 망각된 기억을 촉구하는 것은 특정한 사물에만 국한된다. 반대로 무의식적으로 망각의 영역에 저장된 무의지적 기억은 별 볼 일 없는 부스러기에서 촉발될 때가 많다. 연구자들이 프루스트의 소설에서 '마들렌'에 집중하는 이유는, 마들렌이라는 사소한 것이 삶 전체를 읽어내게 하기 때문이다. 백석의 시에 적용하기 위해 그의 시에 등장하는 사소한 대상이자 부스러기들은 '타자성'이라는 익숙한 문학용어로 변형할 수 있다. 그의 시에 등장하는 부스러기 같은 존재들은 거의 타자적 존재로 등장하기 때문이다.117) 백석 시에 등장하는 인물들도 타자화된 인물들, 부스러기 같은 인물들이다. 따라서 인물들을 시화하는 백석의 시선을 통해 타자성의 복원을 다양한 층위에서 살펴볼 수 있다. 다만 '기억' 차원

---

117) 소래섭, 「백석 시에 나타난 감정과 언어의 관련 양상」, 『한국시학연구』 제31호, 한국시학회, 2011, 35-60쪽.

에서 타자성을 논의한다면, 기념비적인 존재로 기억될 수 없는 존재
들을 술래잡기처럼 '찾아' 복원하는 과정을 예로 들 수 있겠다. B항에
서는 「모닥불」과 「동뇨부(童尿賦)」를 통해 타자성의 복원 및 마을과 씨
족으로 구현되는 공동체118)의 형상화 과정을 살펴보고자 한다.

> 새끼오리도 헌신짝도 소똥도 갓신창도 개니 빠디도 너울쪽도 짚검
> 불도 가락잎도, 머리카락도 헌겊조각도 막대꼬치도 기와장도 닭의 짖
> 도 개터럭도 타는 모닥 불.

> 재당도 초시도 門長늙은이도 더부사리 아이도 새사위도 갓사둔도 나
> 그네도 주인도 할아버지도 손자도 붓장사도 땜쟁이도 큰개도 강아지도
> 모두 모닥불을 쪼인다

> 모닥불은 어려서 우리 할아버지가 어미 아비 없는 설어운 아이로 불
> 상하니도 몽둥발이가 된 슬픈 역사가 있다.

> > > > > > > > > > > > > > > > > > > > > - 「모닥불」 전문

인용시 1연에서는 '탄다'라는 동사, 2연은 '쬔다'라는 동사 아래 기

---

118) 백석 시의 '공동체'로서의 씨족, 혈연, 마을에 관한 연구는 백지혜, 「백석 시에 나타
난 '마을' 형상화의 의미」, 『한국근대문학연구』 4권 1호, 한국근대문학회, 2003, 213
-242쪽. ; 김춘희, 「백석 시의 가족공동체 구현 양상과 그 의미」, 『한국어와문화』
12, 숙명여자대학교 한국어문화연구소, 2012, 67-103쪽. ; 김정수, 「백석 시에 나타
난 공동체의 성격과 그 의미」, 『대동문화연구』 66권, 성균관대학교 대동문화연구원,
2009, 449-470쪽 참고.
이 외에도 이동순은 초기 연구에서 벽석 시에 등장하는 고유명사들의 목록을 제시
한다. 인물들의 목록, 그리고 인물들과 얽힌 놀이와 이야기들을 정리하는데, 주로
민족적 삶을 중심으로 구성된 이야기들은 그 범위가 '마을' 공동체를 중심으로 구
성되어 있음을 알 수 있다. - 이동순, 「문학사의 영향론을 통해서 본 백석의 시」, 『인
문연구』 제18권 1호, 영남대학교 인문과학연구소, 1996.8, 69-100쪽.

억의 소재들이 수집된다. 동사 아래 모인 소재들은 중요도가 어떠하든 상관없이, 같은 무게로 나열된다는 점에서 유의미하다. 1연에 등장하는 새끼오리(새끼줄)부터 개터럭(개털)까지 등장하는 사물들은 사람이나 동물의 몸뚱이, 혹은 원래 위치에서 떨어져 나온 사물이자 쓸모가 없다는 점에서 동일화된다. 3연의 '몽둥발이'가 붙어 있던 것들이 다떨어지고 몸뚱이만 남은 물건이라는 점을 생각할 때, 1연과 3연에 등장하는 사물들은 논리적으로 연결이 가능하다. 이 대상들이 모이는 곳이 '모닥불'이다. 모닥불은 이 대상들을 태우지만, 동시에 이 대상들은 모닥불을 유지하는 질료가 된다. 1연에 등장하는 사물들은 유년주체가 거주하는 세계의 편린이라 할 수 있다.

2연에서 사람과 동물은 편린들을 태운 모닥불의 온기를 쬔다. 모닥불의 질료는 하나같이 비천한 것들로, 위에서 언급한 것처럼 위계질서 없이 나열되었다는 것이 특징이다. 그리고 이들을 질료로 인용하는 주체의 시선 아래, 불을 '쬐'는 사람들과 동물들 역시 위계가 와해된 채 동일한 차원에서 취급된다. 재당(齋長)과 문장(門長), 그리고 결혼식에 모인 갓사둔(새사돈), 새사위, 나그네, 땜쟁이, 큰개, 강아지가 모닥불을 '쬔다'라는 동사 아래 동일화되기 때문이다.

이러한 시선은 3연에서도 살펴볼 수 있다. 모닥불과 할아버지, 그리고 몽둥발이가 같은 선상에서 취급되기 때문이다. 원문의 논리를 그대로 따져 보면 '모닥불=할아버지의 역사=몽둥발이'라고 할 수 있다. 이 돌연한 접근법을 통해 경험과 공동체의 삶을 되짚어 보아야 한다. 위에서도 언급했듯 모닥불에 들어가는 부스러기들은 모닥불의 질료이다. 그리고 이 질료를 통해 유년주체는 모닥불을 대면하고, 모닥불을 통해 사람들의 얼굴을 들여다볼 수 있다. 2연에 등장하는 사람들은 모닥불 앞에 모여 모닥불을 쬐는 사람들이자, 불빛에 얼비쳐 '다른 얼굴'을 하게 되는 사람들이기 때문이다. 다시 말해, 모닥불은 유년주체가 자신과 공동체의 인물들을 바라보는 거울이라고 할 수 있다.

3연에서 지적하듯 '우리 할아버지'는 어린 시절 부모를 잃고 서글프게 자라난 역사가 있다. 모닥불은 할아버지의 '슬픈 역사'를 비춰준다. 할아버지의 이야기, 곧 '슬픈 역사'라는 경험은 유년주체의 무의식에 자리해 있다가 몽둥발이처럼 떨어져 나온 파편들을 태우는 모닥불을 만나면서 호출된다. 이 전제 하에 2연에 등장하는 인물들이 할아버지와 어떤 관계를 맺는가 살펴볼 필요가 있다. 유년주체의 시선 아래 이들은 '슬픈 역사'를 공유하는 사람[119]이며, 이들 사이에서 연대감이 형성되기 때문이다.[120]

함께 모여 불을 쬐기 위해서는 이들을 모을 수 있는 행사가 있어야 한다. 특히 '새사위'와 '갓사둔', 문장과 재당이 함께 모이려면 이들을 한데 모을 수 있는 행사가 있었다는 것을 암시하는데, '새사위'와 '갓사둔'이라는 구절을 통해 유추한다면 집안에 결혼식이 있었다는 해석도 가능하다. 그러나 결혼식에서 흔히 연상되는 신랑신부의 맞절이나 음식, 흥겨운 분위기가 나열되는 대신, 2연에 등장하는 남성인물들의 나열과 쓸쓸한 모닥불의 풍경은 결혼식 풍경이 아닌 다른 경험, 곧 (할아버지의) 죽음을 상상하게 한다.

---

119) 이근화, 「1930년대 시에 나타난 식민지 조선어의 위상 : 김기림·정지용·이상을 중심으로」, 고려대학교 박사논문, 2008.
120) 이경수, 『한국 현대시와 반복의 미학』, 월인, 2005, 117쪽.

시의 해석을 3연에 기대어 출발할 때, 무의지적 기억의 출발점은 '우리 할아버지'라고 할 수 있다. 몽둥발이처럼 살았던 할아버지의 '슬픈 역사'가 모닥불을 통해 호출되고, 모닥불의 질료들인 부스러기, 파편들은 할아버지가 살아왔던 삶의 양식을 드러낸다. 더 나아가 2연의 사람들의 모습은 '몽둥발이'처럼 무엇인가 자신이 소중하게 생각했던 것들을 상실한, 삶의 파편들로 변주된 사람들이라 할 수 있다.

이제 한걸음 더 나아가 모닥불을 쬐는 사람들을 바라보는 유년주체를 생각할 필요가 있다. 유년주체의 시선에서 모닥불은 사람들을 바라볼 수 있는 통로이고, 통로 너머에는 2연의 인물들이 등장한다. 모닥불이 하나의 거울이고, 1연에 등장하는 사물들이 그 거울을 유지하는 질료라면, 2연에 등장하는 주체의 시선 아래 사물들은 모닥불을 거울로 만드는 질료로 치환된다. 그리고 1연의 사물들에서 '할아버지'로 비롯되는 한 개인의 망각된 기억을 소환하듯, 유년주체는 2연에 등장하는 공동체 인물들의 외로움과 '슬픈 역사'를 자기 안에 재소환하는 것이다.

봄첨날 한종일내 노곤하니 벌불 작난을 한날 밤이면 으레히 싸개동당을 지나는데 잘망하니 누어 싸는 오줌이 넙적다리를 흐르는 따끈따끈 한 맛 자리에 평하니 괴이는 척척한 맛

첫 녀름 일은저녁을 해 치우고 인간들이 모두 터앞에 나와서 물외포기에 당콩포기에 오줌을 주는때 터앞에 밭마당에 샛길에 떠도는 오줌의 매캐한 재릿한 내음새

긴 긴 겨울밤 인간들이 모두 한잠이 들은 재밤중에 나혼자 일어나서
머리맡 쥐발같은 새끼오강에 한없이 누는 잘매럽던 오줌의 사르릉 쪼
로록하는소리

그리고 또 엄매의 말엔 내가 아직 굳은 밥을 모르던때 살갗 퍼런 망
내고무가 잘도 받어 세수를 하였다는 내 오줌빛은 이슬같이 샛맑앟기
도 샛맑았다는것이다.

-「童尿賦」 전문

「모닥불」과 달리, 인용시 「동뇨부(童尿賦)」는 유년주체의 개인적 경
험과 집단의 경험이 슬픔 대신 쾌감으로 확장되는 모습을 보여준다.
이 시에서 공통적으로 적용되는 경험은 '오줌싸기'라고 할 수 있다.
기억의 첫 화면은 이부자리에서 오줌을 싼 장면이다. 이 경험은 모두
가 함께 오줌을 주던 기억을 호출하며, 고모가 유년주체의 오줌을 받
아 세수를 했던 기억을 불러 오는 데 활용된다. 시의 제목인 '동뇨부
(童尿賦)'는 부(賦)의 장르적 특징인 오감의 적극적 활용, 그리고 수사의
풍부함, 낙관적 세계관과 하찮은 것들에 대한 배려와 연결 지어 해석
할 수 있는데,121) 이 과정에서 오줌싸는 행위의 성격은 부정적으로 그

---

121) 임종욱에 따르면 부(賦)는 중국 한(漢)대에 발생하였으며 초사(楚辭)에서 파생되었고,
조선시대에는 사대부들이 향유한 장르라고 한다. 부의 특징은 감각적이고 풍부한
수사, 세계관의 낙관성, 하찮은 것들에 대한 미적·도덕적·윤리적 배려(420쪽), 환
상성과 현실 모방적 요소(429쪽), 지배층 중심의 유통(423쪽) 등으로 요약할 수 있
다. - 임종욱, 「한국 부 문학연구 시론 - 장르적 접근과 내용상의 구분을 중심으로」,
『동악어문학』 36, 동악어문학회, 2000, 12, 415 - 435쪽.
백석이 해당 시에 '부'라는 제목을 붙인 것에서 부 장르의 다양한 감각의 활용과
풍부한 수사, 그리고 낙관적 세계관과 파편(하찮은 것들)에 대한 배려를 적용할 수
있을 것이다. 여기에 더해 이 시를 조금 더 적극적으로 해석한다면 앞서 언급한 부
장르의 감각성과 낙관성, 윤리적 배려가 타자성을 복원한다는 것에서 의의를 찾을

려지는 대신 적극적이고 긍정적으로 상승된다.

1연에 등장하는 '한종일내', '노곤하니', '벌불 작난' 등의 시어에서 불장난은 금기의 대상이라기보다 사소한 놀이로 인식된다. 땅이 깨어나는 계절, 그리고 상징질서에 유입되기 전 아동의 몸을 병치시키며 자연스럽게 '오줌싸기'라는 행위를 이끌어내는 것이다. 특히 '노곤하다'는 표현에서 들판에서 뛰어 노는 시적 주체의 육체성('넙적다리')과 욕망의 자연스러움을 인식할 수 있다. 한겨울 내 바싹 마른 들판에 오르는 봄기운과, 들판에 불을 지름으로써 묵은 것들을 태우고 욕망을 해방하는 행위는 '오줌싸기'라는 배설의 쾌감으로 전환된다. 이 쾌감은 잦은 행위에서 온 익숙함이라는 뜻의 '으례히'를 만나 강화된다. 오줌 싸는 일을 자주 있는 것으로 받아들일 때, 오줌을 더러운 것으로 여겨 금기하던 억압기제에서 가벼워질 수 있기 때문이다. '한종일내', '노곤하니', '싸개동당', '잘망하니', '따끈따끈' 등 밝은 느낌의 'ㅏ', 'ㅗ', 'ㅣ'모음과 'ㄴ', 'ㅁ', 'ㅇ'의 유음으로 이루어진 네 글자 시어를 배치해 운율을 구성하는 것에서도 행위를 밝고 가볍게 전치시키려는 시선을 읽을 수 있다.

'따끈따끈한 맛', '척척한 맛'을 배치해 1연의 경험이 '맛'으로 종합되는 것을 집중해야 한다. 흔히 '맛'은 미각경험을 일컫는 말이지만, 동시에 어떤 일의 재미, 즐거움을 의미하기도 한다. 즐거움과 재미를 '맛'이라는 미각경험으로 전환하는 이유는 그만큼 미각의 환기력이

---

수 있겠다. 또한 아무 것도 모르는 유년주체를 화자로 내세움으로써 전거와 인용이 중심이었던 사대부의 언술양상을 전유했다는 점, 지식층 중심의 도덕적이고 윤리적인 배려를 '오줌싸기', 곧 사회역사적으로 금기 영역에 가까운 내용을 주소재로 활용했다는 점 또한 추가적으로 적용 가능하다.

직접적이기 때문이다. 특히 '싸개동당'은 질펀한 오줌 싼 자리를 일컫는 말로 전치할 수 있다.[122] 곧 '장소'를 강조함으로써 불을 지르는 행위에서 촉발된 땅을 적시는 행위가 유년기의 시적 주체에게 상징적으로 일어나며 오줌싸기의 기억은 유의미한 경험이자 집단의 경험으로 역전되는 것이다. 질펀한 자리를 불쾌하다고 느끼기 이전, 넓적다리를 스치는 오줌줄기의 촉각에서 오는 해방감은 자신의 몸에서 나오는 것의 영향력을 감각할 때의 쾌감이다.

2연은 계절의 흐름을 반영하듯 '첫녀름'의 기억으로 시작된다. 개인적 기억에서 계절의 순환과 집단적인 기억으로 확장되는 것이다. 봄의 첫 시작인 입춘에 사귀를 쫓는 주문을 대대적으로 붙이듯, 여름의 첫 시작에는 수확을 기대하며 집단이 제의를 시작한다. '물외포기'와 '당콩(강낭콩)포기'를 가리지 않고 식물들에게 오줌을 누기 때문이다. 그 결과 터 앞, 밭마당, 샛길에 오줌을 눈 탓에 매캐하고 재릿한 냄새가 공간을 구분하지 않고 퍼진다. 흉사를 막기 위해 팥을 뿌리며 오줌을 누기도 하지만(「오금덩이라는 곧」), 이 시에서는 집단으로 모두가 나서서 오줌을 눈다. 이것은 개인→집단의 확장으로 읽을 수 있을 뿐 아

---

122) '싸개동당'에 대한 해석은 연구자들에 따라 다르다. 이동순의 경우 '오줌이 마려워 몹시 급하게 서두르며 발을 동동 구르는 일'로, 고형진의 경우 '오줌싸개의 왕'으로, 송준의 경우 이 두 해석을 종합하여 제시하고 있으며 이숭원은 '어린아이가 자면서 오줌똥을 가리지 못하고 마구 싸서 자리를 온통 질펀하게 만들어 놓는 일'이자 '오줌이 몹시 마려운 상황'으로 해석하고 있다(현대시비평연구회, 『다시 읽는 백석 시』, 소명, 2014, 376 - 378쪽). 고형진은 '싸개동당을 지나다'에 주목, '지나다'를 '지내다'로 해석함으로써 '오줌싸개의 왕을 지내는데'라고 해석하였다. 그 결과 '오줌을 많이 싸는데'라는 것을 강조하는 표현이라 해석한다(『백석 시의 물명고』, 고려대학교 출판문화원, 2015, 84쪽). 이 글에서는 유년주체가 이부자리에 오줌을 싼다는 점, 이어지는 2연에서 '터앞' 등의 공간이 등장한다는 점에서 공간성을 강조하고자 하는 의도로 '오줌 싼 자리'로 이해하였다.

니라, 오줌줄기가 몸을 적시던 촉각과 미각을 통해 각인된 기억이 후각, 곧 호흡하는 모든 기관을 둘러싸면서 냄새에 젖어드는 기억으로 확장되는 것이라 말할 수 있다. 기억의 공간 전체가 오줌냄새로 환기되는 부분은, 누워서 잠자던 아이가 오줌에 젖을 때 촉각으로 감각되던 오줌이 냄새라는 후각으로 감각되는 것과 동궤를 이룬다.

시에서 '오줌을 주는 때'에 집중할 필요가 있다. 배설과 관련된 '싸다' 혹은 '누다' 대신 '주다'는 시어를 선택했기 때문이다. '준다'는 것은 의미 있는 것, 누군가에게 필요한 것을 제공한다는 의미를 담고 있다. 주체와 집단이 오줌을 '주'는 대상은 위에서도 언급했듯 물외포기나 당콩포기 등의 식물이나 터 앞, 밭마당, 샛길, 곧 식물을 비롯한 생명을 길러낼 수 있는 공간이다. 이때 '인간들이'라는 시어에 집중할 필요가 있다. '인간'들은 오줌을 주고, 오줌을 받은 식물들은 열매를 돌려줌으로써 주체와 대상 사이의 아우라적 경험, 곧 술래잡기가 가능해진다. '오줌'은 자기 몸의 작은 구멍을 통해 나오는 것, 곧 몸에 있던 것이자 몸의 일부이다. '오줌을 준다'는 표현에서 배설물을 자신이 좋아하는 대상에게 선물하는 유아기적 사고[123]를 확인할 수 있으며, 더 나아가 배설의 집단적인 쾌감을 재확인할 수 있다.

3연에서는 봄과 여름을 지나 겨울밤 오줌 누던 기억을 제시한다. 여기의 '인간들이'는 가족, 식구로 해석할 수 있다. 주체는 '모두 한잠이 든' 시점, 홀로 일어나 '새끼오강(요강)'에 오줌을 눈다. '한없이'와 '새끼'를 대비한 이유는, 요강이 작을수록 요의가 강렬해지고 오줌의 양은 많아지며, 그 사이에서 빚어지는 긴장감이 요강단지에 배어드는

---

123) 지그문트 프로이트, 『정신분석 강의』, 임홍빈, 홍혜경 역, 열린책들, 2003.

'사르릉 쪼로록하는소리'로 청각을 강력하게 환기하기 때문이다.

봄과 여름날의 사건이 어떻게 겨울밤 사건을 회상하게 하는지 살펴보아야 한다. '한없이 누는'이라는 시어에서 이를 찾아볼 수 있다. 위에서도 언급했듯 오줌은 생명, 가치 있는 것을 의미한다. 그리고 오줌의 양이 많다는 것은 생명력이 풍성하고 왕성하다는 것을 의미한다. 땅에 오줌을 주는 행위가 '새끼오강'으로 환치된 작은 세계에 풍성한 생명을 주었다는 주체의 인식으로 전환되는 것이다.

그렇기에 4연에서 오줌누기라는 사소한 행위, 곧 '파편'은 긍정적인 가치평가의 대상으로 전환된다. 막내고모의 약으로 활용되기 때문이다. 이 가치평가는 '이슬같이 샛맑'은 오줌, 그리고 '굳은 밥을 모르는' 유아의 오줌이라는 데서 드러난다. 굳은 밥을 모른다는 것은 밥을 먹기 전, 곧 유아가 이가 다 나지 않았음을 뜻한다. 다시 말해 어른의 음식, 그리고 상징질서에 편입된 언어를 말하기 전의 존재라는 것을 말하는 것이다. 주체는 이 사실을 기억하지 못하지만, 망각된 기억은 해당 사실을 전해 준 '엄매'에 의해 보충된다. 그리고 보충된 기억은 3연의 요강단지에 오줌 누던 기억에 의해 촉발되는 것이다.

상징질서와 금기 이전의 기억으로 돌아가는 과정에서 배설물인 '오줌'에 대한 시선은 금기된 것들과 비천한 것들로 명명되는 타자성을 복원하는 데 이른다. 곧 유아기의 기억, 근대 이전의 풍습, 그리고 무의식적 욕망을 자유롭게 풀어놓는 것이다. 이 과정에서 몸은 1연의 미각과 촉각, 2연의 후각, 3연의 청각, 4연의 시각('이슬같이 샛맑앟')을 감지하는 기억저장고로 기능하며, 유년주체의 배설의 쾌감과 기쁨은 부(賦) 장르의 특징인 다양한 감각의 적극적 사용을 환기한다.

이제 '오줌'에 관련된 기억을 집단적으로 확장시킬 때 얻는 효과를 살펴보아야 한다. 백석 시의 주체는 배설물을 더러운 것으로 평가절하 하는 근대문명의 시선을 유연하게 넘어선다.124) 농경사회에서 배설물은 거름뿐 아니라 배설하는 행위를 비를 내리는 행위 및 땅에서 작물을 자라게 하는 힘으로 사고한다. 주체는 이를 적극적으로 수용해, 오줌싸기라는 기억을 원시적이고 건강한 삶의 풍경으로 재현한 것이다. 이러한 사고는 오줌을 '이슬'로 만들어 고모의 얼굴을 치유하는, '약(藥)물'(「山地(산지)」)로 전환하는 상상력과 연관된다. 망각된 유년 기억을 탐색하는 과정에서 주체는 '몸',125) 그리고 근대적 발전논리 안에 억압된 삶의 결을 복원한다.126)

1절에서는 아우라적 기억의 발굴과정을 유년주체의 '술래잡기'로 비추어 보았다. 백석의 시에서 술래잡기는 망각의 영역에 숨어 있는 무의지적 기억을 길어 올리는 행위를 은유한다. 술래잡기 놀이에서

---

124) 몸의 분비물을 '더러운 것'이자 격리시켜야 할 것으로 공식적으로 발언한 것은 타자의 존재를 인식한 애국계몽기에 들어서였다. 40여 년 전에 출현한 위생담론이 백석이 시를 쓴 1930년대 후반에 들어와서는 얼마나 개인의 내면에 침투했을지 상상할 수 있는 일이다. 식민지조선의 위생담론을 다룬 논의로는 다음의 텍스트를 참고할 수 있다.
이승원, 「20세기 초 위생담론과 근대적 신체의 탄생」, 『문학과경계』1, 문학과경계사, 2001.5, 200‑217쪽 ; 「근대계몽기 서사물에 나타난 '신체' 인식과 그 형상화에 관한 연구」, 인천대학교 석사학위논문, 2001. 김옥균, 「치도약론」, 『한국의 근대사상』, 이광린 외 역, 삼성출판사, 1977, 87쪽.
125) 유아사 야스오(湯淺泰雄), 『몸과 우주』, 이정배, 이한영 옮김, 지식산업사, 2004 ; 정화열, 『몸의 정치와 예술, 그리고 생태학』, 이동수 외 옮김, 아카넷, 2005 ; 브라이언 터너(Bryan S. Turner), 『몸과 사회』, 임인숙 옮김, 몸과마음, 2002 ; 홍경실, 「베르그손과 메를로‑퐁티의 우리 몸에 대한 이해 비교」, 『철학』 95호, 한국철학회, 2008, 91‑114쪽.
126) 김용희, 「몸말의 민족시학과 민족 젠더화의 문제」, 『한국 현대 시어의 탄생』, 소명, 2009, 64‑83쪽.

숨어 있는 사람은 최대한 자신이 숨은 곳에 동화되어 술래의 눈에 띄지 않게 조심한다. 그렇지만 술래에게 끝까지 발견되지 않으면 놀이의 의미가 사라지기 때문에 숨는 사람은 발견되지 않음과 발견됨 사이라는 긴장관계에 놓이게 된다. 기억 역시 마찬가지이다. 기억이 날 듯 말 듯한 긴장감 사이, 그 안타까움 사이에서 기억 속에 묻혀 있던 것이 입으로 말해지기 전의 안타까움은 술래의 긴장감, 숨어 있는 사람의 긴장감과 유사하다. 긴장을 견디지 못한 사람은 갑작스럽게 주변과의 동화를 깨뜨리게 되고 그 결과 술래에게 발견되는데, 붙잡힌 사람은 숨어 있던 곳에서 풀려나 술래가 지정한 자리로 앉게 된다. 시간의 지층 아래 숨어 있는 기억도 그러하다. 지층과 동화되어 있던 기억도 어느 순간 본연의 모습을 드러내게 될 때가 있다. 돌연한 충격이나 놀람, 혹은 연관기억이 끌어내지기 때문이다. 그리고 이 기억들은 원래 있던 자리에서 벗어나 새로운 자리로 옮겨간다.

새로운 자리, 곧 술래잡기를 통해 나타난 기억내용은 회상과정에서 어떤 변화를 겪는가 살펴볼 수 있다. 술래잡기로서의 탐색과정은 첫째로 A항의 애니미즘과 '넷말'에 대한 양가감정에서 살펴볼 수 있다. 귀신이나 미신, 혹은 일상공간의 사물들에 활력을 부여함으로써 주체는 '넷말'의 존재들을 살아 있게 만들고, 그들을 응시하거나(「나와 지렁이」), 그들이 주체를 바라볼 것이라고 생각하거나(「외가집」), 혹은 그것들을 피해 도망치려 한다(「마을은 맨천 구신이돼서」). 둘째로 B항에서는 부스러기 같은 삶을 살았던 '할아버지', 그리고 할아버지와 비슷하게 '슬픈 역사'를 공유한 공동체들을 찾아내는 것, 그리고 더 나아가 더러운 것으로 인식된 '오줌'누는 행위의 신화적 의미를 찾아내는 데 이

른다. 이 과정에서 유년주체는 집단적으로 망각된 기억들을 복원하고
있다.


## 2. 경험(Erfarhung)의 전달로서의 이야기(Erzählung)

2절에서는 백석 시의 유년주체가 기억을 시화, 곧 언어화하는 데
나타난 특징을 '이야기(Erzählung)'[127)]에 착안해 살펴볼 것이다. 이야기
를 전달한다는 것, 혹은 이야기를 만든다는 것이 의미하는 바는 무엇
인가. 그리고 이야기가 개인, 혹은 집단의 의미 있는 기억이 되기 위
해서는 무엇이 필요한가. 백석 시에서 유년주체가 이야기를 해 달라
고 '조르'는(「고야(古夜)」) 모습은 이야기 듣기, 그리고 이야기하기 속에
숨겨진 '경험'(Erfarhung)을 공유하는 행위라는 것을 반증한다. 분산과
산만함으로 명명되는 근대도시의 충격체험(Chockerleibnis)에서 주체가
스스로를 보호하고자 의식화한 것이 의지적 기억이자 체험이다. 반대
로 주체가 미처 수용하지 못하고 수면 아래 들어간 것은 무의지적 기
억인데, 이것을 의미화하기 위해서는 '이야기'가 필요하다. 벤야민은
주체가 경험을 내화하고 전달하는 과정에서 주체의 욕망과 삶의 결이
빚어지는 과정에 주목한다. 이 의미 있는 삶의 '경험'은 근대사회의
'정보'와 차별화되는데, 정보는 단발적으로 자기 존재를 설명하지만

---

127) 발터 벤야민, 「이야기꾼 : 니콜라이 레스코프의 작품에 대한 고찰」, 『선집9』, 최성
만 옮김, 길, 2012, 428쪽 ; 최성만, 「벤야민 횡단하기 - 벤야민의 개념들」, 『문화과
학』 44권, 문화과학사, 2005, 258쪽 ; 이홍섭, 「근대성과 기억 : 발터 벤야민과 T.S.
엘리엇」, 『T.S. 엘리엇 연구』 20편 2호, 한국 T.S. 엘리엇 학회, 147쪽.

재음미되지 못한 채 소비될 뿐이지만, 이야기는 언제든 공유 가능하고 소진되지 않으며 자신의 고유한 힘을 가지고 언제든 재음미될 수 있기에 언제나 새로운 기억의 매체가 되기 때문이다.

백석의 시에서 두드러지는 것은 유년주체가 청자이자 화자로 설정되었다는 것이다. 아우라적 세계에서 유년주체는 자신의 어린 시절의 사소한 기억들을 이야기할 뿐 아니라 어머니, 가즈랑집 할머니, 노큰마니, 누나 등에게서 이야기를 듣는다. 자기보다 나이가 많은 사람들의 이야기 속에서 발견하는 것은 유년주체 자신의 생애사이자 집단의 기억이다. 앞서 지적한 대로 '넷말'을 무서워하면서도 그것에 매혹되는 유년주체의 태도는 '넷말'을 살려내고, 그것을 화제로 삼아 전달하는 전달자의 모습으로 나타난다. 그의 시에서 '넷말' 혹은 옛것이 등장한다는 것은 앞서 지적한 바이지만 이는 옛것에 대한 호감에서 확장된다. 시적 주체는 자신의 생애사로 언급되는 망각된 집단의 기억을 복구하고, 더 나아가 그것을 전달하는 존재로서 스스로를 인식한다.

백석의 시에서 '경험'된 '이야기'는 근대적인 '체험'과 '정보'와는 대비되는 것으로, 사회역사적 집단에서 사라져가는 경험의 영역에 집중함으로써 타인과 나눌 수 있는 공동체적 기억이다. '이야기'를 통해 집단의 전통적 경험은 어떤 형태로든 남아 있으며, 이것은 주체 곁에서 돌연히 나타날 것이고, 그 안에 투영된 공동체의 무의식적 소망을 드러낸다.

이제 백석의 시에서 경험을 전달하는 '이야기'가 어떤 과정을 통해 드러나는가 살펴보아야 한다. 특히 A항에서는 그의 시에서 아우라적 기억이 구비문학적 전통에 기대 표출되는 것을 다루고자 한다. 나열된 화제들은 그 자체로 '듣는' 주체를 압도할 뿐 아니라 주체에 발화 아래 서로를 상호보충한다. B항에서는 끝없이 나열되는 미각감각이 전경화되는 과정과, 미각을 자극하는 경험이 '이야기'에 기인한다는 것을 다룰 예정이다.

## A. 화제 확장과 상호보충의 언술

방법론에서 제시했던 회상의 방법론 중 '수집'은 언어차원에서 병렬과 나열, 그리고 반복으로 언술화된다. 시적 주체는 병렬과 나열, 반복언술을 통해 무엇을 수집하는가, 수집한 것들을 어떻게 배열하는가를 문체론적으로 접근할 수 있기 때문이다. 백석의 시에서 병렬, 반복, 나열은 구비문학의 서사시적 기억술을 반영한다. 서사시적 기억술은 기본 서사구조를 뼈대로 하고 이를 접합하거나 축소하면서 연희상황에 따라 재회상이 가능하기 때문이다. 기억술은 유형화된 수식언이나 특정 문장의 병렬(parallelism)이 패턴, 곧 공식처럼 만들어지는 것을 말하는데,[128] 「고방」이나 「여우난골족(族)」에서 ' - 하는', ' - 같은' 등의 수식어가 주체가 기억하는 사물과 인물을 구체화하는 모습을 그 예로 적용할 수 있다.[129] 이 시에서 각각의 행과 연을 구성하는 '누가 - 무

---

[128] 루스 피네건의 논의는 호메로스의 긴 서사시를 막힘없이 암송하는 고대 음유시인들에 대한 호기심에서 시작된다. 그는 기억술에 기본 '공식'이 있어서, 특정 인물에 대한 한정수식어가 존재할 뿐 아니라, '어떠어떠한 누가 - 어떻게 - 무엇을 했다'의 형식으로 기억내용을 패턴화한 것을 발견하였다. 'swift - footed Achilles', 'many - counselled Odysseus' 등이 그것이다. 패턴화된 기억내용은 서사시가 시연되는 시공간적 상황에 따라 얼마든지 삽입 및 삭제가 가능했다. Finnegan, Ruth., *Oral Poetry : its nature, significance, and social context*, Cambridge ; New York : Cambridge University Press, 1979, c1977, pp.58 - 60.

엇을 - 했다'는 통사구조는 어느 한 요소가 추가되거나 생략되곤 하는
데, 시의 전후관계에서 구조를 통합하며 어느 한 요소를 생략, 혹은
보충하면서 기억을 생생하게 전달하는 것을 살펴보고자 한다.

낡은질동이에는 갈줄모르는늙은집난이같이 송구떡이오래도록 남어
있었다

오지항아리에는 삼춘이밥보다좋아하는 찹쌀탁주가있어서
삼춘의임내를내어가며 나와사춘은 시금털털한술을 잘도채어먹었다

제삿ㅅ날이면 귀먹어리할아버지가예서 왕밤을밝고 싸리꼬치에 두부
산적을꼐었다

손자아이들이 파리떼같이뽕이면 곰의발같은손을 언제나 내어둘렀다

구석의나무말쿠지에 할아버지가삼는 소신같은집신이 둑둑이걸리어
도있었다

넷말이사는컴컴한고방의쌀독뒤에서나는 저녁끼때에불으는소리를 듣
고도못들은척하였다
                                            - 「고방」 전문


광, 혹은 창고를 의미하는 '고방(庫房)'은 가재도구와 먹을거리 등 가

---

129) 이경수는 수식어의 기능이 해당 대상을 설명하는 부연의 역할을 한다고 지적하였
다(『한국 현대시와 반복의 미학』, 월인, 2005, 73 - 74쪽). 이를 기억 논의에 적용한
다면 수식어가 대상을 둘러싼 아우라로 작용하는 것으로 해석할 수 있다.

정에 필요한 살림살이를 보관하는 장소이다. 따라서 이곳에 들어찬 물건들은 아무리 잘 정리가 되어 있다 할지라도 당장 쓰는 것이 아니기에 먼지에 뒤덮이고 때로는 고쳐야 하는 것들이다. 쓸모를 생각하는 어른들은 광에 물건을 보관했다는 자체만 인식한다. 반면 어린아이들은 쓸모 여부에서 자유롭기에 제멋대로 상상의 질료를 삼아 물건에 의미를 부여함으로써 수집가의 면모를 드러낸다. 그리하여 닫힌 고방에 머무르는 행위는 기억의 지층을 탐사하고 발굴함으로써 행복감을 얻는 행위와 동일화된다. 제각기 다른 기억내용을 중심으로 구분한 다섯 개의 시퀀스는 물질과 행위, 그리고 이것에 대한 기억을 조합하는 형태로 이루어진다. 1연은 다른 시퀀스에 비해 가장 간단한 형태로 이루어진다. 유년주체는 '낡은질동이' 안의 '송구떡'에서 '갈줄모르는늙은집난이'를 떠올린다. '집난이'와 '질동이', 그리고 '송구떡'은 모두 '낡다', '늙다', '오래되다'는 형용사를 통해 동일화되며 기억행위는 '있다'라는 서술행위 아래 환유적으로 통합된다. '질동이'라는 사물이자 장소와 '떡'이라는 사물은 '늙은 집난이'를 환기하며 기억에 감싸인 사물이 된다.

1연의 구문이 '어디에 무엇이 있다'라는 형태라면, 2연의 경우 '어디에 무엇이 있다'→'누가 무엇을 어떻게 했다'의 형태로 시퀀스가 확장된다. 주목할 것은 2연이 형태상으로도 1연과 상당히 유사하다는 점이다. 이제 다른 기억, 곧 찹쌀탁주를 좋아하는 '삼춘'이 자연스럽게 삽입되고, 사촌과 유년주체가 탁주를 몰래 훔쳐 마셨던 행위가 삽입되면서 기억이 확장되는 부분을 살펴보아야 한다. 삼촌의 기억과 유년주체가 사촌과 탁주를 마신 기억은 서로 짝을 이루며 연상작용을 보충하고 있다. '임내(흉내)를 내어가며', '채어먹었다'는 시어에서 삼촌이 술잔을 재빠르게 들이키고 내려놓는 모습을 두 사람이 흉내내며 마신 것을 알 수 있다.

3연에서 주체의 행위는 더 입체적으로 변한다. 1연과 2연에는 위치, 혹은 사물을 뜻하는 '무엇'이 등장한다. 그런데 3연의 경우 주체는 '제사ㅅ날'이라는 시간적 지표를 가장 먼저, 그 다음으로 행위주체인 '귀먹어리 할아버지'를 제시한 다음에야 '예서'라는 위치어를 제시한다. 시간적 지표를 먼저 제시하는 이유는 기억의 시작점이 바로 특정한 일자에 묶여 있다는 점과, 고방 안 사물에서 촉발된 기억행위의 시작점이 다양하게 분포되어 있음을 제시하기 위함이다. '제사ㅅ날'은 질동이나 항아리와 달리 비가시적이고 시간적인 대상이지만 일정한 시간적 계기를 두고 반복되는, 죽은 이를 추억하는 가족집단의 기억행위라 할 수 있다. 이날을 통해 구성원은 죽은 이를 알지 못하거나 기억하지 못하는 사람에게도 일정한 행동양식을 교육함으로써 가족공동체의 생활리듬을 구성하고 삶의 양식을 저장한다. 이렇게 저장된 행동양식은 그것을 기억하는 이들에게 의식적으로 기억을 돌려주는 역할을 한다. 다시 말해 일정한 행위를 기억하고 그것을 몸으로 재현할 때 삶의 양식과 기억은 후속세대에 안정적으로 전달되는 것이다. '제사ㅅ날이면'이라는 시어에서 이 행위가 매번 반복되는 것을 알 수 있으며, 기억을 전달하는 사람으로 '귀먹어리할아버지'가 등장하는 것 역시 자연스럽다. 제사상에 올릴 밤을 깎는 것은 상 앞에 절을 할 수 있는 남자들의 역할이기 때문이다.

'왕밤을 밝고 싸리꽂이에 두부산적을 꿰는' 행위를 통해 고방은 음식에 대한 기억(1연), 개인적인 기억(2연)에서 가족공동체의 기억(3연)을 저장하는 공간으로 확대된다. 또한, 의미론적으로도 '어디에 무엇이 있다'(1연), '어디에 있는 무엇으로 무엇을 어떻게 했다'(2연), '언제 어디에서 누가 무엇을 어떻게 했다'는 기억의 확장과 궤를 같이 한다. 이러한 배치는 1연과 2연에서 등장한 '음식', 그리고 4연에서 다시 등장하는 '할아버지'의 행위 사이를 연결하는 역할을 한다. 이렇게 해석할 경우, 할아버지의 행위를 기억하는 물질인 '집신'이 등장하는 것 역시 자연스럽게 연결할 수 있다. 3연(제사ㅅ날이면 귀먹어리할아버지가예서 왕밤을밝고 싸리꼬치에 두부산적을 께었다)에서는 두 개를 짝으로 시퀀스 하나가 이루어진다. 2연와 마찬가지로 선후관계 혹은 인과관계 형태로 배치된 시퀀스를 볼 수 있는데, 시어의 배치를 통해 풍경을 해학적으로 제시하는 것 역시 살펴볼 부분이다. 제사음식을 만드는 할아버지 앞에 '손자아이들이 파리떼같이 몽'인다. 먹거리가 귀할 때라 특별한 명절음식을 준비하는 할아버지 앞에 앞다투어 달려드는 것이다.

이어지는 4 - 5연 역시 앞선 3연의 기억을 상호보충한다. 고방 구석 '나무말쿠지(말코지)'에 할아버지가 삼은 짚신이 걸려 있던 것을 환기했기 때문이다. 3연에 등장한 할아버지에 대한 기억은 4연에서 할아버지가 삼은 짚신으로 자연스럽게 이어진다. 크고 투박한 짚신을 바라보는 유년주체의 시선에는 애정이 배어 있는데, 그것은 '곰의발같은' 할아버지의 손으로 만들어진 것이기 때문이다. '소'와 '곰', '손'과 '발'이라는 동물, 신체의 대치어와 '둑둑이'라는 시어는 투박함과 소박함을 환기하며 3연과 4연을 긴장감 있게 붙든다. 5연 또한 '어디에서 누가 무엇을 한다'는 구문으로 정리할 수 있다. '쌀독뒤에서 나는 소리를 못 들은 척했다'가 그것이다.

앞에서도 각 연마다 섬세하게 '이야기'를 통해 기억행위를 변화시켰듯, 마지막 연에서도 변화를 찾아볼 수 있다. 첫째, 긴 수식어, 목적어의 등장이다.130) '고방의쌀독' 앞에는 '녯말이사는컴컴한'이라는 수식어가, '못들은척하였다' 앞에는 '저녁끼때에불으는소리'라는 목적어가 등장한다. 둘째, '나'라는 행위주체와 '고방'이라는 공간을 적극적으로 노출하는 것이다. 그 결과 5연은 앞선 모든 행위를 통합하며, '고방'은 질동이 - 오지항아리 - 나무말쿠지 - 쌀독이 있는 곳, 송구떡 - 찹쌀탁주 - 밤/두부산적 - 짚신이 있는 곳이자 그 안에서 함께 했던 사람들과 행위가 보관된 창고가 된다.

이제 그로 인해 빚어지는 효과에 주목해야 한다. 시에 등장한 질료와 질료를 둘러싼 행위가 이루어진 공간이 '고방'이었음을 알려 주기 때문이다. 이 과정에서 서술어와 비유는 기억내용을 보충함으로써 화제를 확장하고 있다. 「고방」의 주 서술어는 '있다'와 '하다'이다. '있다'는 본용언과 보조용언으로도 쓰이지만 부분적으로는 동사나 형용사로도 쓸 수 있다.131) 인용시에서 '있다'는 동사 '하다'와 어우러지며 존재사, 더 나아가 동사로 전환된다. '있었던' 항아리, '있었던' 질동이, '있었던' 나무말쿠지, '있었던' 쌀독은 그 곁에 있던 '나', 그리고 '사춘'과 '할아버지'의 기억과 만나 살아 숨 쉬는 존재가 되고, 송구떡, 찹쌀탁주, 왕밤, 두부산적, 짚신 역시 기억 안에서 살아 숨 쉬고 운동

---

130) 이경수, 앞의 글.
131) 황화상, 「"있다"의 의미 특성과 품사, 그리고 활용」, 『한말연구』 33호, 한말연구학회, 2013, 379 - 403쪽.

하는 동사적 존재가 된다. '녯말'이 살아있는 것처럼, 사물도 살아 움직이는 것이다. 유년주체가 저녁을 먹으라고 부르는 소리를 듣고도 못들은 척하고 나가지 않는 이유는 여기에 있다. '저녁끼때'는 현실의 시간이자 육체적 허기를 채우는 물리적인 시간이다. 주체에게는 몸의 허기를 채우는 것보다 고방에서의 내밀한 놀이가 더 흥미롭다. 기억 작용이 허기를 충족하는 풍요로움을 제공하기 때문이다. 유독 공간 안에 음식이 많이 등장하는 것도 음식물에 대한 기억작용과 실제의 허기를 대비하는 것으로 볼 수 있는데, 송구떡(송기떡), 찹쌀탁주, 두부 산적, 왕밤 등 제각각 다른 시간대의 음식들을 한꺼번에 쌓인 기억의 층위로 인식하고 통합함으로써 주체는 육체적 허기를 잊을 수 있게 된다. 이 상상적 대응은 자신이 밖에 나가는 순간 고방을 채우는 즐거움과 내밀함이 사라질 것을 알았기 때문에 애써 쌀독 뒤에 숨어 고방을 보호하려는 자세로 이어진다.

이제 기억내용을 상호보충하는 방식 중 수식어, 곧 직유법의 활용 효과를 생각해 보아야 한다. 비유의 층위에서 직유법은 두 비교항 사이의 유사성을 직접적으로 노출한다. 애매성과 함축성을 중시하는 은유의 입장에서 보면 직유는 층위가 낮은 비유라고 할 수 있다. 그러나 유사성을 생략하지 않는다는 것은 두 사물의 고유함을 인정하는 시선으로 읽을 수 있다. '집난이같은', '곰의발바닥같은', '소신같은'이 활용된 「고방」은 집난이와 곰발바닥, 소신의 모습을 직접적으로 환기하며 송구떡과 할아버지의 손과 손동작, 그리고 짚신의 모습을 구체화한다.[132] 기억 저장고에서 집난이나 송구떡, 그리고 곰발바닥이나 할

132) 백석 시의 직유법에 관한 연구목록은 신철규, 「백석 시의 비유적 표현과 환유적 상

아버지의 손, 소신과 짚신은 모두 같은 무게를 가진 사물이 되는 것이다. 이 과정을 망각된 무의지적 기억에서 익숙한 사물을 탐사하는 회상과 연결할 수 있다. 시적 주체의 기억 속 사물들은 익숙한 것들, 사소한 것들이다. 이야기 또한 마찬가지이다. 이야기는 익숙한 것에서 새로운 것을 찾아내는 작업이다. 1 - 6연의 이야기가 유사한 통사구조를 반복하며 병렬화된 것은 '어디에 무엇이 있다', '무엇으로 무엇을 했다'는 통사구이다. 이 '무엇'의 자리에 새로운 것들을 반복해 넣음으로써 세계의 생경함뿐 아니라, 탐사의 안정성에서 빚어지는 이야기하기의 쾌감을 담보하는 것이다.

명절날 나는 엄매 아배 따러 우리집 개는 나를 따러 진할머니 진할아버지가 있는 큰 집으로 가면

얼굴에 별자국이 솜솜난 말수와 같이 눈도 껌벅거리는 하로에 베한필을 짠다는 벌하나 건너집엔 복숭아 나무가 많은 新理고무 고무의 딸 李女 작은 李女

열여섯에 四十이 넘은 홀아비의 후처가 된 포족족하니 성이 잘나는 살빛이 매감탕같은 입술과 젖꼭지는 더까만 예수쟁이 마을 가까이 사는 土山고무 고무의딸 承女 아들 承동이

六十里라고 해서 파랗게 뵈이는 山을 넘어 있다는 해변에서 과부가 된 코끝이 빨간 언제나 힌옷이 정하든 말끝에 설게 눈물을 짤때가 많은 큰골고무 고무의딸 洪녀 아들 洪동이 작은 洪동이

상력」, 『어문논집』 63, 민족어문학회, 2011, 363 - 389쪽 참고.

배나무 접을 잘하는 주정을 하면 토방돌을 뽑는 오리치를 잘놓는 먼섬에 반디젓 담으려 가기를 좋아하는 삼춘, 삼춘 엄매 사춘 누이 사춘 동생들

이 그득히들 할머니 할아버지가 있는 안간에들 모여서 방안에서는 새옷의 풀내음새가 나고 또 인절미 송구떡 콩가루 찰떡의 내음새도 나고 끼때의 두부와, 콩나물과 볶은 잔디와 고사리와 도야지 비게는 무두 선득 선득 하니 찬것들이다

저녁 술을 놓은 아이들은 외양간 섶밭마당에 달린 배나무 동산에서 쥐 잡이를 하고 숨굴막질을 하고 꼬리잡이를 하고 가마타고 시집가는 노름 말타고 장가가는 노름을 하고 이렇게 밤이 어둡도록 북적하니 논다.

밤이 깊어가는 집안엔 엄매는 엄매들 끼리 아르간에서들 웃고 이야기 하고 아이들은 아이들 끼리 우깐 한방을 잡고 조아질하고 쌈방이 굴리고 바리깨 돌림하고 호박 떼기하고 제비손이 구손이 하고 이렇게 화디의 사기방등에 심지를 몇번이나 돋우고 홍게 닭이 몇번이나 울어서 조름이 오면 아르목 싸움 자리 싸움을 하며 히드득거리다 잠이 든다 그래서는 문창에 텅납새의 그림자가 치는 아침, 시누이 동세들이 욱적하니 홍성거리는 부엌으론 새잇문 틈으로 장지 문틈으로 무이징게 국을 끓이는 맛있는 내음새가 올라 오도록 잔다.

- 「여우난골族」 전문

시 「여우난골족(族)」의 주 화제는 친척들을 만나 만끽하는 흥겨움이다. 먹거리와 놀잇감은 유년주체의 흥겨움을 촉발한 원인이며, 화제를 확장하고 보충하는 양상은 2‑5연의 병렬, 그리고 6‑8연의 나열에서 살펴볼 수 있다.

2연 - 5연을 살펴보면 '큰집'에서 만나는 친족들의 면면이 드러난다. 이들을 나열하는 과정은 첫째로 구비문학(서사시)의 전통인 수식어를 활용한 패턴화된 기억, 둘째로 사는 곳과 외모의 특성, 그리고 살아온 삶의 특성과 성격, 그들을 부르는 명칭과 마지막으로 자녀들을 언급하는 유사한 문장구조의 반복으로 나타난다. 각 연별로 기억한 내용을 정리해 보았을 때 두드러지는 특징은 다음과 같다.

첫째로 고모와 삼촌을 기억하는 기본 공식이 사는 곳과 명칭, 그리고 그들의 아이들로 구성되어 있다는 점을 들 수 있다. 사는 곳이 사람을 분류하는 일차적인 기준이 된 데는 특정 지역에 오랫동안 거주하는 것이 익숙한 농경사회의 사유가 반영된 것이라 할 수 있다. 둘째로 대상에 따라 기억내용이 더 세분화된 것을 볼 수 있다. 이는 삼촌에 대한 기억은 성격적인 부분에 집중된 것에 비해, 성별이 같은 세 명의 고모를 구분하는 데 화소가 더 많이 채워져 있는 것에서 알 수 있다. 셋째로 각 사람마다 지배적인 기억이 다르다는 점을 볼 수 있다. 2연에서 신리(新里)고모는 성격과 사는 곳의 특징을 골고루, 그리고 식물적인 성향으로(베, 복숭아나무) 기억되지만, 3연에서 토산(土山)고모는 격렬한 육체성으로('포족족', '입술과 젖꼭지는 더까만') 기억된다. 4연의 큰골고모는 과부가 된 서글픈 사연으로 기억되며, 마지막으로 4연에서 삼촌은 성격적 특징에 기억내용이 가장 집중되어 있다. 넷째로 기억내용은 자신이 직접 상대방을 경험한 것과 다른 사람들에게서 들은 것이 얽혀 있는 것을 알 수 있다. 시어 ' - 다는'에서 유년주체의 화자와 청자의 역할이 교차하는 부분이 직접적으로 노출된다. '하로에 베 한필을 짠다는' 신리고모와 '육십리(六十里)라고 해서 파랗게 뵈이는 산

(山)을 넘어 있다는 해변에서 과부가 된' 큰골고모를 설명하는 부분에 들어간 수식어 '다는'은 분명 차이가 있다. 다섯째로 친족들은 이름으로 기억되기보다 호칭이나 관계로 기억된다. 친족들 중 윗사람을 부를 때뿐 아니라 항렬이 같은 사촌들조차 이름 대신 성(姓)과 성별(性別)로만 구분해 부르고 있기 때문이다. 성별이 같은 경우에도 '큰', '작은' 등으로 서열만 정할 뿐 그들을 구분하는 이름은 구체적으로 존재하지 않았다.

이런 상황은 마지막 여섯 번째 특징과 관계가 있다. 어른들을 기억할 때는 외모와 성격적 특징으로 구분하던 주체가 사촌들을 기억할 때는 먹기와 놀이과정을 통해 그들의 존재를 몸으로 각인하기 때문이다. 그 이유는 친족들이 모이는 '명절날'의 기억은 개별적 기억의 강화보다는 집단적이고 뭉뚱그려지는 기억, 통합적인 인상으로서의 기억이 우세한 데서 찾을 수 있다.

놀이하는 과정은 집단적이며 협력이 필요한 과정이다. 따라서 각각의 개별성보다는 최소한도의 구분만 가능할 특징으로 기억되는 것이라 할 수 있다. 어른들의 경우, 협력과 집단활동은 함께 하는 명절맞이 가사노동으로 생각할 수 있다. 이 노동 가운데서 얼굴이 얽거나, 열여섯에 나이가 많은 홀아비의 후처가 되거나, 과부가 되거나, 흥이 많아도 사는 것이 고단해 술주정을 한다는 개별적인 특수성은 가려지며, 가난하고 어딘가 모자라며 서글프다는 공통적인 특징[133] 또한 지워진다. 그들이 한데 모인 공간이 '큰집' 안의 '안간'으로, 곧 자신들의 최초 근원인 '할머니 할아버지' 앞에 '그득히들' 모이는 것으로 압축

133) 이숭원, 『백석을 만나다』, 태학사, 2008, 51쪽.

되는 것 역시 같은 맥락이다. 서로간의 거리가 가까워지면서 서로의 특징은 혼재된 상태로 강력하게 환기된다.

이후 6연부터 마지막 8연까지는 모인 사람들과 먹는/놀이하는 대상이 등장한다는 점에서 화소가 비슷하게 반복된다. 나열의 의의는 기억의 세계에서 재맥락화한 사물을 제시하여 유대감과 연대성을 이끌어내는 데 있다[134]. 한 번에 기억할 수 있는 개수를 넘어 풍성하게 나열된 사물은 실제 백석 시의 유년주체가 경험한 사물의 아우라를 환기한다. 이를 나열함으로써 백석 시의 주체는 구체성을 환기하고 기억을 공유한 이들의 감정을 연결한다. 곧 음식과 놀이를 나열함으로써 인물들을 연대하게 할 뿐 아니라 넉넉함에 대한 환희와 기쁨을 복원, 유지하고자 하는 욕망을 충족하는 것이다.

이 시에서 유년주체가 강렬하게 친밀감을 느끼게 되는 통로는 음식, 그리고 놀이이다. 그중 유년주체가 집중한 놀이의 특징을 살펴보아야 한다. 놀이의 유형은 두 가지로 정리할 수 있다. ① 술래 한 명이 누군가를 잡는 단순반복 놀이(쥐잡이, 숨굴막질, 꼬리잡이) ② 여러 명이 협력해서 특정한 역할을 수행하는 이야기성 놀이(가마타고 시집가는 놀이(놀음), 말타고 장가가는 놀이(노름))이다.

놀이의 배치순서가 ①에서 ②로 이동하는 것 또한 몸으로 부딪치며 자라난 친밀도의 차원에서 이해할 수 있다. 빠르게 번져나가는 친밀도는 마지막 8연의 속도감 있는 나열에서 드러난다. 속도감은 늦은 밤, 잠이 들기 전에 최고조로 이른 흥분감에서도 확인할 수 있다. 어른들의 웃음소리에서 흥겨움을 느끼며 '우깐' 한방에 모인 이들의 모

---

134) 이경수, 앞의 책, 74쪽.

습은 6연의 '그득히', 7연의 '북석하니'와 만나며 '히드득' 거리는 모습으로 나타난다. 흥분감과 유쾌함은 '조아질하고 쌈방이 굴리고 바리깨 돌림하고 호박 떼기하고 제비손이 구손이하고'라는 놀이의 나열과 '촛불의 심지를 몇 번이나 돋'우고, '닭이 몇 번이나 울었'다는 말에서 읽어낼 수 있다. 시간의 흐름과 그것을 감지하기 어려울 정도로 몰입한 놀이의 지속성이 환기되는 것이다.

사람의 이름보다 놀이의 이름을 풍성하고 구체적으로 기억하는 이유는 무엇인가. 삼촌이나 고모는 사는 지역 이름으로만 기억되며 사촌들은 성과 성별로만 기억된다. 반면에 놀이는 아주 자세히 드러난다. 이것은 놀이의 특성과 관계가 있다. 놀이는 규칙을 정하고 역할을 배분해 개인이 수행하는 '시늉'에 가깝다. 곧 익숙한 법칙과 규칙을 '반복'하는 행위이며, 놀이에 상대방이 참여한다는 것은 그 규칙에 동의한다는 것을 의미한다. 결국 놀이는 놀이의 내용도 중요하지만 놀이를 하는 사람과 나의 관계를 인정하는 행위로 볼 수 있다. 그렇기 때문에 놀이 자체를 숨 가쁘게 나열하는 것은 함께 놀이를 했던 사촌 형제자매들의 구체적인 사연보다 놀이를 하며 느낀 친근감과 즐거움이 지배적이라는 것을 보여 주는 것이다.

## B. 미각의 전경화와 풍속의 재맥락화

누군가에게 이야기를 하거나 반대로 누군가의 이야기를 듣기 위해서 전제되는 것은 화자와 청자의 유대관계이다. 앞서 언급한 '지혜로운 삶의 경험'을 나누기 위해서는 그 경험을 존중하고, 경험을 살아 있는 것으로 받아들이는 태도가 필요한데, 이것을 아우라에 대한 존중으로 읽을 수 있다. 이야기가 복제품과 구별되는 아우라적 속성을 띠기 위해서는 이야기 내부에 복제품, 혹은 단순한 정보와 구별되는 발화자의 특수성이 포함되어야 한다.

발화자의 특수성은 도자기에 남은 '도공의 손자국'[135]으로 설명되는데, 도공이 자신의 손자국을 남김으로써 도자기에 생명력을 불어넣듯, 경험으로서의 이야기를 누군가에게 전달할 때에는 전달자의 숨결, 곧 개성이 남아 있기 때문이다. 따라서 주체가 전해 듣는 이야기 속에 남은 발화자의 개성, 발화자로서 주체가 이야기를 전달할 때 남은 주체의 개성을 모두 생각해 보아야 한다.

'이야기'의 전달 차원에서 백석의 시 중 주목할 부분은 바로 '음식', 곧 미각의 전경화이다. 물론 백석 시에서 미각이 주요 창작원리라는 점은 앞선 연구사에서도 확인된 바이다.[136] 그렇지만 백석 시의 유년주체에게 음식을 주는 인물들이 '이야기' 역시 함께 전달한다는 것 또한 다루어야 한다. 백석 시의 유년주체에게 음식을 건네는 사람, 그리고 그들이 건네는 이야기의 특징이 유년주체가 발화주체로서 이야기하고자 하는 내용과 겹쳐지기 때문이다.

미각, 곧 음식을 '이야기'와 연결해 B항에서 집중적으로 다루는 이유는 이유는 음식이 인간의 가장 기본적인 욕구를 충족시키는 대상이

---

135) 발터 벤야민, 「이야기꾼 : 니콜라이 레스코프의 작품에 대한 고찰」, 『선집9』, 최성만 옮김, 길, 2012, 438쪽.
136) 대표적인 예로 소래섭, 「백석 시에 나타난 음식의 의미 연구」, 서울대학교 박사학위 논문, 2008 ; 소래섭, 『백석의 맛 : 시에 담긴 음식 음식에 담긴 마음』, 프로시네스, 2009 ; 고형진, 「백석의 음식 기행, 우리 문화와 역사의 탐미」, 『백석 시를 읽는다는 것』, 문학동네, 2013, 57-87쪽을 들 수 있다.

기 때문이다. 음식은 식욕을 자극함으로써 기억을 강렬하게 환기할 수 있다. 프루스트의 마들렌이 '이야기'의 산물인 것처럼, 벤야민 역시 '구운 사과' 라는 먹거리 앞에서 향기와 감촉을 즐기고 아스라한 이야기를 예감한다.[137] 이것은 음식을 만들고 그것을 주고 - 받는 과정이 삶의 서사를 재현하는 과정과 일치함을 보여준다. 이후 벤야민이 '이야기'의 원형으로 제시한 세혜라자데가 죽음 앞에서 이야기를 통해 삶을 이어나가듯, 아스라한 이야기를 품은 음식은 허기가 환기하는 죽음 앞에서 인간을 살리는 강력한 무기가 되는 것이다.

백석 시에서 유년주체에게 이야기를 전달하는 사람들은 이웃 사람들, 할머니(노큰마니, 가즈랑집 할머니), 엄마, 누나 등이다. 이들은 유년주체에게 이야기를 해 주는 사람들인데, 이중 두드러지는 인물은 '노큰마니'와 '가즈랑집 할머니'이다. '질게 지은 밥 한 술'로 요약되는 자신의 삶의 내력을 전달하는 '노큰마니'(「넘언집 범 같은 노큰마니」), 유년주체와 죽은 누이의 개인사를 전해 주는 '가즈랑집 할머니'(「가즈랑집」)가 건네주는 음식물은 고통스럽고 고단했던 삶을 견딘 그들의 경험이자 유년주체가 전달하려는 '이야기'가 된다.

아배는 타관가서 오지 않고 山비탈 외따른 집에 엄매와 나와 단둘이
서 누가 죽이는듯이 무서운 밤 집뒤로는 어늬 山곬작이에서 소를 잡어
먹는 ㉠노나리군들이 도적놈들 같이 쿵쿵 거리며 다닌다.

---

137) 어린 시절 유모가 구워주는 사과를 기다리는 벤야민의 기억은 이러한 해석을 뒷받침해줄 수 있다. 『1900년경 베를린의 유년시절』의 「겨울날 아침」에서 어린 벤야민은 잘 구워진 사과를 '여행지에서 돌아온 지인', '향기 속에서 전달된 덧없는 메시지'로 회고한다. - 발터 벤야민, 『선집3』, 윤미애 옮김, 길, 2007, 59쪽.

날기 명석을 저간다는 닭보는 할미를 차 굴린다는 땅아래 고래같은 기와집에는 언제나 니차떡에 청밀에 은금 보화가 그득하다는 외발가진 ⓒ조마구 뒷山 어늬메도 조마구네 나라가 있어서 오줌 누러 깨는재밤 머리맡의 문살에 대인 유리창으로 조마구 군병의 새까만 대가리 새까만 눈알이 들여다 보는때 나는 이불속에 자즈러붙어 숨도 쉬지 못한다.

또 이러한 밤 같은때 시집갈 처녀 망낭고무가 고개넘어 큰집으로 치장감을 가지고와서 엄매와 둘이 소기름에 쌍심지의 불을 밝히고 밤이 들도록 바누질을 하는 밤 같은때 나는 아르목의 삼귀를 들고 쇠든밤을 내여 다람쥐처럼 밝아먹고 은행여름을 인두불에 구어도 먹고 그러다는 이불 우에서 광대 넘이를 뒤이고 또 누어굴면서 엄매에게 웃목에 둘은 평풍의 새빨간 ⓒ천두의 이야기를 듣기도 하고 고무더러는 밝는날 멀리는 못난다는 뫼추라기를 잡어달라고 조르기도 하고

내일 같이 명절날인 밤은 부엌에 쩨듯하니 불이 밝고 솥뚜껑이 놀으며 구수한 내음새 곰국이 무르끓고 방안에서는 일가집 할머니가 와서 ⓐ마을의 소문을 펴며 조개송편에 달송편에 쥔두기 송편에 떡을 빚는 곁에서 나는 밤소 팥소 설탕든 콩가루 소를 먹으며 설탕든 콩가루소가 가장 맛있다고 생각한다 또 나는 얼마나 반죽을 주물으며 힌가루 손이 되여 떡을 빚고싶은지도 모른다.

섯달에 내빌날이 들어서 내빌날 밤에 눈이 오면 이밤엔 쌔하얀 할미귀신의 눈귀신도 내빌눈을 받노라 못난다는 말을 든든히 여기며 엄매와 나는 아궁우에 떡돌우에 곱새담우에 함지에 버치며 대낭푼을 놓고 치성이나 드리듯이 정한마음으로, 내빌눈 약눈을 받는다 이 눈세기물을 ⓜ내빌물이라고 제주병에 진상항아리에 채워두고는 해를 묵여가며 고뿔이와도 배앓이를해도 갑피기를 앓어도 먹을물이다.

　　　　　　　　　　　　　　　　　　　　　　-「古夜」 전문

인용시 「고야(古夜)」는 제목 그대로 옛밤, 곧 그리고 이야기의 세계가 귀환하는 시간을 드러낸다[138]. 아버지로 표현되는 현실의 상징질서가 부재하는 '밤'의 시간을 채우는 것은 옛이야기에서 비롯되는 상상력과 매혹의 세계이다. 이 세계를 유지하는 것은 '옛말(녯말)'을 전적으로 '듣'는 유년주체의 존재이다. ㉠'노나리군', ㉡'조마구', ㉢'천두', ㉣'마을의 소문', ㉤'내빌눈'은 모두 유년주체가 듣는 이야기의 일부이며, 이들은 듣는 유년주체의 존재로 인해 실효성을 갖게 된다.

아우라적 기억을 전달하는 이야기의 힘은 '마을의 소문을 펴'는 '명절' 밤에 극대화된다. 일가친척이 모여 차례를 치르는 명절은 집단기억을 후대 집단과 개인에게 내면화하는 의례이다. 이 과정에서 집단을 묶는 것은 '마을의 소문'으로, 씨족공동체의 소식과 살아가는 이야기가 묶이는 과정이라 할 수 있다. 이 안에서 유년주체는 떡을 빚는 '흰가루손'이 되고 싶다고 생각한다. 산문적 해석으로 볼 때 '흰가루손'은 쌀가루를 주무르면서 하얗게 변한 손인 동시에, 떡을 빚어 누군가를 '먹이는' 행위에 대한 욕망이 이미지화된 것으로 볼 수 있다. 한편 이야기의 세계를 무서워하면서도 동경하는 유년주체의 심리를 생각할 때, '흰가루손'은 3연 안에서 '소문'을 듣는 행위, 곧 사람들의 이야기를 듣는 행위와 연결된다. 입 속에 들어가는 떡을 빚으며, 입 안에서 이야기를 펼치는 과정이 연결되는 것이다.

한걸음 더 나아가 '흰손'은 흰가루처럼 내리는 흰눈, 곧 '내빌눈'(납

---

138) '추억 속의 밤'과 '옛 삶을 간직한 밤'으로 해석되는 한자어 제목을 두고, 고형진은 '풍속을 간직한 오랜 시절의 밤'으로 해석한다(『백석 시 바로 읽기』, 현대문학, 2006, 54쪽). 이 해석은 풍습으로서의 이야기, 그리고 먹거리로 이미지화된 이야기 - 풍습이라는 해석의 근거가 된다.

일눈)을 받는 손으로 치환된다. 시에서 '내빌눈'은 '진상항아리'에 담아 치성을 드리고 한해를 묵히는 것으로 감기('고뿔'), 배앓이, 이질('갑피기') 을 치료하는 '눈세기물'이자 '약눈'이라 할 수 있다. 마을의 '소문'이 입안에 들어가는 '떡'을 빚어냈다면, 온 마을에 내리는 '눈'은 마을 사람들의 병을 낫게 하는 약이 된다. 과학과 논리의 시선으로 볼 때 눈 녹인 물을 묵힌다고 할지라도 실제적인 효과를 기대할 수는 없을 것 이다. 그러나 '할미귀신'조차 내빌눈을 받는다는 서술에서 유년주체는 이야기의 세계관을 신뢰하고, 그것을 따라 가는 집단공동체와 유년주 체의 믿음을 보여 준다. 그리고 그 신뢰 안에서 '내빌눈'은 '약눈'이 되어 자주 앓는 감기나 배앓이, 이질 등을 이겨낼 약이 되는 것이다. 이러한 신뢰는 유년주체의 이야기에 대한 존중에서 밑바탕을 찾을 수 있다. 누군가의 말을 전해 듣는, 청자의 태도가 강조되는 '-다는'이 반복되는 것을 근거로 삼을 수 있다. '이야기'의 전통을 주체가 수용 하는 것을 인정할 때, 시 「고야(古夜)」는 전해들은 이야기로 가득한 시 로 변화한다. 1, 2연의 밀도 깊은 '-한다는'의 나열과 3, 5연의 '-한 다는'의 제시에서 유년주체가 전해들은 이야기에 대한 강한 확신과 신뢰를 유지하고 있음을 드러내기 때문이다.

그렇다면 유년주체는 스스로가 이렇게 신뢰하는 '이야기'를 통해 무엇을 전달하고자 욕망하는가 생각해볼 필요가 있다. 이어지는 4, 5 연에서 좀 더 구체적으로 살펴볼 수 있다. '떡'과 '물'은 일상적으로 접하는 음식물이지만 명절, 곧 '고야(古夜)'를 거치면서 소문(이야기)을 전하는 산물이자 사람을 살리는 약물로 변화한다. 이처럼 '이야기'의 욕망은 대상과 주체를 살리는 것, 그리고 살아가게 하는 것에 대한 바람으로 읽을 수 있을 것이다.


　황토 마루 수무낡에 얼럭궁 덜럭궁 색동헌겁 뜯개조박 뵈짜뺴기 걸
리고 오쟁이 끼애리 달리고 소삼은 엄신 같은 딥세기도 열린 국수당고
개를 멫번이고 튀〃 춤을 뱉고 넘어가면 곬안에 안윽히 묵은 녕동이
묵엽 기도할 집이 한채 안기었는데


　집에는 언제나 센개같은 게산이가 벅작궁 고아내고 말같은 개들이
떠들석 짖어대고 그리고 소거름 내음새 구수한 속에 엇송아지 히물쩍
너들씨는 데


　집에는 아배에 삼춘에 오마니에 오마니가 있어서 젖먹이를 마을 청
능 그늘밑에 삿갓을 씨워 한종일내 뉘어두고 김을 매려 단녔고 아이들
이 큰마누래에 작은 마누래에 제구실을 할때면 종아지물본도 모르고
행길에 아이 송장이 거적돼기에 말려나가면 속으로 얼마나 부러워 하
였고 그리고 끼때에는 붓두막에 박아지를 아이덜 수대로 주룬히 늘어
놓고 밥한덩이 질게한술 들여틀여서는 먹었다는 소리를 언제나 두고
두고 하는데


　일가들이 모두 범같이 무서워하는 이 노큰마니는 구덕살이같이 욱
실욱실하는 손자 증손자를 방구석에 들매나무 회채리를 단으로 쩌다두
고 딸이고 싸리갱이에 갓진창을 매여 놓고 딸이는데


　내가 엄매등에 업혀가서 상사말같이 항약에 야기를 쓰면 한창 퓌는
함박꽃을 밑가지 채 꺾어주고 종대에 달린 제물배도 가지채 쩌주고 그
리고 그 애끼는 게산이 알도 두손에 쥐어 주곤 하는데

우리 엄매가 나를 갖이는 때 이 노큰마니는 어늬밤 크나큰 범이 한 마리 우리 선산으로 들어오는 꿈을 꾼 것을 우리엄매가 서울서 시집을 온것을 그리고 무엇 보다도 내가 이 노큰마니의 당조카의 맏손자로 난 것을 다견하니 알뜰하니 깃거히 녁이는것이었다

- 「넘언집 범같은 노큰마니」 전문

인용시에서 유년주체에게 기억을 전달하는 인물은 '노큰마니'(노할머니, 증조할머니)이다. 유년주체는 노큰마니의 '당조카(장조카)의 맏손자'로 증손주와 항렬이 같으며, 특별한 이유로 노큰마니의 사랑을 담뿍 받는다. 그것은 그녀가 살아온 내력을 유독 유년주체에게 집중적으로 읊으며 다른 손주들과는 다르게 대접하는 것에서도 찾을 수 있다.

그렇다면 '노큰마니'가 어떤 이야기를 전달하고 있는지 살펴볼 필요가 있다. 앞서 다룬 「모닥불」이 할아버지의 '슬픈 역사'를 비춘 것과 별개로, 노큰마니의 삶은 억척스럽고 투박하다. 3연에서 볼 수 있듯 그녀의 삶의 이력은 가난과 전염병인 '큰마누래'(큰마마 : 천연두)와 '작은마누래'(작은마마 : 수두) 사이에서 강인하게 자식과 손주들을 길러낸 것으로 요약된다. 젖먹이를 그늘 밑에 뉘어 두고 한종일내 김을 매러 다녔다는 부분에서 알 수 있듯, 그녀는 현실적인 삶을 견뎌냈으며 때로는 사는 것이 고단해 다른 집 어린애가 죽어나가는 상황을 보고 세상물정도 모르고('좋아지물본도 모르고') 부러워했지만,[139] 결국 아이들

---

[139] 이 글에서는 「넘언집 범 같은 노큰마니」에서 아이 송장을 보고 '부러워한' 주체를 '노큰마니'로 해석했다. 3연은 '소리를 언제나 두고 두고 하는데'를 종결부로 본다면, 1) 젖먹이를 데리고 나와 김 맨 이야기 2) 아이들을 기르는 것이 버거워 식구 수가 줄었던 것이 부러웠던 이야기 3) 식구 수대로 밥을 먹인 이야기로 구성된다. 이때 애매한 것이 2)부분에서 '아이들이'다. 이 부분은 '아이들이 병을 앓을 때'(노큰마니가) 부러워했다거나, '병을 앓는 이들이 거적떼기에 실려가면' 철없이 아

수에 맞추어 바가지를 늘어놓고 밥 한 덩이씩을 떨어뜨려 먹이고 기른다. 3연의 짧은 서술에서 노큰마니가 갖는 삶에 대한 책임, 그리고 현실적이고 강인한 모성을 읽을 수 있다. 여기에서 드러나는 그녀의 노동은 논일(김매기)과 먹이기로 먹는(食) 것과 관계가 있다. 이는 생계 수단이 농사중심인 경제구조뿐 아니라, '먹이고 살리는' 노큰마니의 역할을 강조하기 위한 장치라 할 수 있다.

따라서 그녀의 삶의 정수는 아이들의 수만큼 늘어놓은 바가지 위에 떨어뜨린 질게 지은 '밥한덩이'로 압축된다.[140] 밥상을 차리지는 못하지만 아이들이 자기 밥그릇을 들고 먹을 수 있게 해 주는 바가지와, 굳은 밥이 아니라 질게 지은 밥은 가난하고 힘겨운 노동과 육아의 현장에서 노큰마니가 터득한 삶의 지혜이다. 그렇기에 그녀 역시 '언제나 두고두고' 1연에서 언급한 내용, 곧 아이들을 먹여 살렸다는 이야기를 반복하는 것이다.

먹이고 살리는 그녀의 위상, 그리고 음식으로 드러나는 미각의 전경화는 2연에서도 마찬가지로 드러난다. 노큰마니에 집에 사는 동물들, '게산이(거위)'와 개는 억세고 힘차다. 이 동물들은 힘차게 집안을 낯선 이들로부터 보호하는데, 잘 먹이고 잘 기르는 노큰마니의 영역

---

이들이 부러워했다는 두 개의 해석이 가능하다. 그러나 시 텍스트 전체가 노큰마니의 '이야기'를 듣는 것으로 구성되어 있으므로 그녀의 행동과 감정이 중점을 이룬다고 상정, 해당 텍스트에서 '부러워하는' 주체를 '노큰마니'로 보았다. 해당 구절에 대한 해석 비교는 현대시비평연구회, 『다시 읽는 백석 시』, 소명, 2014, 373 - 374쪽을 참고하였다.

140) 유성호는 이 시가 토속적이고 전근대적이고 샤머니즘적인 세계 속에 살았던 '노큰마니'의 일생을 사실적 기억으로 재구하고 있음을 지적하였다. - 유성호, 「백석 시의 세 가지 영향」, 『한국근대문학연구』 제17호, 한국근대문학회, 2008, 11쪽.

안의 존재들이자 4연에서 이어지는 노큰마니의 성정('회채리를 단으로 쩌 다두고 딸이고', '싸리갱이에 갓진창을 매여 놓고 딸이는데')과도 닮은 강인한 존 재들이다.

이제 5 - 6연에서 강조되는 노큰마니와 유년주체의 관계를 생각해 볼 필요가 있다. 일가붙이가 모두 '범같이 무서워하는' 노큰마니는 손 주들이 잘못을 저지르면 쌓아 둔 회초리로 가차 없이 때린다. 유일하 게 예외가 되는 존재가 있는데, 바로 유년주체이다. 유년주체가 상사 말(야생마)처럼 악을 쓰고 대들거나(향악), 불만을 피워도(야기) 노큰마니 는 유년주체를 때리는 대신 먹을 것과 장난감(제물배, 게사니알, 함박꽃)을 주며 달래는 모습에서 이를 알 수 있다. 노큰마니가 유년주체를 특별 하게 대하는 이유는 6연에서 찾아볼 수 있다. 노큰마니가 유년주체의 태몽을 꾸었다는 것, 유년주체의 어머니가 서울에서 시집을 왔다는 것, 그리고 유년주체가 노큰마니의 '당조카'(장조카)의 맏손자라는 점에 서 찾을 수 있다. 이중 첫 번째와 세 번째 이유를 연결해서 살펴볼 필 요가 있다. 장조카는 항렬상 장자의 장자이며, 장조카의 맏손자는 집 안의 종손에 가깝다고 할 수 있다. 부계중심의 혈연사회에서 장조카 의 맏손자는 집안의 전통과 기억을 책임지고 이어나갈 존재라는 점에 서 의미가 있다. 그런 당조카의 맏손자를 점지하는 태몽을 꾼 사람이 바로 노큰마니 자신이고, 태몽의 내용 역시 상서로운 짐승인 '크나큰 범'이다. 시 안에서 노큰마니를 닮은 동물이 '범'이라는 사실, 그리고 태몽 속에서 범이 들어온 곳이 1연의 '녕동'(영동 : 기둥과 마룻대)을 환기 하는 '선산'이라는 점을 함께 생각해야 한다. 따라서 노큰마니가 유년 주체를 사랑하고 아끼는 것은 집안을 이어갈 장자에 대한 기대와 희망뿐 아니라, 자신의 속성(범)을 닮은 아이의 탄생을 예지함으로써 이에 직접적으로 기여했다는 자부심 때문이기도 하다. 그 결과 노큰마니의 태몽은 유년주체에게 자신이 살아 온 내력을 전하는 노큰마니의 모습을 통해 일부 들어맞는다. 노큰마니는 유년주체에게 질게 지은 '밥한덩이'의 내력을 전할 뿐 아니라 제사상에 올릴 제물배, 그리고 진 밥 대신 거위 알을 쥐어 준다. 제물배는 조상을 기억하기 위한 후손의 행위를 보여 주는 음식물이라는 점에서, 알은 껍질에 감싸인 채 새로 태어날 생명이라는 점에서 유년주체와 연관된 '태몽'을 환기한다. 기억 속의 풍경에서 유년주체는 노큰마니를 '밥 한덩이'를 떨어뜨려 자식과 손주들을 먹이고, 소거름으로 논밭을 일구며 제물배와 거위 알로 자신에게 삶의 가능성을 전해 주는 존재로 변환시키는 것이다.

경험을 전달받고, 또 그 경험을 전달하는 존재로서 노큰마니와 유년주체의 만남은 유쾌하다. '얼럭궁 덜럭궁', '튀튀' 등의 시어를 통해 우쭐대며 즐거워하고, 노큰마니의 집을 '안옥히' 여기는 유년주체의 모습을 볼 수 있다. 노큰마니의 집은 거름냄새로 환기되는 생명력이 넘친다. 즐거움과 아늑함, 그리고 생명력이 노큰마니를 둘러싼 아우라가 되면서 그녀는 노환이나 죽음의 그림자를 비껴나 유년주체의 기억 속에서 영원히 강인하고 따뜻하게 살아 있는 존재로 설정된다.

> 승냥이가새끼를치는 전에는쇠메듨도적이났다는 가즈랑고개
>
> 가즈랑집은 고개밑의
> 山넘어마을서 도야지를 잃는밤 즘생을쫓는 깽제미소리가 무서웁게
> 들려오는집

닭개즘생을 못놓는 멧도야지와 이웃사춘을지나는집

예순이넘은 아들없는가즈랑집할머니는 중같이정해서 할머니가 마을
을가면 긴 담배대에 독하다는막써레기를 몇대라도 붗이라고하며

간밤엔 섬돌아레 승냥이가왔었다는이야기
어느메山곬에선간 곰이 아이를본다는이야기

나는 돌나물김치에 백설기를먹으며
넷말의구신집에있는듯이
가즈랑집할머니
내가 날때 죽은누이도날때
무명필에 이름을써서 백지달어서 구신간시렁의 당즈깨에넣어 대감
님께 수영을들였다는 가즈랑집할머니
언제나병을앓을때면
신장님달런이라고하는 가즈랑집할머니
구신의딸이라고생각하면 슳버졌다

토끼도살이올은다는때 아르대즘퍼리에서 제비꼬리 마타리 쇠조지
가지취 고비 고사리 두릅순 회순 山나물을하는 가즈랑집할머니를딸으며
나는벌서 달디단물구지우림 둥굴네우림을 생각하고
아직멀은 도토리묵 도토리범벅까지도 그리워한다

뒤우란 살구나무아레서 광살구를찾다가
살구벼락을맞고 울다가웃는나를보고
미꾸멍에 털이몇자나났나보자고한것은 가즈랑집할머니다

찰복숭아를먹다가 씨를삼키고는 죽는것만같어 하로종일 놀지도못하
고 밥도안 먹은것도
가즈랑집에 마을을가서
당세먹은강아지같이 좋아라고집오래를 설레다가였다
- 「가즈랑집」 전문

이야기와 음식의 결합, 그리고 그것이 재맥락화하는 풍습의 의미가
선명하게 드러나는 마지막 시는 바로 「가즈랑집」이다. 시의 유년주체
가 그리움의 대상으로 환기하는 인물은 '가즈랑집할머니'인데, 집과
먹거리, 그리고 주체를 둘러싼 몸의 통증은 모두 할머니가 존재하는
세계를 둘러싸고 그녀의 특징을 전달하고 있다. 할머니에 대한 기억
은 5연의 '돌나물김치에 백설기'를 먹으면서 풀려난다. 돌나물김치와
백설기는 소박한 음식들이지만, 가즈랑집 할머니가 풍성하게 만들어
준 음식물들을 불러내는 도구가 된다.

따라서 복원되는 할머니의 집 풍경을 살펴볼 필요가 있다. 가즈랑
집은 1연과 2연에서도 알 수 있듯, 농촌에서도 고립된 곳으로 개발논
리가 침투하지 않은 신화적 공간이며, 이곳에 살고 있는 할머니는 예
순이 넘어도 피붙이가 없는 외로운 존재이다. 그럼에도 할머니는 승
냥이가 새끼를 낳거나 쇠로 만든 메를 들고 다니는 도적이 나타나기
도 한 원시적이고 사나운, 그리고 야생의 생명력이 가득한 공간을 지
키고 살아간다. 집을 둘러싼 두려움이나 공포와 관계없이 할머니는
'중같이' 정갈하고 깨끗하다. 두려움과 공포, 혹은 야생성에 압도되지
않고 이를 다스릴 수 있는 종교적인 지위를 획득하는 것이다.141)

동시에 그녀는 신과 인간, 인간과 인간 사이를 중재하는 전달자로

서 자리 잡는다. 그렇기에 할머니는 경험을 나눌 수 있는 인물, 그리고 마을 사람들의 존중을 받는 아우라적 인물이('긴담배대에 독하다는막써레기를 몇대라도 붗이라고하며') 된다. 이야기가 사람을 살리는 것처럼 할머니는 여동생과 자신을 살리기 위해 '수영'을 드리고, '신장님달년'(신에게서 받는 훈련, 단련)을 받음으로써 삶과 죽음의 경계를 알고 있는, 비의적인 존재가 된다.

유년주체는 할머니가 전달해 준 경험을 할머니가 준 음식물의 섭취를 통해 펼쳐낸다. 담뱃대나 할머니의 이야기가 혀와 성대의 울림이라는 면에서 미각을 강조한다면, 할머니 집에서 먹은 음식 역시 입을 통해 몸으로 흡수된다는 점에서 미각을 자극한다. 이들 음식은 입안에 넣고 오래 씹어 침이 가득 고이게 하거나, 혹은 그 자체에 물기가 가득해 입안을 적시는 음식들이다. 인절미, 송기떡, 콩가루찰떡, 나물. 돼지비계 역시 마찬가지이다. 나물류는 쉽게 끊어 먹는 음식이 아니기에 오래 씹어야 하고, 비계 역시 식감이 찰지고 미끈미끈한 탓에 입안에서 잘 씹어 먹어야 한다. 입을 통해 잘 씹는 것, 그리고 경험을 소화해 말로 전달하는 것은 모두 '입'과 '물기'를 통과한다는 점에서 유사성을 띤다. 혀와 피부로 감각한 삶의 경험이 간직된 것이다. 옛이야기 속 귀신이 나타날 것 같은 두려움과 매혹의 공간인 집은 '돌나물김치'와 '백설기'라는 구체적인 음식물의 이름을 통해 선명한 기억으로

141) 백석 시의 샤머니즘적 요소에 관한 연구 중 참고한 자료는 다음과 같다.
김은석, 「백석 시의 '무속성'과 식민지 무속론 : 백석 시의 '무속적 상상력; 재고」, 『국어국문학』 48, 국어국문학회, 2010, 115 - 137쪽. ; 김응교, 「문학연구 방법론의 재검토 - 지역연구와 한국문학, 문화연구와 한국문학 : 백석 시 <가즈랑집>에서 평안도와 샤머니즘 - 백석의 시 연구(2)」, 『현대문학의 연구』 27권, 한국문학연구학회, 2005, 65 - 93쪽.

남게 된다. 흘러가는 이야기는 그 이야기를 채웠던 다른 기억, 곧 먹었던 음식의 질감을 통해 기억 속에 남는 것이다. 1 - 4연에서 각 연이 '이야기', '집' 등의 명사구나 ' - 하듯이' 등의 비종결어미로 제시되었다면, 7 - 9연의 '슳버졌다(슬퍼졌다)', '그리워한다', '할머니다', '설레다 가였다' 등의 선명한 종결어미로 제시되는 것에서도 이를 알 수 있다. 전해들은 것이 아닌, 직접 경험한 할머니에 대한 기억을 더 선명하고 애틋하게 꺼내는 주체의 모습이 드러나는 것이다.

이때 삽입되는 것은 할머니와 내가 왜 먹을 것으로 긴밀하게 연결되는지 설명하는 부분이다. 6연에서 주체는 할머니와 맺은 인연을 보여준다. 아이가 태어났을 때 무명천에 이름을 쓰고 신들에게 아이의 이름을 고하는 할머니의 모습은 '수영'이라는 시어에서 확인할 수 있다. 이 과정에서 할머니는 전달자로서 귀신과 유년주체(와 여동생)를 이어 준다. 탯줄을 환기하는 수영천이 할머니 손에서 다루어졌듯, 가즈랑집 할머니는 '대감님'을 대신해 어머니가 아이를 먹여 기르는 것처럼 주체에게 먹을 것을 아낌없이 베푼다. 그리고 주체 역시 어머니를 따르듯 할머니를 따르는 것이다.

7연의 음식물들이 나물류라는 것도 경험을 전달한다는 '이야기'에 맞추어 볼 때 재미있는 해석점을 제공한다. 7연의 시작은 '토끼도살이 올은다는때'라는 시어이다. 계절의 순환에 맞추어 솟아나는 풀들을 직접 조리하거나 혹은 말려서 먹는 것은 이전의 삶의 지혜와 경험을 나누는 경험이기 때문이다. 이 과정에서 미각과 통각이 동원되면서 할머니에 대한 기억이 구체화된다. 역시 8연과 9연에서는 음식을 먹다가 생기는 통각과 할머니의 기억을 겹쳐 제시한다. 8연에 등장하는 음식물들은 제철 식물을 말려 무치는 나물이거나('제비꼬리', '마타리'. '쇠 조지', '가지취'. '고비', '고사리', '두릅순', '회순', '山나물'), 오랫동안 말린 뒤 물에 우리거나 고아 먹는 우림('물구지우림', '둥굴네우림'), 그리고 가루를 내 물과 섞어 오랜 시간 끓여 만드는 묵('도토리묵', '도토리범벅')이다. 이 들 음식은 하나같이 계절감과 시간성을 환기하며, 모습을 바꾸어 전 달한다는 점에서 음식을 만드는 사람 혹은 이야기 전달자의 개성을 유추하게 한다. 가난한 살림살이에 오랫동안 음식을 보관하기 위해서 말린 음식들은 시간을 들여 바람과 햇볕에 말리면 본연의 물기를 잃 고 바싹 마르며 원래 모습을 잃어버리지만 다시 '물'을 붓고 열을 가 하면 물속에서 풀려나며 원래의 모습을 회복한다. 다른 경우 찧어 가 루를 낸 음식들은 물과 열을 만나 원래의 모습을 잃는 대신 새로운 모습으로 변화하되, 이전의 '맛'을 공유하며 먹는 사람에게 두 개의 기억을 전달하게 된다. 그 결과 주체는 음식과, 음식을 만들던 시간의 할머니를 기억하며 시간의 흐름에 따라 본능적으로 철철이 다가오는 음식들을 '그리워'하는 것이다. 물에 젖어 불어나는 음식들에 대한 상 상력은 8연과 9연에서는 물기어린* 음식들, 입 안에서 물기를 내는 음 식으로 이어진다. '살구'와 '찰복숭아'가 그것이다. 이 음식들은 미각 뿐 아니라 살구벼락을 맞거나, 찰복숭아의 '씨'를 삼키는 것에서 볼 수 있듯 통각이라는 감각과 함께 강렬하게 환기된다. 이때마다 삽입 되는 할머니에 대한 기억('미꾸멍에 털이몇자나났나보자고한것은 가즈랑집할머 니다', '가즈랑집에 마을을가서/당세먹은강아지같이 좋아라고집오래를 설레다가였다') 이 해학적이면서도 구체적으로 그려지는 것을 볼 수 있다.

유사 - 탯줄로 연결된 원초적이고 긴밀한 기억은 '신장님달런'을 받는 할머니의 모습과 겹치며 '가즈랑집할머니'로 표현되는 세계의 몰락을 지연시킨다. 그렇다면 '가즈랑집할머니'를 전면으로 내세우는 시도는 무엇을 뜻하는지 살펴볼 필요가 있다.

이때 '가즈랑집 할머니'로 이미지화된 샤머니즘에 대한 의식을 근대적 시선에서 재독할 수 있다. 먼저 조선의 근대화를 지향한 시선이다. 1920 - 30년대에 <동아일보>를 중심으로 일어난 미신타파 운동에 따르면 해당 구습은 분명 '극복되어야 할 것'에 가까웠다.[142] 이러한 시선은 다음으로 제기할 30년대 중후반 일어난 '고전부흥운동'과 '조선학', '조선적인 것'에 대한 관심[143] 사이에서 균열된다. 30년대 중후반 조선문단은 외국문물이 급속도로 유입되는 것과 동시에 실증적 고전학을 선보이면서 『문장』지에 한학자들의 글에도 지면을 일정 부분 할애하였으며, 최남선의 주도 하에 '조선학'이라는 학문이 설립되었다. 그리고 그 분과 학문으로 '민속학'에 초점을 맞추어지며, 백석이 『문

---

142) 기사의 내용은 미신에 현혹된 사람들이 패가망신했다는 사설이 주를 이룬다. 1920년부터 30년까지 꾸준히 미신에 넘어간 사람들의 사건을 보도한 <동아일보>의 논설은 <조선일보>의 16건, <경성일보>의 20건과 달리 125건에 달한다. 이 과정에서 미신을 믿는 것은 구가정의 논리이며(1929.5.2, '판수, 무당, 태주 구가정과 미신'), 과학적인 논리에 따르면 미신은 믿을 것이 못 된다는(1927.7.22) 논리를 읽을 수 있다. 구습 타파가 언론을 통해 진행된다는 것이 의미하는 바는 크게 두 가지다. 첫째로 신문 등의 매체가 수신자를 학습시킨다는 것이다. 둘째로 학습과 계몽이 수신자로 하여금 그가 속한 '현재'라는 시점을 수치스럽게 여기고 '더 나은', 진보하는 삶을 지향하도록 함으로써 역사인식의 변화를 꾀한다는 점이다. - 김요한, 「1920년대 미신타파운동연구 : <동아일보>를 중심으로」, 한남대학교 일반대학원, 2007.; 이필영, 「일제하 민간신앙의 지속과 변화」, 『일제의 식민지배와 일상생활』, 혜안, 2004, 354 - 355쪽.

143) 해당 주제에 대한 연구성과 및 목록은 김병구, 「고전부흥의 기획과 '조선적인 것'의 형성」, 민족문화연구소 기초학문연구단 편, 『'조선적인 것'의 형성과 근대문화담론』, 소명, 2007, 13 - 39쪽 참고.

장』에 참여했고 당시에 신사정책이 강조된 것을 환기한다면, 당대에 문인들이 '조선적인 것'에 관심을 기울이고 백석 스스로가 민속, 풍습을 시화한 의도는 선명해진다.[144]

그럼에도 불구하고 민속학, 그리고 조선학이 대응적으로 세워진 기반이 일본의 동아시아학이라는 것을 염두에 둔다면, 그리고 조선총독부의 '심전개발(心田開發)'이 조선인의 일본인화를 목표로 한 것을 감안한다면, '조선적인 것에 대한 관심'으로서 풍습에 대한 조선문단의 재조명은 상당히 복잡한 위치에 놓인다. 곧 일본에 대한 대응논리이자 일본의 논리를 내면화한다는 이중성 때문이다.[145]

따라서 백석 시의 풍속성이 앞선 두 가지 시선과 어떻게 같고 다른지를 고민해 보아야 한다. 첫 번째 논리에 대응하는 방식은 다음과 같다. 백석은 금기와 상징질서로 재현되는 식민근대화 논리를 유년주체를 중심으로 내세움으로써 비껴난다. 자유로운 유년기억 속에서 무당은 꺼림칙한 대상이 아니라 주체를 먹이고 살린 존재로 변화한다. 특히 무당의 모습을 사람을 '살리는' 음식물과 연결해 제시한다는 점을 들 수 있다. 「고야(古夜)」에서는 조마구귀신을 무서워하는 주체의 행위와 마을의 소문을 펴는 할머니의 행동, 그리고 납일눈을 받아 약물로 사용하는 가족들의 모습을 통해 풍속이 사람을 '살리는' 과정과 밀접하다는 것을 보여 준다. 「넘언집 범 같은 노큰마니」의 경우에도 마찬가지다. 태몽이라는 속신에 기대어 유년주체에게 먹거리와 미래에 대

---

144) 황종연, 「1930년대 古典復興運動의 文學史的 意義」, 『한국문학연구』 11권, 동국대학교 한국문학연구소, 1988, 217 - 260쪽.
145) 김병구, 앞의 글, 24 - 25쪽 ; 김은석, 앞의 글 117, 120쪽 재인용 ; 김웅교, 앞의 글 84쪽 재인용.

한 기대를 안겨 주는 모습에서 백석 시의 유년주체는 '이야기'의 전달 통로가 되는 풍속을, 집단적인 미신이 아니라 개개인의 마음과 숨결이 살아 있는, 존중하고 전달할 가치가 있는 기억으로 재맥락화한다.

그렇다면 두 번째 논리에 대응하는 방식을 생각해 볼 수 있다. 선험적 기억을 보충하고 상실된 경험을 복원하는 논리에 백석의 시는 적절한 텍스트로 활용되고 있으며, 이 사실은 전술한 '조선적인 것'에 대한 관심이 맞닥뜨린 이중적인 고민을 비껴가기 어렵다. 다만 그의 시에서 소극적이나마 전유할 지점을 찾아낸다면 ①민속, 그리고 풍습이 그것 자체에 집중되기보다는 그것을 전달하는 '사람'에 치중한다는 점146)을 들 수 있다. 사람의 삶과 분리된 '의례'를 기억한다는 것은 그것의 고정된 전승(의지적 기억)에 집중하는 것이다. 대신 그것을 '전달'하는 '사람'에 집중할 때, 기억은 매번 상기할 때마다 달라지는 아우라로서의 무의지적 기억이 가능하게 된다. 또한 ②풍습의 전달자들이 '노큰마니', '엄매', '가즈랑집 할머니' 등 나이 많고 배운 바 없는 여성들, 유년주체인 '나' 등 타자화된 존재라는 점 또한 전유 가능한 부분이다. 제국주의 논리의 성격이 합리성과 객관성, 그리고 남성성에 기반하는 것과 달리, 비논리성과 주관성, 그리고 여성성(과 어린아이의 미성숙성)에 기댄 '타자'(파편)적 기억이 된다. 또한 이들 기억은 '나'라고 하는 유년주체의 개인의 망각된 기억에서 촉발되었으나, '노큰마니', '엄매', '가즈랑집 할머니' 등에 의해 보충되면서 유년주체를 둘러

---

146) 김응교는 일본의 심전개발론에 대한 '소극적 부정'을 무속의례에 대한 관심보다는 놀이적 기능이 강조된다는 점, 그리고 그것을 환기하는 주체(인간)의 내면에 좀 더 치중하고 있다는 점에서 찾아내고 있다. - 김응교, 앞의 글, 86 - 87쪽.

싼 집단의 망각된 기억으로 확장된다. 의례 혹은 전달자 한 사람에게 고정된 것이 아니라는 점, 그리고 사회역사적으로 망각된 타자들의 기억이라는 점에서 해당 기억은 회상을 통해 재해석될 가능성이 열린다. ③또한 그의 시에서 풍습이나 미신은 박물지처럼 '남아 있는' 것이 아니라, 전달하는 사람이 죽고 없어지거나 음식이 소화돼 없어지는 것처럼 '사라지는 것'이라는 점에서 무의지적 기억의 가능성을 얻는다. 남겨질 수 없는 기억, 다시금 망각되는 순간적인 기억은 무의지적 기억의 특징이기 때문이다.

지금까지 2장에서는 백석 시의 유년기억을 '아우라'적 특질에 기대 설명하였다. 일차적으로 아우라는 원작의 고유성을 의미할 뿐 아니라 사물의 1회적 현현, 관조 대상에 모여드는 연상의 차원에서도 '기억'과 관계를 맺는다. 백석 시의 유년주체는 옛이야기와 전설, 그리고 풍습과 놀이가 삶과 밀착된 기억을 반복적으로 제시하는데, 이 과정에서 파편을 수집하고 묻혀진 기억을 탐색하는 '발굴'의 시선을 찾아볼 수 있다.

1절에서는 기억대상을 호출하는 작업이 '술래잡기'의 과정과 유사함을 지적하였다. '녯말'로 명명되는 애니미즘적 사유를 믿는 유년주체는 지렁이나 귀신 등을 죽은 존재로 생각하지 않고 자신에게 영향력을 끼칠 수 있는 대상이라 생각한다. A항에서 지적했듯, 여기에서 빚어지는 두려움과 매혹이라는 양가감정은 더 강력하게 '녯말'을 살아 있게 만듦으로써 기억의 아우라적 성향을 강조한다. 이 외에도 술래잡기의 과정은 B항에서 다룬 대로, 수집된 사물들을 통해 타자화된 사물을 복원하고 망각된 공동체를 형상화하는 시선에서 찾아볼 수 있다. 부스러기 같은 존재들을 사유의 질료로 삼아 공동체의 '슬픈 역사'를 읽어낸 「모닥불」이나 몸 밖으로 버려지는 존재인 '오줌'이 환기하는 집단성을 찾아낸 「동뇨부(童尿賦)」가 그 예이다.

2절에서는 아우라를 탐색하는 주체의 서술양식에 집중하였다. 주체의 회상은 '전달자'로서의 자신을 자각하는 데서 시작된다. 다시 말해 회상을 통해 주체는 기억을 '이야기'로 전달하는 데 집중하는 것이다. 이야기의 전달방식은 경험에 대한 이해, 그리고 그것을 받아들이는 유년주체의 노출을 통해 이루어진다. A항에서는 반복과 병렬, 그리고 나열이 기억내용을 상호보충함으로써 유년주체의 개인적 기억이나 친족공동체의 전상(全像)을 드러냄을 지적하였으며, B항에서는 음식, 곧 전경화된 미각이 '이야기'와 관계맺는 양상을 다루었다. 음식으로 은유된 '이야기'를 통해 주체는 음식을 둘러싼 풍습을 개인, 그리고 집단 모두에 적용되는 살아 있는 기억으로 재맥락화하고 있었다.

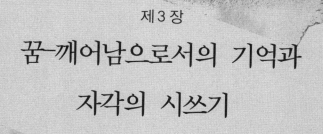

제3장

꿈—깨어남으로서의 기억과

자각의 시쓰기

# 꿈-깨어남으로서의 기억과 자각의 시쓰기

3장에서는 백석의 시에서 여행하는 주체가 등장하는 시편을 주 텍스트로 한다. 또한 '꿈 - 깨어남'으로 명명된 집단의 무의지적 기억이 '장소'를 통해 변주되는 양상을 주체가 '읽(lesen)'고 소망 이미지를 '자각'하는 과정을 다루고자 한다.

해당 시편의 특징은 장소성이 두드러진다는 것이다. 함주, 통영, 창원, 삼천포, 함남 도안, 중국 안동(안둥), 일본 柿崎(시기 : 가까사끼), 이즈 등의 구체적 지명과 '산', '바다' 등 추상적인 곳에서도 인간/생물의 구체적인 행위와 감정이 의미를 부여하며 주체의 회상을 지지하기 때문이다. 주체는 그곳에서 물 뜨러 다니는 아이, 애보개 여아, 머무는 사람들, 장날에 나온 영감들과 산사람, 거적장사, 병인(病人) 등의 삶을 '읽'으며, 소박한 풍경 앞에서 '좋은' 감정과 '슬픔'을 선명하게 느낀다.147)

---

147) 백석 시의 기행시편 연구성과에 관해서는 신철규, 「백석의 기행시편 구조 연구」, 『민

백석의 기행시편에서 음식, 사람, 인정 등 장소에 대한 체험이 '정신적 원형'을 형성한다는 점, 그리고 이 정신적 원형이 기억을 형성한다는 점은 기존 연구에서도 지적되었다.[148] 백석이 기행시편을 발표한 30년대의 사회경제적 상황을 고려할 때 다음과 같은 문제제기를 할 수 있다. 첫째, 기행시는 낭만적인 현실도피의 소산인가 혹은 공동체를 공고히 하는 민족주의의 소산인가? 둘째, 백석 시의 기억은 '위로부터 내려오는' 사회역사를 수용하는 의지적 기억의 산물인가? 셋째, 백석 시의 토속성을 서구지향적 모더니티를 전유한 한국적 모더니티라고 한다면 기억이론으로는 이 논리에 어떻게 접근할 것인가?

첫 번째 질문에 답변하기 위해서는 일제 강점기 조선에 있어 1930년대 도시의 위상이 어떠한지 살펴보고, 백석이 도시 '아닌' 공간에 애착을 갖는 이유를 추출해야 한다. 개항 이후 조선의 모더니티를 다룬 연구에서 빠지지 않는 부분이 바로 도시문화와 경제적 발전이다.[149] 특히 서울을 중심으로 한 도시발전이 급속화되었는데, 물자수송과 경제적 수익의 확보, 정치적 의사결정과 문화전파를 주 목적으로 하는 도시발전계획은 결과적으로 식민지체계를 공고히 하는 데 기여했다.[150] 도시화의 명암에도 불구하고, '데파트'(화신상회)를 누비는

족문화논총』 48권, 영남대학교 민족문화연구소, 2011, 319 ‑ 353쪽 참고

148) 김춘식, 「시적 표상공간의 장소성 : 백석을 중심으로」, 『한국문학연구』 43권, 동국대학교 한국문학연구소, 2012, 365 ‑ 396쪽.

149) 김진송, 『서울에 딴스홀을 許하라』, 현실문화연구원, 1999, 68 ‑ 111쪽, 244 ‑ 289쪽.

150) 김명근은 도시공간의 이중성을 일컬어 일본인 호수의 증가, 민족별 거주공간의 구분과 차별화가 조선인의 쇠퇴와 몰락을 가져왔다고 보았다. 30년대 후반에야 북촌에 전등, 수도, 가스, 공중전화 등의 시설이 완료된 것에 반해, 진고개로 명명되는 일본인 거주지역은 20년대에 이미 완공되었다. ‑ 김명근, 「일제하 일상생활의 변화와 그 성격에 관한 연구 : 경성의 도시공간을 중심으로」, 연세대학교 박사학위논문,

'모던 뽀이'와 '모던 껄', 교통을 혼잡하게 할 정도로 몰려든 아마추어 레코드팬 그룹들에 대한 언급,151) '씨-크'로 명명되는 '모던'에 대한 관심152) 등은 도시인들의 나르시시즘적 자기인식을 드러낸다.

따라서 낯설고 매혹적인 도시 대신 오래된 곳, 화려한 곳 대신 투박하고 구릿한 냄새가 도는(「북관-함주시초(北關-咸州詩抄)」) 곳, '중심부'가 아닌 '주변부', 세련된 인물들 대신 몰락을 앞둔 무력한 존재들에 대한 일관적인 탐색은 결과적으로 도시에 대한 부정적 인식과 도시 '아닌' 곳에 대한 백석의 관심을 반증한다.153) 그런 의미에서 주변부에 대한 탐색은 낭만주의적 도피로 보기 어렵다.

둘째로 백석의 기행시가 민족공동체의 동질성을 강하게 환기하는 시인지 살펴볼 필요가 있다. 이경수는 백석의 만주체험을 포함한 기행시편이 제국의 심상지리와 거리를 두고 있으며 이향체험이 자기 극복과 연대의 장으로 지적하고 있음을 지적한다.154) 김신정 역시 소수

---

1999, 176쪽.

151) 『조선중앙일보』 1935년 9월 9일, 9월 11일 ; 김명근, 위의 글, 153쪽 재인용.

152) "모던(modern)-어의는 '새로운' 혹은 근대적이란 말이다. 그래서 '모던 껄'이라면 새로운 여자 혹은 근대여자, 모던 보이라면 같은 의미의 남자인 경우에 사용한다. 의미로 보면 결코 낫분 말은 아니다. '모던 보이'니 '모던 껄'이니 하면 경멸과 조소의 의意가 다분으로 포함되어잇다. 그래서 불량소녀 혹 불량소년이라는 의미로도 통하는 것이 사실이다. 요즘에는 이 '모던'이 한층 더 새로워져서 '씨-크'라고 변하여 간다. 초 '모던'이다. '울트라 모던'이다."-「모-던어사전」, 『신민』, 1930년 9월호; 김진송, 앞의 글, 43쪽 재인용.

153) 백석은 일본 아오야마(靑山)학원에서 영문학을 전공했다. 졸업 후 귀국해서는 조선일보사 기자, 오산학교 영어교사로 근무하였다. 패션에도 민감해 모던한 옷차림으로 시선을 끌었으며 러시아 문학에도 관심이 많아 실제 작품을 번역하기도 했다. 이런 점을 미루어볼 때, 의도적으로 과거, 그리고 '기억'에 집중한 것은 시적 전략에 기인한다 하겠다.

154) 이경수, 「백석의 기행시편에 나타난 장소의 심상지리」, 『민족문화연구』 53권, 고려대학교 민족문화연구원, 2010, 359-400쪽.

자로서의 자신을 인식한 주체를 언급한다.155) 실제 백석의 기행시에
서 여진과 신라, 고구려는 차이 없이 기억의 산물로 작용하고 있으며,
역사적 산물의 상징인 '통제사'를 대체하는 것이 수많은 개별자 중 하
나인 '천희'라는 점을 살펴볼 때 민족공동체를 강화한다는 주장은 백
석 시의 활력을 떨어뜨리게 된다. 백석의 만주시편을 연구한 신주철
은 일본인과 조선인의 만주 이주가 일본에 의해 장려되었으며 그 결
과 조선 지식인들이 만주를 '개척'과 '갱생'의 공간으로 인식했음을
지적한다. 이와는 달리 백석은 만주의 민속과 역사를 존중하고, 게으
름의 가치에 공감함으로써 의사제국주의적 시선을 전유한다는 점에서
차별화된 시의식을 드러낸다고 보았다.156)

　세 번째로 백석 시의 주체가 과거의 것, 쇠락해 가는 삶의 구체성에
집중하는 이유를 벤야민의 '꿈 - 깨어남'이라는 기억이론으로 접근할
필요가 있다. 기억을 구성하는 산물은 과거의 것만이 아니라 현재 마
주치는 사물들 또한 포함된다. 벤야민은 유년기의 기억이 망각된 것
처럼, 충격체험에서 누락되고 망각된 사회역사적 산물들을 '꿈'으로
명명한다. 꿈은 도시, 혹은 주체를 둘러싼 공간의 풍경과 그 풍경에서
읽게 되는 집단의 바람 혹은 소망을 일컫는다.157) 이것을 읽는 순간

155) 김신정, 「백석 시에 나타난 '차이'에 대하여」, 『한국시학연구』 제34호, 한국시학회,
　　 2012. 8, 9 - 40쪽.
156) 신주철, 「백석의 만주 체류기 작품에 드러난 가치 지향」, 『국제어문』 45권, 국제어
　　 문학회, 2009, 251 - 277쪽.
157) 집단의 소망이미지로서 벤야민의 꿈 개념을 한국사회에 적용한 김홍중의 논의를
　　 참고할 수 있다. 김홍중은 꿈의 명료한 개념을 표출, 적용하기 어려움을 밝히며 해
　　 당 개념을 사회학적으로 재해석하고 계보화한다. 그는 벤야민의 '파괴-수집-재구성'
　　 에서 추출된 개념을 '파상력'으로 정의하며, 꿈을 파상력의 차원에서 분석한다. 집
　　 단의 좌절된 소망 등을 꿈으로 언급한 논의는 벤야민의 소망이미지이자 환등상 개

꿈꾸는 사람과 꿈에서 깨어난 사람의 인식이 동시에 가능해지는 변증법적 시각을 이룰 수 있는데 이를 '꿈 - 깨어남'이라 일컫는다. '꿈 - 깨어남'으로서의 기억을 '자각'하기 위해서는 먼저 꿈의 풍경 속에 내재된 집단의 바람 혹은 소망을 '읽'어야 한다. 파사주의 마네킹과 낡은 철골, 구조물은 유행이 지났지만, 주체는 그 속에 숨은 '평등을 꿈꾸었던 집단의 소망'을 '읽'음으로써 현재 사회상을 '자각'하게 된다. 상품경제를 기반으로 하는 자본주의 사회에서 파사주의 낡은 철골과 구조물, 마네킹과 광고는 철 지난 것, 쓸모없는 것으로 몰락한다. 하지만 '자각'하는 주체는 낡은 사물에서 여전히 평등을 꿈꾸었던 집단의 소망을 읽는 것이다.

그런 의미에서 백석 시의 주체가 발견한 풍경은 쇠락해 가는 삶의 구체성이라 할 수 있다. 주체는 시화한 실제의 풍경만이 아니라, 사라져 가는 '과거'를 알레고리화한다. 따라서 몰락해 가는 조선, 혹은 시대의 삶이 곳곳에 배어나는 풍경 앞에서 주체가 읽어내는 집단의 소망은 무엇인가 살펴보아야 한다.

1절에서는 기억탐사에 앞서 꿈의 풍경을 감정이입을 통해 마주하는 주체의 특징을 '여행주체'로 설정하고 집단의 소망을 탐색하는 시선을 '행복변증법'으로 살펴보았다. 2절에서는 언표화된 기억의 문체적 특징을 '현상(現像 : darstellung)', 곧 보여주기의 기법으로 설명하였다.

---

념과도 연결되어 문화분석 차원에서 참고 가능하다. - 김홍중, 「꿈과 사회」, 『사회학적 파상력』, 문학동네, 2016, 197-252쪽.

## 1. 여행주체와 행복변증법(Dialektik der Glück)으로서의 탐색

사물의 꿈을 읽는 작업은 백석 시의 여행주체의 여행 양상에서 드러난다. 주체는 마주치는 사물, 혹은 시장경제의 상품이 환기하는 매혹에 휩쓸리는 대신 끊임없이 감정이입을 시도하며 사물의 꿈, 사물에 침투한 집단의 무의식적 욕망인 소망 이미지를 읽어낸다. 백석 시의 주체가 여행하는 풍경은 쇠락한 곳이자 몰락을 앞두었다는 점에서 파사주와 유사한데, 중심이 아닌 주변에 대한 관심과 자본주의의 교환가치 바깥으로 밀려난 인물들이 초점화되는 것에서 그 근거를 찾을 수 있다. 다만 근대도시의 산책자가 도시의 자본주의적 속성을 폭로하면서도 스스로를 상품으로 편입되는 양가성을 보였다면, 백석 시의 여행주체는 불안정을 담보한 상태로 쇠락한 풍경을 내면화하며 경제논리 바깥의 존재들, 비(非) 상품 혹은 상품과 사람 사이의 초과되는 감정적 교류를 사유함으로써 산책자와 구별된다 하겠다.

백석 시의 꿈 - 깨어남의 풍경은 여기에서 의미를 찾는다. 이미 몰락한, 사적 경제기반을 잃고 교환가치 하에 스스로의 노동력을 평가받게 되는 존재들이 '다른' 방식으로 대상과 감정이입이 가능한 것을 보여 주기 때문이다. 유년주체가 아우라로 감싸인 매혹의 풍경을 맞닥뜨렸다면, 여행주체가 마주하는 삶의 풍경은 그 외피가 벗겨지면서 남루하고 초라한 모습으로 드러난다. 그럴지라도 주체는 눈물 고인 눈으로 '상품'조차 될 수 없는 몰락한 이들을 지속적으로 조명하며, 그들에게 감정이입한다. 그의 시에서 풍경과 사람은 감정이입의 대상으로 변모하며 주체의 내면을 흔드는 질료로 활용된다. 이 장에서는

'자각'으로서의 시쓰기를 유도하는 기억탐색인 '읽기'의 양상을 '행복
(의) 변증법(Dialektik der Glück)'으로 명명하였다. 이 개념은 벤야민이 「프
루스트의 이미지」에서 제시한 것으로 잃어버린 것, 지나간 지복의 순
간을 '다시 한 번' 회복하려는 강렬한 욕망158)을 뜻하며, 이 욕망이
주체가 읽는 소망 이미지로 구현되는 것을 살펴보고자 한다.

A항에서는 여행자로서 주체가 교환가치를 전유하는 과정과 '가난'
의 의미를 양가감정이 전환되는 과정에서 살펴보고자 한다. 여기에는
사적 경제기반을 잃은 인물들이 등장하며, 주체 역시 이웃에게 돈을

---

158) 벤야민은 프루스트의 소설을 분석하며 행복의 시간을 되살리려는 소설 속 주체의
의지를 변증법적으로 분석한다. 그는 행복을 찬가와 비가 두 가지로 구분한다. 전
자는 천상의 것이자 지복의 결정체로 세속의 인간이 누리기에는 무리가 따른다. 그
렇지만 잃은 것을 '다시 한 번' 회복하려는 강렬한 욕망은 세속의 인간이 품을 수
있는 욕망, 그리고 아주 잠시 충족할 수 있는 욕망이다. 주체는 회상을 통해 아주
잠깐 유아기적 욕망의 충족에서 오는 '지복의 절정'을 누릴 수 있다. 이후 주체를
움직이는 '다시 한 번에 대한 갈망'은 복고적인 것만이 아니라 순간순간 충족되는
욕망으로도 해석할 수 있다. 동시에 그의 행복변증법에서 초점을 맞추어야 할 것은
'잃어버린' 지복의 순간에 '여성성'이 중요한 역할을 한다는 점이다. 그는 잃어버린
지복의 순간을 '우리 품에 안길 수 있었던 여인들'로 명명하는데, 이때 여성성을 넓
게 해석한다면 어머니, 애정대상 등으로 해석할 수 있을 것이다.
"행복에 대한 의지에는 이중적인 면, 행복의 변증법이라는 것이 있다. 하나는 찬가
적인 행복의 모습을, 다른 하나는 비가적인 행복의 모습을 하고 있다. 전자는 한 번
도 들어보지 못한 것, 전대미문의 것, 지복의 절정이고, 후자는 다시 한 번에 대한
영원한 열망, 처음의 원초적인 행복을 복원하고 싶은 영원한 열망이다. 엘레아적이
라고도 부를 수 있을 이 비가적 행복의 이념이 바로 프루스트에게 삶을 기억의 보
호림으로 변형시킨 이념이다." - 발터 벤야민, 「프루스트의 이미지」, 『선집9』, 최성
만 옮김, 239 - 240쪽.
"우리에게서 부러움을 일깨울 수 있을 행복은 우리가 숨 쉬었던 공기 속에 존재하
고, 우리가 말을 걸 수 있었던 사람들, 우리 품에 안길 수 있었을 여인들과 함께 존
재한다. 다시 말해 행복의 관념 속에는 구원의 관념이 포기할 수 없게 함께 공명하
고 있다. 역사가 대상으로 삼는 과거라는 관념도 이와 마찬가지다. 과거는 그것을
구원으로 지시하는 어떤 은밀한 지침을 지니고 있다." - 발터 벤야민, 「역사의 개념
에 대하여」, 『선집5』, 최성만 옮김, 2008, 335쪽.

빌리러 가지만 담보로 할 수 있는 수단이 없어 빚을 받을 수 없는 상황에 처한다(「내가 생각하는 것은」). 이는 프롤레타리아로 몰락한 지식인 시적 주체의 운명이자 그들의 눈에 비친 일제강점기의 풍경이기도 하다. 그러한 상황에서도 시적 주체는 주체 스스로를 고립시키는 상황을 사유하며, 상품경제와 여기에서 소외된 이들에 감정이입을 시도함으로써 교환가치를 전유한다. 그 결과 '가난'은 고독과 소외를 넘어 자신의 내면을 응시하고 사회를 사유할 바탕이 된다.

한편 B항에서는 교환가치를 거부하는 것을 넘어 현실압력을 전환하려는 시선이 '편안하다', '따사롭다' 등의 시어에서 드러나는 것을 살펴본다(「연자人간」, 「삼천포 - 남행시초 4(三千浦 - 南行詩抄 四)」). 여행자의 시선에서 마주친 집단의 '꿈'을 '편안한 삶'에 대한 바람으로 상정하고, 주체가 발견하는 행복의 특징이 가장 소외된 인물유형인 '여성성'에 기대고 있음을 살펴보았다(「북관 - 함주시초(北關 - 咸州詩抄)」, 「고성가도 - 남행시초3(固城街道 - 南行詩抄 三)」, 「칠월(七月)백중」).

## A. 교환가치의 전유와 '가난'의 양가성

백석의 시에서 주체가 자주 마주치는 공간은 바로 '장터'이다. 화폐를 기반으로 한 물물교환이 이루어지는 '시장'에서, 주체는 화폐 대신 시장의 '상품'에 관심을 기울인다. 노루를 보고 '서른 다섯 냥'이라는 가격 대신 노루의 '가랑대는 눈'을 보고(「노루 - 함주시초(咸州詩抄)」), 밥상 앞에 오른 '가재미'와 '흰밥'을 '친구'라고 말하기 때문이다(「선우사 - 함주시초(膳友辭 - 咸州詩抄)」). 주체는 판매대상의 가격과 효용성을 생각하는 대신 판매대상을 사유의 질료로, 그리고 회상의 질료로 활용함으로써 화폐중심의 교환가치에 균열을 가한다. 이때 의미 있는 감정은 바로 '가난'을 바라볼 때 주체가 느끼는 '슬픔'과 '기쁨'이다. 본래 자본주의 사회에서 '가난'이 주체의 내면을 주조하는 감정은 '수치심'과 '불안' 이다.159) 그렇지만 주체는 가난, 그리고 가난으로 알레고리화되는 몰락한 삶, 그리고 더 이상 유효하지 않은 꿈의 풍경에서 개인과 집단의 소망, 행복을 읽어내고자 한다.

백석 시의 주체는 먼저 교환가치에 얼룩진 꿈의 풍경을 정확하게 인식하고 있다. 「팔원 - 서행시초3(八院 - 西行詩抄 三)」이나 「석양(夕陽)」 에서는 더 이상 자본으로 교환될 수 없는 아이보기 계집아이, 돌체·대모체·로이드 돋보기 등 상표로 인식되는 물물을 적극적으로 수용하는 노인들의 모습을 볼 수 있다. 「가무래기의 낙(樂)」, 「내가 생각하는 것은」에서도 마찬가지이다. 보증으로 맡길 수 있는 것이 없어 빚을 받지 못하고, 음악을 듣거나 잡지를 살 수 있는 돈이 없어 그냥 스쳐 지나가야 하는 주체의 모습도 그러하다. '세상같은 건 밖에 나도 좋을 것같다'(「선우사 - 함주시초(膳友辭 - 咸州詩抄)」)는 시적 주체의 목소리 너머에는 가난을 정신적 가치로 상승시키지 않고는 견

---

159) 「일방통행로」의 「카이저 파노라마 Kaiser panorama」에 수록된 「독일의 인플레이션을 가로지르는 여행」은 '신발이나 우산의 가격에 대한 물음'이 결국 상품을 구입할 수 있는 화폐로 개인을 판단하게 되는 구조를 보여준다. 부르주아의 삶이 '상품'과 '화폐'를 매개로 대화가 이루어졌다면, 빈곤층의 삶은 이보다 더 적나라하다. 화폐를 벌어들일 능력이 없는 자, 교환가치의 잣대로 판단할 수 없는 사람들이 할 수 있는 경제활동은 '구걸'이며, 타인의 가난함은 '숨겨진 실상'의 일부를 드러냄으로써 관찰자(행인)에게 '수치심'을 학습시키기 때문이다. - 발터 벤야민, 「일방통행로 : 카이저 파노라마 - 독일의 인플레이션을 가로지르는 여행」, 『선집1』, 최성만 옮김, 2007, 88쪽.

디기 어려운, 곧 가난이 수치가 되는 교환가치중심의 삶이 일상화되고 있음을 드러낸다.

① 거리는 장날이다
   장날거리에 녕감들이 지나간다
   녕감들은
   말상을하였다 범상을하였다 쪽재피상을하였다
   개발코를하였다 안장코를하였다 질병코를하였다
   그코에 모두 학실을썼다
   돌체돗보기다 대모체돗보기다 로이도돗보기다
   녕감들은 유리창같은눈을 번득걸이며
   투박한 北關말을 떠들어대며
   쇠리쇠리한 저녁해속에
   사나운 즘생같이들 살어졌다

                                        - 「夕陽」 전문


② 長津땅이 집웅넘에 넘석하는거리다
   자구나무 같은것도 있다
   기장감주에 기장찻떡이 흖한데다
   이거리에 산곬사람이 노루새끼를 다리고왔다

   산곬사람은 막베등거리 막베잠방등에를입고
   노루새끼를 닮었다
   노루새끼등을쓸며
   터앞에 당콩순을 다먹었다하고
   설흔닷냥 값을불은다

노루새끼는 다문마문 흰점이 백이고 배안의털을 너슬너슬벗고
산곬사람을 닮었다
산곬사람의손을 할트며
약자에쓴다는 흥정소리를 듣는 듯이
새깜안눈에 하이얀것이 가랑가랑한다.

-「노루 - 咸州詩抄」 전문

가난에 대한 양가감정을 확인하려면 교환가치를 충실히 이행한 대상이 어떻게 그려지는가를 살펴보아야 한다. 교환가치 아래 가난은 수치의 대상이 되지만, 교환가치를 충실히 이행하는 존재를 다르게 그려낸다면 그것 역시 교환가치에 균열을 내기 때문이다. 두 편의 시는 모두 화폐가 매개가 되는 시장을 배경으로 한다. 각각의 인물은 '사나운 즘생'과 '하이얀 것이 가랑가랑'한 '노루새끼'로 대비되면서 각자의 운명을 예감하게 한다.

인용시 ①은 '쇠리쇠리한 저녁해' 속에 잠깐 나타났다 사라지는 영감들의 모습에서 가치평가를 읽을 수 있다. 얼굴→코→눈→말씨('투박한 北關말')로 이어지는 인물들의 외면 묘사는 영감들에게서 '짐승'이라는 본질을 드러낸다. 영감들은 유행을 자각하고 있으며(학실), 유행에 대한 자각은 돌체 돋보기·대모체 돋보기·로이드 돋보기 등의 상표로 나타난다. 장날거리를 평가하는 무기질의 눈('유리창같은 눈')을 번득이는 영감들은 짐승과 유비관계에 놓이는데, 이는 그들이 적자생존의 논리를 체화해 북관(北關)말을 익힌 존재이자 '사나운 즘생'으로 그려지기 때문이다. 돋보기는 물건을 좀 더 선명하게 보는 역할을 할 뿐 아니라 자신과 타자, 혹은 물건 사이를 가리는 유리창과 같

은 역할을 한다. 영감들은 돋보기 너머의 모습을 선명하게 볼 수 있지만, 반대로 그들의 눈과 표정은 돋보기 너머로 강조 혹은 축소되어 왜곡되고, 상대방은 그들의 '번득걸이'는 눈 앞에서 위축될 수밖에 없다.160)

인용시 ②에서는 ①과는 반대로 '노루새끼'와 '산골사람'을 내세운다. 영감들과는 달리 산골사람은 세련된 돋보기 대신 남루한 '박베등거리 막베잠방' 차림이다. 돋보기가 상표로서의 취향이자 자본력과 권력에 대한 욕망의 표현이라면 남루한 옷은 취향과 외표를 향유할 수 없는 빈궁함의 소산이다. 교환가치를 중심으로 운용되는 시장논리에 익숙하지 못한 그는 서른 다섯 냥값에 준하는 노루의 교환가치를 강조하는 대신, '노루새끼등을쓸' 뿐이다. 서로 피부 접촉을 하는 노루와 산골사람은 상품과 판매자 사이를 초과하는 감정적 교류를 드러낸다.

이제 이들이 놓인 무대를 바라보는 주체의 시선을 생각할 필요가 있다. 짐승을 닮은 영감들, 노루를 닮은 산골사람이 등장하는 '장터'라는 무대를 생각하는 것이 첫 번째이다. 결국 시장이라는 곳에 사람들은 지속적으로 등장할 것이다. 자급하기 어려우며 시장 논리에 익숙하지 못한 '산골사람'뿐 아니라, 시장경제에 익숙한 '영감들' 또한 끊임없이 등장할 것이다. 그리고 시장이라는 시스템에 밑바닥은 어리숙

---

160) 최정례는 영감들이 쓴 안경알을 투과하는 시선이 육화된 근대적 시선이라 지적한다. 그는 안경알이 유리창과 같은 역할을 함으로써 주체와 타자를 구분하고, 주체는 타자에 시각적으로 우위를 차지한다고 지적한다. - 최정례, 앞의 책, 43 - 44쪽. 이 외에도 그의 지적에서 흥미로운 것은 '빛의 휘말림이 순간적으로 포착한 사진 감광판과도 같다'(『백석 시 읽기의 즐거움』, 최동호 외 편, 서정시학, 2006, 198쪽)고 지적하는 부분이다. 이 해석은 주체가 바라본 순간적인 풍경, 그리고 그 풍경이 반영하는 변증법적 이미지를 해석할 근거가 된다.

한 누군가가 손해를 봄으로써 견고하게 유지될 것이다. 둘째, 이런 상황을 이해하면서도 시적 주체는 산골사람과 그를 환기하는 '노루'의 눈에 맺힌 '가랑가랑'한 '하이얀것'을 포착함으로써 무엇을 '사는' 행위를 초과하는 정서적 태도를 드러낸다.

실제 백석 시에서 장터, 곧 시장은 등장하지만 돈을 주고 무엇을 '산다'는 시어는 「여승(女僧)」과 「오리」를 제외하고는 거의 등장하지 않는다. 시적 주체는 장터에서 교환가치에 익숙하지 못한 사람들을 구경하거나, '소유'한 사물과의 관계를 변형시킴으로써(「선우사 - 함주시초(膳友辭 - 咸州詩抄)」) 교환가치의 밀도를 낮춘다. 교환가치 중심의 '상품'이 물신의 성격을 벗어날 때 교환가치의 밀도는 낮아진다. 상품이 임의의 관습적인 교환가치와 전시가치를 지니는 것을 감안할 때[161] 물신적 형식에 균열을 가하거나 사용가치에 집중함으로써 교환가치에 대한 전유는 가능해진다.

> 밖은 봄첨날 따디기의 누굿하니 푹석한 밤이다
> 거리에는 사람두 많이나서 흥성 흥성 할것이다
> 어쩐지 이사람들과 친하니 싸단니고 싶은 밤이다
>
> 그렇것만 나는 하이얀 자리우에서 마른 팔뚝의
> 샛파란 피스대를 바라보며 나는 가난한 아버지를
> 가진것과 내가 오래 그려오든 처녀가 시집을간것과
> 그렇게도 살틀하든 동무가 나를 벌인일을 생각한다

---

161) 김영옥, 「해제 : 근대의 심연에서 떠오르는 '악의 꽃'」, 『선집4』, 김영옥·황현산 옮김, 길, 2010, 18쪽.

또 내가 아는 그 몸이성하고 돈도있는 사람들이

즐거이 술을먹으려 단닐것과

내손에는 新刊書 하나도 없는것과

그리고 그 「아서라 世上事」라도 들을

류성기도 없는것을 생각한다


그리고 이러한 생각이 내눈가를 내가슴가를

뜨겁게 하는것도 생각한다

- 「내가생각하는것은」 전문


인용시는 바깥의 홍성함과 주체 내부의 고독감을 대비하고 있다. 이 대조적인 풍경의 원인은 다름 아닌 '가난'이며, 가난은 주체의 정서를 '슬픔'으로 주조한다('내 눈가를 내가슴가를/뜨겁게 하는것도 생각한다').

땅이 풀리는 '봄첨날'임에도 주체는 '홍성홍성' 다니는 사람들에게서 소외되어 고독감을 느낀다. 소외의 원인은 '하이얀 자리', '마른 팔뚝의 새파란 피ㅅ대', '가난한 아버지' 등에서 찾을 수 있다. 가난이 몸이 성하고 돈이 있는 사람들과 주체를 분리한 것이다. 주체는 관계와 물질의 가난 앞에서 수치심 대신 슬픔에 집중한다. 수치심은 타자를 의식했을 때 생겨나는 것으로, 주체가 타자의 시선을 내면화함으로써 스스로에게 '부재'하는 것들을 찾아낼 때 발생한다.162) 화폐경제

---

162) 벤야민에 따르면 가난한 사람과 부르주아가 대면하는 순간 서로가 느끼게 되는 감정은 '수치심'이다. 수치심의 작동과정은 프로이트와 라캉의 정신분석학적 관점에서 차용하였다. 프로이트는 이상적 자아와 현실자아 간의 간극에서 수치심이 발생한다고 보았고, 라캉은 심판하기 이전의 대타자, 최초의 대타자와 주체의 관계 사이에서 수치심이 발생한다고 보았다. 앞쪽 각주에서 벤야민이 언급하는 수치심의 층위는 일차적으로는 구걸하는 사람, 특히 자신이 '알고 있는' 사람을 목도한 부르주아의 수치심이다. 그는 자신이 속한 시장경제체제가 안전하지 않다는 것을 깨달

를 기반으로 하는 교환가치의 세계에서 한 사람의 경제력은 '무엇을 살 수 있는 능력'으로 정의되는 것처럼, 2 - 3연에는 살 수 있는 능력 이 '부재'하는 주체의 상황이 전면적으로 드러난다. 신간서(新刊書)를 살 수 없는 상황, 능력의 부재는 수치심을 느낄 만한 상황이지만, 주 체는 수치심 대신 '슬픔'을 느낀다. 이런 태도는 외부세계의 공격성에 대한 무저항과도 관계를 맺는다. 수치감의 대상이 자기 자신이라는 점에서 이 감정은 자기를 향한 공격성을 띠는데, 백석의 시에서는 가 난이 수치심으로도, 공격성으로도 전환되지 않기 때문이다.

그렇다면 가난한 이의 '슬픔'이 어디로 이동하는지 살펴볼 필요가 있다. 인용시에서는 '나는', '나를', '내가', '내' 등 주체 자신을 지칭하 는 시어가 8번 등장한다. 다시 말해 주체가 집중하는 것은 주체에게 '부재'하는 것이 아니라 남아 있는 주체 자신이다. 백석 시의 주체에 게 있어 '가난'은 사회경제적 고독과 분리가 아니라 사유의 질료로 사 용된다. 그 결과 주체는 수치를 내면화하는 대신 '가난'이라는 사회경 제적 조건을 살펴볼 수 있게 된다. 따라서 '가난'한 자신에 대한 가치 평가는 세계를 '사유할 수 있는 조건'으로 상승하는 것이다.

첨아끝에 明太를 말린다
明太는 꽁꽁 얼었다
明太는 길다랗고 파리한 물고긴데
꼬리에 길다란 고드름이 달렸다

---

으면서 부끄러움을 느낀다. 수치심의 두 번째 층위는 가난한 사람이 느끼는 수치심 이다. 그는 타인 앞에서 자신의 가난하다는 것을 확인하면서 수치심을 느끼게 된다. - 발터 벤야민, 『선집1』, 김영옥, 윤미애, 최성만 옮김, 길, 2007, 87 - 88쪽.

해는 저물고 날은 다가고 볓은 서러웁게 차갑다
나도 길다랗고 파리한 明太다
門턱에 꽁꽁 얼어서
가슴에 길다란 고드름이 달렸다

- 「멧새소리」 전문

처마에 매달린 '명태(明太)'와 자신을 동일시하는 주체의 기준은 '길
다랗고 파리한' 외향이다. '파리하다'는 시어는 뒤에서 다룰 「선우사
-함주시초(膳友辭-咸州詩抄)」에 등장하는 '흰밥'이나 '가재미'의 '파리
함'과 대비할 때, 가난함과 정갈함, 그리고 욕심 없는 마음을 환기한
다. 처마 끝에 매달린 명태 꼬리에 '길다란 고드름'이 달린 이유는 가
난, 다시 말해 '빚이 안 되'는(「가무래기의 낙(樂)」) 주체의 상황에서 이유
를 찾을 수 있다.

'나도 길다랗고 파리한 명태(明太)다'는 구절에서 알 수 있듯 시에서
는 명태에 대한 감정이입이 직접적이다.[163] 여기서 '해는 저물고 날은
다가고 볓은 서러웁게 차갑다'를 살펴볼 필요가 있다. 명태와 주체가
동일화되는 이유가 '파리하다'는 외양, '춥다'는 피부감각의 공유에만
있지 않기 때문이다. 명태를 말리는 행위는 상품을 만들기 위한 행위
이다. 그리고 주체가 맞닥뜨린 현실의 무게는 명태를 말리는 과정으
로 비유된다. '첨아(처마)끝'에 매달린 명태의 사정은 사회경제적으로
안정되지 못한 주체의 상황('문(門)턱')과 중첩된다. '고드름'이 피부로
감각하는 현실경제를 뜻한다면, 인용한 구절은 '불안'을 상기한다. 저

---

163) 이숭원, 『백석을 만나다』, 태학사, 2008, 286쪽.

문 해는 처마 끝에 매달린 명태, 그리고 가슴에 이는 서늘함을 마주한 주체에게 어딘가로 돌아갈 것을 요구한다. 그렇지만 명태는 처마에 매달려 있고, 주체의 불안감은 고드름처럼 발목을 붙잡는다. 결국 날이 저물고 안주할 곳으로 돌아가야 하지만 '문턱 앞'에 얼어 있다는 서술에서 정주하기 어려운 이들의 불안감이 삶 전체를 잠식했다는 것을 유추할 수 있다. 이러한 배경을 사유한 후에야 주체는 자신과 명태를 동일화한다. 결국 '명태'는 가난에 밀려 '불안'한 사회경제적 조건에 놓인 이들을 총칭하는 시어가 된다.

그렇다면 명태와 주체의 시선을 중심으로 구성된 이 시의 제목이 왜 '멧새소리'인가 생각할 필요가 있다. 멧새는 참새과의 텃새로 한국 어디서나 볼 수 있는 평범한 새이다. 멧새의 울음소리도 평범하다. 제목과 본문을 유추한다면, 고드름을 달고 언 명태, 그리고 명태를 바라보는 주체의 시선을 총칭하는 소리가 '멧새소리'라는 결론이 나온다. 결국 꽁꽁 언 명태, 그리고 명태처럼 '추운' 인간의 삶은, 여행자로서의 주체가 마주하는 '일상사'라는 결론으로 귀결된다.

모두에게 막막한 삶이 일상이라는 것을 인식할지라도, 백석 시의 주체는 '가난'한 삶에 대한 정신적 가치[164]를 끈질기게 부여한다. 외로움과 쓸쓸함, 그리고 정갈함 등의 정서가 그의 시에서 지속적으로 등장하는 것은, 화폐가 매개가 되는 관계가 아닌 사람과 사물, 사물과 사물 사이의 접촉을 꿈꾸는 욕구에 기인한다.

---

164) 고형진, 「'가난한 나'의 무섭고 쓸쓸하고 서러운, 그리고 좋은」, 『백석 시를 읽는다는 것』, 문학동네, 2013, 50 - 54쪽. 이경수, 「1930년대 후반기 시에 나타난 '가난'의 의미 - 백석과 이용악의 시를 중심으로」, 『현대문학의 연구』 32호, 한국현대문학회, 2007, 153 - 180쪽.

가무락조개난 뒷간거리에
빗을 얻으려 나는왔다
빗이안되어 가는탓에
가무래기도 나도 모도춥다
추운거리의 그도추운 능당쪽을 걸어가며
내마음은 옷즐댄다 그무슨 기쁨에 옷줄댄다
이추운세상의 한구석에
맑고 가난한 친구가 하나 있어서
내가 이렇게 추운거리를 지나온걸
얼마나 기뻐하며 락단하고
그즈런히 손깍지 벼개하고 누어서
이못된놈의 세상을 크게 크게 욕할것이다

-「가무래기의 樂」 전문

낡은 나조반에 힌밥도 가재미도 나도나와앉어서
쓸쓸한 저녁을 맞는다

힌밥과 가재미와 나는
우리들은 그무슨이야기라도 다할것같다
우리들은 서로 믿없고 정답고 그리고 서로 좋구나

우리들은 맑은물 밑 해정한 모래톱에서 하구긴날을 모래알만 혜이
며 잔뼈가 굵은탓이다
바람좋은 한벌판에서 물닭이소리를들으며 단이슬먹고 나이들은탓이다
외따른 산골에서 소리개소리배우며 다람쥐동무하고 자라난탓이다

우리들은 모두 욕심이없어 히여졌다

착하디 착해서 새끼은 가시하나 손아귀하나 없다
너무나 정갈해서 이렇게 파리했다

우리들은 가난해도 서럽지않다
우리들은 외로워할 까닭도없다
그리고 누구하나 부럽지도않다

힌밥과 가재미와 나는
우리들이 같이 있으면
세상같은건 밖에나도 좋을것같다

-「膳友辭 - 咸州詩抄」 전문

인용한 두 시는 '상황의 제시→대상과의 유사성의 발견→유사성의 근원에 대한 사유→정서적 반응'이라는 진행방식, 주체가 처한 '가난'이라는 상황 등을 유사하게 드러낸다. 사용가치 중심의 사회에서 가난은 물품의 부족 혹은 불편함을 뜻하지만, 교환가치에 기반을 둔 사회에서 가난은 교환을 통한 교류에 어려움이 따르기 때문에 고독과 고립을 불러온다는 점에서 문제적이다. 이 과정은 「가무래기의 낙(樂)」에서 일차적으로 드러나는데, 2연의 '빗이안되어 가는'라는 시어를 먼저 살펴보아야 한다. 빗을 얻으려면 물물이나 신용 등의 담보물이 있어야 한다. 그러나 주체는 담보물 혹은 신용이 빗을 받기에 적합하지 않았고, 물리적인 추위에 더해 현실의 냉기를 피부로 느끼게 된다(2연). 「선우사 - 함주시초(膳友辭 - 咸州詩抄)」의 1연에서도 마찬가지다. 낡은 밥상에 담긴 '힌밥'과 '가재미'는 쓸쓸한 저녁 풍경을 주조한다. 풍경이 쓸쓸한 데에는 홀로 저녁식사를 한다는 외로움과 가재미 하나를 찬으로 드는 저녁밥상의 초라함 모두가 원인이 된다.

이 두 시에서 화폐로 교환된 밥상 위 사물과의 관계를 친구관계로 설명하는 데 집중해야 한다. 윤선도의 「오우가(五友歌)」를 환기하는 두 시는 윤선도의 시가 물, 바위, 소나무, 대나무, 달 등의 정신적 가치의 전통적 상징물을 활용하는 것처럼, 반찬거리를 친구로 설정, 노래의 대상으로 삼는 것을 특징으로 한다. '선우사(膳友辭)'의 '선(膳)'이 반찬을 뜻하는 한자어이고, 바닷가에서 난 '가무래기'를 두고 '가무래기의 낙(樂)'으로 이름붙인 것에서 화려하지 않은 두 반찬을 두고 부르는 '노래'(辭/樂)라는 시적 주체의 태도를 읽어낼 수 있다.

그렇다면 가무래기와 흰밥을 주체와 유사하게 두는 근거를 살펴볼 필요가 있다. 모시조개(가무래기)와 사람 사이에는 동일화하기 어려운 간극이 있다. 주체는 가무래기와 자신이 '능당(응달)'과 추운 거리를 걷기에 유사하다고 보았다. 가무래기는 화려한 장터 혹은 마을의 평화로운 풍경 너머의 '뒷간거리'에서 빚도 얻지 못하는 시적 주체와 동일화된다.

빚을 받지 못했다는 것은 앞서 언급한 대로 물물 혹은 신용이라는 담보물이 없음을 뜻한다. 그럼에도 시적 주체는 가무래기를 친구로 삼고 가무래기가 전하는 메시지를 읽는다. '맑고 가난한 친구'라는 명명이 화폐를 통한 구입 - 소유관계를 전복하는 것이다. 먹거리로 활용되지 않는 이상 조개는 상품가치가 없다. 그런데도 그것을 '친구'로 명명함으로써 대상의 위치는 변경된다. '웃줄댄다' - '기뻐하며 락단하고'로 이어지는 주체의 행동은 구입 - 소유에서 예상 가능한 만족감을 초과한다는 것을 보여준다. '못된놈의 세상'을 대항할 수 있을('크게 크게 욕할 것이다') 정도의 기쁨을 표현하기 때문이다. '락단하고' '기뻐하는' 이유는 타자에 대한 감정이입이 가능해짐으로써 교환가치체제에 익숙한 군중 혹은 사회와 '다른' 자신을 발견한 데 있다.165) 따라서 주체가 취하는 '손깍지 벼개'는 가무래기와 주체 사이의 유사성을 표출하는 행위로 읽을 수 있다. 단단하게 다물린 조개껍데기와 손 안에 가진 것이 없어 두 손을 맞잡고 머리를 누이는 행위(손깍지 벼개)가 동일화되는 것이다.

「선우사 - 함주시초(膳友辭 - 咸州詩抄)」의 3연에서는 「가무래기의 낙(樂)」에서보다 주체와 '흰밥', '가재미' 사이의 교류, 곧 사물의 꿈과 그것을 읽는 주체의 꿈 사이의 교차가 좀 더 구체적으로 드러난다. 이들이 공유하는 속성은 '맑음'이다. 흰밥과 가재미와 주체는 가난하지만 맑은 곳에서 태어나 자랐고 성년이 되어서도 여전히 맑고 욕심이 없다. 그렇기에 욕심 없고 착한 이들이 모인 자리는 쓸쓸한 자리, 몰락을 앞둔 자리이다. 가재미와 흰밥은 보호수단으로서 가시나 손아귀조차 없는 수동적 존재인 주체와 유사하다. 이 비교는 뒤이은 '서럽다' - '외롭다' - '부럽다'는 감정어, 곧 비교대상으로서의 타자를 상정해야 작동이 가능하며, 타자가 정서상 우위를 차지할 때 내면화되는 감정과의 대조를 통해 구체화된다.

차디찬 아침인데
妙香山行 乘合自動車는 텅하니 비어서
나이 어린 게집아이 하나가 오른다

---

165) 김신정, 「백석 시에 나타난 '차이'에 대하여」, 『한국시학연구』 34, 한국시학회, 2012, 9 - 40쪽.

옛말속 가치 진진초록 새저고리를 입고
손잔등이 밧고랑처럼 몹시도 터젓다
게집아이는 慈城으로 간다고하는데
慈城은 예서 三百五十里 妙香山百五十里
妙香山 어디메서 삼촌이 산다고 한다
쌔하야케 얼은 自動車 유리창박게
內地人 駐在所長가튼 어른과 어린아이 둘이 내임을 낸다
게집아이는 운다 느끼며 운다
텅 비인 車안 한구석에서 어느 한사람도 눈을 썻는다
게집아이는 몃해고 內地人 駐在所長집에서
밥을 짓고 걸레를 치고 아이보개를 하면서
이러케 추운 아침에도 손이 꽁꽁얼어서
찬물에 걸례를 첫슬것이다

- 「八院 - 西行詩抄 三」 전문

주체는 '수치' 대신 '슬픔'을 통해 교환가치 중심의 세계를 사유하면서 화폐의 무대로 시선을 돌린다. 사람이 상품경제에 편입된 상황을 포착한 주체는 '묘향산행 승합자동차(妙香山行 乘合自動車)'를 타고 다른 지역으로 떠나는 계집아이의 삶을 담담히 그려낸다. 그러나 시 배면을 읽어볼 경우 의미는 좀 더 선명해진다. 가사와 양육을 노동의 주 내용으로 삼고 있다는 점에서 계집아이는 그 노동력으로 판단받는 세계에 살고 있다. 다시 말해 시장경제에서 대체 가능한 다른 상품이 등장할 경우, 그녀는 언제건 교체될 수 있다. '주재소장(駐在所長)' 집에서 아이를 돌보고 손발이 부르트도록 일했으나 묘향산 근처에 있는 삼촌에게 보내진다는 사정 너머에는 그녀가 더 이상 주재소장의 집에 존재할 수 없다는 것, 곧 교환가치를 충족시킬 수 없다는 사실이 놓여 있다.

아이 둘과 그녀를 배웅하는 모습을 볼 때, 주재소장집 사람들을 악인으로 볼 수는 없다. 그들로서도 어쩔 수 없는 교환가치의 순환과정 아래 가해자는 은폐되고 피해자만 남는 불편한 상황에 놓인 것이다. 그렇기에 '어느 한사람도 눈물을 씻'을 뿐, 분노하거나 계집아이를 구원할 수는 없다. 민초이자 근대로 넘어와서는 '군중'이 되는 개개인은 거대한 삶의 흐름 앞에서 무력하기 짝이 없으며, 그들의 삶을 바라보는 주체는 이 무력감을 선명하게 드러낸다.

여기서 '눈을 씻'는 '어느 한사람'을 언급하는 주체의 목소리에 주목해야 한다. '한사람'이 눈물을 흘리는 이유는 계집아이의 삶에 대한 동정, 그리고 그녀의 처지에 대한 '공감'에서 찾을 수 있다. 이 눈물은 계집아이의 눈물에서 촉발된다. 계집아이는 손등이 밭고랑처럼 터지게 일해도 갈 곳 없는 자신의 처지를 슬퍼하며 운다. 그리고 '한사람'은 계집아이를 둘러싼 '슬픔'이라는 사회경제적 상황을 인지함으로써 그녀를 두고 '눈을 씻'는다. 상품이 되지 못한 계집아이에게 누군가가 공감하고 감정이입을 함으로써 상품과 화폐 사이의 교환관계가 균열된 것이다. 동시에 주체는 그녀의 슬픔에 같이 '눈을 씻'는 '한 사람'을 배치함으로써 이 슬픔이 단순히 한 사람만의 슬픔이 아닌 집단의 슬픔이라는 사실을 읽어낸다.

주체는 상품경제에 균열을 낼 뿐 아니라 가난과 가난에 밀려난 사람들 앞에서 슬픔뿐 아니라 애정이라는 양면적인 감정을 제시한다. 피해자로 남은 무력한 계집아이를 '옛말속 가치 진진초록 새저고리를 입'었다고 설명하는 부분에서 이를 확인할 수 있다. 계집아이는 옛날

사람처럼 현실논리에 적응하지 못하는 존재, 쫓겨 가는 존재로 그려진다. 그럼에도 앞으로의 알 수 없는 운명과는 대조적으로 '진진초록'의 '새'옷은 선명하고 단정하다. 이 새 저고리는 현재의 상황과 부조화를 이루는데, 여기에서 백석 시의 주체가 품은 가난, 그리고 가난에 밀려나는 삶에 대한 서글픈 애정을 읽을 수 있다. 특히 '옛말'에 대한 백석의 애정을 감안할 때, '가난'을 환기하는 무력하고 연약한 존재에 대한 애정은 안타까움과 슬픔으로 더 강력해진다. 계집아이의 미래와 새 옷의 순간성이 팽팽한 긴장감을 이끌면서 '가난'에 대한 양가감정을 드러내기 때문이다.

지금까지 백석 시의 주체가 '가난'을 바라보는 양가감정을 살펴보았다. 주체는 가난에서 비롯될 수 있는 외로움, 서러움, 부러움 등의 감정을 수치심으로 내면화하는 대신 '세상'이라는 무대에 대해 사유한다. 「선우사 - 함주시초(咸州詩抄 - 膳友辭)」에서는 '밖에나도 좋다', 「가무래기의 낙(樂)」에서는 더 적극적으로 '못된놈의 세상을 크게 크게 욕할 것'이라 언급하기 때문이다. 더 나아가 주체는 타인('계집아이')의 삶을 읽어내면서 가무래기, 흰밥, 가재미를 통해 반찬, 혹은 길에 놓인 비 - 상품들을 '세상'의 무게를 견디게 하는 전복적인 에너지로 읽어냄으로써 교환가치를 전유하는 가능성을 보여준다.


## B. 현실압력의 전환과 여성성의 지향

전술했듯 백석 시의 주체는 쓸쓸하고 서글픈 풍경, 그리고 가장 타자화된 존재들의 삶에 감정을 이입한다. 감정이입을 통해 이들의 삶이 환기하는 '꿈', 무의식적 소망의 지향성을 밝힐 수 있는데, 지향성을 밝힘으로써 꿈의 풍경을 자각을 통해 '꿈 - 깨어남'의 기억으로 전환하는 여행자의 태도를 살펴볼 수 있을 것이다.

백석 시의 주체가 만나는 세계는 생활감이 살아 있는 생활세계(life world)에 가깝다. 건반밥을 말리거나 장터를 구경하는 사람들과 오가는 아이들의 목소리가 평화롭게 들린다. 장터와 여인숙, 절과 바닷가를 여행하는 백석 시의 주체는 현실의 우울함을 최소한도로 줄인 따뜻한 꿈을 읽고자 애쓴다. 무거운 현실과 여행 풍경의 밝음은 모순적으로 보일 수 있는데, 여행에서 만나는 풍경을 '꿈'의 풍경으로 인식할 경우, 꿈 - 깨어남의 시선으로 꿈에서 드러나는 욕망을 읽을 가능성이 생긴다. 따라서 '현실압력의 전환'을 이끄는 욕망의 지향성이 어떠한지를 살펴보아야 한다. A항에서 주체 내면의 의식에 집중하였다면, B항에서는 주체가 읽는 집단의 기억으로서 '꿈 - 깨어남'의 특징을 살펴보고자 한다. 시 「쓸쓸한길」, 「연자ㅅ간」, 「삼천포 - 남행시초 4(三千浦 四 南行詩抄)」에서는 현실압력의 전환이 죽은 사람과 동식물, 무생물에게까지 '따사'롭고 '평안'하며 순간적인 지복을 부여한다는 점에서 기억탐색의 행복변증법적 측면을 살펴볼 수 있었다. 또한, 「통영(統營)」, 「북관 - 함주시초(北關 - 咸州詩抄)」, 「고성가도 - 남행시초 3(固城街道 南行詩抄 三)」, 「이두국주가도(伊豆國湊街道)」, 「칠월(七月)백중」에서는 고달픈 삶을 살아가는 여성인물들에게 순간적인 행복을 부여하는 데에서 앞의 시와 유사한 의도가 드러난다고 보았다.

거적장사하나 山뒤ㅅ넓비탈을올은다
아— 딸으는사람도없시 쓸쓸한 쓸쓸한길이다
山가마귀만 울며날고
도적개ㄴ가 개하나 어정어정따러간다
이스라치전이드나 머루전이드나
수리취 땅버들의 하이얀복이 서러웁다
뚜물같이흐린날 東風이설렌다

-「쓸쓸한길」 전문

　시 「쓸쓸한 길」은 죽은 사람을 장사지내는 모습을 시화한다. 따르
는 사람 하나 없이 '거적'에 말려 시체를 치우는 광경이 담담하게 제
시된다. 쓸쓸한 죽음 앞에서 주체는 시선을 전환해 죽은 이 곁에 있던
'머루전', '수리취', '땅버들'이 죽은 사람을 위로하는 '복'(흰 옷을 입음)
을 한다고 보았다. 서글픈 죽음을 '하이얀 복'으로 덮는 행위는 슬픔
을 전환하려는 의지를 드러낸다. 시에서 시선을 전환하게 만드는 힘
은 바로 '장례'에 해당하는 일상논리를 충실하게 따르면서도, 그 논리
에 해당하는 사물들을 전환하는 데서 찾아볼 수 있다. 곡을 하는 사람
대신 '산까마귀'가 울고, 무덤까지 따르는 사람 대신 '도적개'가 따라
간다. 사람들이 흰 옷을 입고 복을 하는 대신 '수리취'와 '땅버들'이
그 자리를 대체한다. 사람에서 동물, 그리고 식물로 전환된 시선은
'뚜물'(쌀뜨물) 같은 흰 하늘로 이동한다.
　산까마귀나 도적개, 머루나 앵두, 흰 하늘과 동풍(東風)이 아름다운
풍경을 이루는 것은 순간적이다. 산까마귀는 날아가고 도적개는 주인
이 없으므로 거적장사를 떠날 것이다. 수리취나 땅버들도 역시 때가

되면 열매를 떨군다. 하늘도 불어오는 동풍에 모양이 변할 것이다. 주체는 아주 잠깐 얻은 '지복'의 순간을 포착하고 '죽음'에서 생동하는 ('설렌다') '바람(東風)'으로 시선을 전환한다. 이 과정에서 무력감을 전환하는 미약한 가능성을 예감할 수 있다.

① 달빛도 거지도 도적개도 모다 즐겁다
　풍구재도 얼럭소도 쇠드랑볕도 모다 즐겁다

　도적괭이 새끼락이나고
　살진 쪽제비 트는 기지게길고

　홰냥닭은 알을낳고 소리치고
　강아지는 겨를먹고 오줌싸고

　개들은 게몰이고 쌈지거리하고
　놓여난 도야지 둥구재벼오고

　송아지 잘도 놀고
　까치 보해 짖고

　신영길 말이 울고가고
　장돌림 당나귀도 울고가고

　대들보우에 베틀도 채일도 토리개도 모도들 편안하니
　구석구석 후치도 보십도 소시랑도 모도들 편안하니
　　　　　　　　　　　　　　　　－「연자ㅅ간」 전문

② 졸레졸레 도야지새끼들이간다
　귀밋이 재릿재릿하니 볏이 담복 따사로운거리다

　재ㅅ덤이에 가치올으고 아이올으고 아지랑이올으고

　해바라기 하기조흘 벼ㅅ곡간마당에
　벼ㅅ집가티 누우란 사람들이 둘러서서
　어늬눈오신날 눈을츠고 생긴듯한 말다툼소리도 누우라니
　소는 기르매지고 조은다

　아 모도들 따사로히 가난하니
　　　　　　　　　　　　-「三千浦-南行詩抄 四」 전문

　인용시 ①, ②는 '모도들'이라는 시어 하에 자연환경과 사람, 그리
고 동물과 무생물이 평화로운 한때를 유지한다는 점에서 앞선 2장의
시 「모닥불」을 환기한다. 차이라고 한다면 「모닥불」에서 주체가 읽는
것은 '슬픈 역사'이지만, 이 시에서 읽어내는 것은 '편안'이라는 정서
일 것이다. 그렇다면 비슷한 사물을 나열하고 있음에도 '슬픔'과 '편
안'이라는 서로 다른 감정을 제시하는 이유를 생각할 필요가 있다.

　시 ①은 연자매를 돌리는 연자간이라는 공간을 중심으로, 해당 공
간에 중첩된 기억들을 질서화하는 과정을 보여 준다. 그래서 '달빛'과
'쇠드랑볕'이 시 안에 공존할 수 있으며, 고양이, 족제비, 닭, 개, 돼지,
소, 말, 당나귀 등 각기 다른 동물들의 행위가 중첩 가능한 것이다.

　시 ②에서 '따사롭다'는 시어는 물리적인 상황과 정서적인 태도 모
두를 설명하는 데 쓰인다. 따뜻한 햇빛 아래 '도야지새끼'들, '까치',

'아이', '아지랑이', '말다툼소리'가 풀려난다. 'ㅏ', 'ㅣ' 모음과 'ㅁ', 'ㄹ', 'ㅇ' 등의 유음이 리듬감을 형성하면서 밝고 따뜻한 인상을 준다. 따뜻함과 생동감은 잿더미와('재ㅅ덤이')와 추위('눈을 츠고(치우고) 생긴 듯한 말다툼소리')를 뚫고 '도야지새끼' '벼', '소' 등의 동식물 등에게서 피어오를 생명력에 대한 기대로 연결된다.

다양하게 중첩된 풍경을 질서 있게 나열하는 주체는 그곳에 모인 삶의 풍경이 편안하기를 바라는 욕구를 '편안하니', 그리고 '가난하니'라는 시어를 통해 드러낸다. 여기에서 ①의 경우, 시의 첫 연과 마지막 연이 각기 '즐겁다'와 '편안하다'라는 형용사로 마무리되고, 2 - 6연에서는 동사가 중점적이라는 점, 그리고 ②연의 경우 '오르다' '눕다', '조은다(졸다)'가 중점적이지만 마지막 첫 연과 끝 연은 '따사롭다', '가난하니'의 형용사로 마무리되는 것을 주목해야 한다. 달빛 아래서(1연) 연자간의 '풍구재'에서 촉발된 주체의 기억은 연자간 바람에 쭉정이가 풀려나는 것처럼 사물의 운동성으로 이동한다. 그리하여 2 - 6연의 동물들은 움직임 하에 나열되고, 먹고, 나고, 나갔다 들어오고 노는 행위, 곧 삶의 아주 기본적인 행위의 총합은 7연의 '편안하니'라는 정서로 수렴된다. 마찬가지로 ②에서도 따뜻함 아래 까치가 오르던 풍경, 아이들이 오르내리던 풍경, 아지랑이가 피어오르던 풍경, 그리고 눈을 치우던 사람들이 티격대던 풍경 등이 망각되었다가 펼쳐지는 것을 살펴볼 수 있다.

①의 7연의 '편안하니', ②의 5연의 '따사로히 가난하니'는 1연의 '즐겁다'(①), '간다', '거리다'(②)가 서술형 종결어미를 선명하게 사용한 것과 대별된다. 따라서 주체는 7연의 '편안하니'에서 1연의 '즐겁

다'로 감정을 전환시키며(①), 5연의 '따사로히'를 반복함으로써 감정을 확대, 고조한다(②). ①에서는 각기 다른 기억 속 풍경이 순간적이었던 것과 달리, 이 순간적인 풍경을 '편안히' 해 주고 싶은 욕구는 2 - 6연의 질서화된 병렬로, 그리고 편안함을 유지해 주고 싶은 욕구는 1연의 '즐겁다'로 이동한다. 사람들의 시선에서 비껴난 달빛, 집이 없는 거지와 도적개라는 현실의 그림자를 환기하는 대상에게도 '편안함'과 '즐거움'을 부여하고 싶은 행복에의 의지가 드러나는 것이다. 마찬가지로 ②에서도 각기 다른 식물과 동물, 그리고 인간의 삶이 가난할지라도 '따사로이' 유지되기를 바라는 욕구가 드러난다.

> 넷날엔 統制使가있었다는 낡은港口의처녀들에겐 넷날이가지않은 千
> 姬라는이름이많다
> 미억오리같이말라서 굴껍지처럼말없시사랑하다죽는다는
> 이千姬의하나를 나는어늬오랜客主집의 생선가시있는 마루방에서
> 맞났다
> 저문六月의 바다가에선조개도울을저녁 소라방등이붉으레한마당에
> 김냄새나는
> 비가날였다
>
> - 「統營」 전문

인용시에서는 주체가 꿈의 풍경과 소통하는 소망 이미지, 곧 행복에 대한 의지를 읽는 과정을 살펴볼 수 있다. 시에서 주체가 도착한 공간인 '통영'은 '낡은' 사물로 환기된다. 통영에 있는 항구가 낡았고, 오래 전에는 통제사(統制使)가 있었기 때문이다. 통제사는 임진왜란 당

시 조선 수군의 총지휘권을 행사하는 직책이었으며, 통영이라는 시어가 통제사의 병영의 줄임말이라는 것을 환기한다면,166) 통제사를 호출하는 순간부터 시는 국가 차원의 역사와 현실압력을 강력하게 반영한다는 것을 알 수 있다. '있었다는'이라는 수식어에서 알 수 있듯, 통제사는 물리적인 흔적조차 남지 않았다. 대신 그 자리를 대체한 것은 '천희(千姬)'이다. '천희(千姬)'는 낡은 항구에 있었다는 통제사를 대신한다. 대체물로서의 천희는 역사적 존재, 혹은 사라진 역사를 지속하는 존재로 읽을 수 있다.167)

'천희(千姬)'를 둘러싼 상관물들의 관계를 살펴보면 그녀가 역사성을 지속적으로 환기한다기에는 어려움이 따른다. '천희(千姬)'를 환유하는 미역이나 굴은 물에서 벗어나면 생기를 잃고 말라 죽는다. 미역이나 굴이 말라 죽듯 '말없시사랑하다죽는' 그녀들의 삶 역시 '넷날'의 감응력이 가시지 않은 바다를 떠나면 끝이 난다. 또한 그들 '중' 하나를 '어느' 오랜 객주(客主)집에서 만났다는 부분도 눈여겨보아야 할 부분이다. 천희는 통제사와 이순신이라는 고정된, 그리고 의미화된 대상이 아니라, 쇠락해가는 객주집 중에 있는 한 사람일 뿐이다. 천희의 육체성, 그리고 일상성168)은 '생선가시'와 '마루방', 그리고 '김냄새나는

166) 현대시비평연구회, 앞의 책, 158 - 159쪽.
167) 중일전쟁 이후 일본은 동양담론을 강화하고 있었고, 문인들은 총독부 주재의 조선고적조사보존사업 아래 기행문을 지면에 발표했다. 이 정책적인 사업은 '조선과 조선인의 식민지적 정체성'을 구성하는 데 밑바탕이 되었다. - 박진숙, 「식민지 근대의 심상지리와 『문장』과 기행문학의 조선표상」, 민족문학연구소 기초학문연구단, 『'조선적인 것'의 형성과 근대문화담론』, 소명, 2007, 72쪽. ; 이경수, 「백석의 기행시편에 나타난 장소의 심상지리」, 『민족문화연구』 53권, 고려대학교 민족문화연구원, 2010, 363쪽.
168) '천희'를 두고 '처녀'를 환기하는 방언으로 해석하기도 한다. 이동순과 송준, 최정례

비' 등을 통해 구체화된다.

그렇다면 통제사와 천희를 자리바꿈함으로써 얻을 수 있는 효과는 무엇인가 생각할 필요가 있다. 시가 발표된 1935년은 이미 일본이 식민지배의 정당성을 얻고자 고적조사를 실시한 지 25년이 지난 시점이었다.[169] 이 시점에서 백석은 통제사, 그리고 통제사로 환기되는 승리자로서의 이순신을 꺼내는 대신, 그 자리에 어디에나 있을 법한 개별자 중 한 사람인 '천희'를 끼워넣음으로서 민족주의와 식민주의 사이를 비껴나고, 추상화된 일상의 사물을 구체화함으로써 '다른' 역사를 보여 준다. 곧 수산물의 비린내와 살갗의 비린내로 환기되는 구체적인 일상사, 개개인의 합(合)으로서의 역사가 그것이다.

① 시큼한 배척한 퀴퀴한 이 내음새속에
　나는 가느슥히 女眞의 살내음새를 맡는다

　얼근한 비릿한 구릿한 이 맛속에선
　깜아득히 新羅백성의 鄕愁도 맛본다.
　　　　　　　　　　　　－「北關 - 咸州詩抄」 부분

---

의 글에서 이를 확인할 수 있다. - 현대시비평연구회, 앞의 책. ; 최정례, 앞의 책, 77 - 78쪽.

169) 1909년부터 시작된 한반도의 고건축, 고서 조사의 근본 목적은 조선인의 역사를 타율성에 의한 역사로 재구축함으로써 조선인을 타자화하고 식민지배를 내면화하기 위함이었다. 이에 대한 대안으로 '조선적인 것'에 대한 탐색이 이루어진 것은 전술한 바이다. 박진숙의 글에서는 '조선적인 것'에 대한 이병기와 정지용, 이태준의 대응을 제시하고 있다. 박진숙은 『문장』지에서 이 세 문인들이 조선적인 것의 심상지리를 '재영역화'(93쪽)하는 데 집중하고 있다. - 박진숙, 앞의 글, 65 - 94쪽.

② 가까이 잔치가 있어서
　곱디고운 건반밥을 말리우는 마을은
　얼마나 즐거운 마을인가

　어쩐지 당홍치마 노란 저고리 입은 새악시들이
　웃고 살을것만 같은 마을이다.
　　　　　　　　　　　－「固城街道 - 南行詩抄 三」 부분

　　인용한 두 편의 시는 주체가 사물의 꿈을 읽어내는 순간을 드러내
는데, 과거의 잔영이 순간의 행복으로 드러나는 것을 볼 수 있다. '읽
는' 자 앞에서 '꿈 - 깨어남'의 기억들이 순간적으로 드러나는 것이다.
①은 낯선 이들과 부대끼며 음식을 먹는 상황에서, ②는 옛성 근처를
지나가는 상황에서 사물의 꿈을 읽게 한다. 여행주체는 여러 사람들이
머물다 가는 북관의 여인숙과(①), 성(② '고성固城')에 감정이입하며 소망
이미지를 읽는다. 해당 장소에서 주체가 만나는 것은 '시큼한 배척한
퀴퀴한' 냄새를 풍기는 사람들의 체취, 찐 찹쌀을 말린 '건반밥' 등 보
잘것없는 대상이다. '내음새'가 사람의 체취라는 점, 그리고 '건반밥'
이 찹쌀을 쪘다가 말린 것이라는 점에 착안해 백석 시의 주체는 압축
된 것에서 '풀려나는' 사물의 꿈을 읽는다. 지금은 사라진 '여진(女眞)의
살내음새'와 '신라(新羅)백성의 향수(鄕愁)'를, 그리고 '다홍치마 노란 저
고리 입은 새악시'와 '잔치'의 풍경을 그려내고 있기 때문이다.
　　여기서 '북관(北關)'은 민족주의적 관점 아래 고구려나 통일신라가
수복해야 하는 대상이 아닌, 투박하지만 뜨겁고 힘 있는 여진(女眞)과,
통일신라의 민초들이 숨을 쉬고 살았던 생활의 현장으로 탈바꿈된다.

땅은 '영토' 혹은 '국경'으로 환원될 수 없는, 누구든 그곳에서 살아가는 자의 '터전'이 된다는 주체의 관점은 '모두들 편안한'(「연자ㅅ간」) 순간에 대한 욕망이라는 점에서 영토전쟁과 자본의 착취가 어우러진 제국주의적 열망을 비껴난다.

위에서도 언급했듯 시적 주체가 기억을 탐사하는 태도인 '행복변증법'적 시각은 '다시 한 번' 그 '순간'을 공유하는 데에서 멈춘다. 욕망이 지속적인 것이 아니라는 점은 ②에서 좀 더 선명하게 드러난다. 마지막 연 '어쩐지 당홍치마 노란 저고리 입은 새악시들이/웃고 살을것만 같은 마을이다.' 부분이 그러하다. 실제 '새악시들'이 살고 있다고 말하는 대신 '살을것만 같'다고 말함으로써 유보적인 태도를 취하고 있기 때문이다. '당홍치마 노란 저고리'처럼 색색으로 알알이 마르는 '건반밥'은 '잔치'의 풍경을 환기하며 '새악시들'의 싱그러움으로 이어진다. 그리고 기억의 집합체로서의 성은 견고한('고성(固城)') 대상으로 전환시킨다. 이 과정에서 언젠가 잠시 살았을 '새악시들'이 잔치에서 누렸을 흥겨움은 마을 전체로 감염되는 것이다.

앞서 설명한 대로 '행복변증법'적 시선에서 조심스럽게 접근해야 할 부분이 한 가지 더 있다. 「역사의 개념에 대하여」에서도 잃어버린 행복을 여성과 결부하는 시선을 발견할 수 있는데,170) 앞선 2장에서 이야기 전달자들이 여성인물을 중심으로 드러난다는 점, 이후 다룰 4장에서도 여성인물에 대한 백석의 시적 주체가 보이는 애정을 고려해야 한다. 현재 항에서 '여성성의 지향'과 행복변증법은, 가장 타자화된 인물들이 전해 주는 이야기에 귀를 기울였던 유년주체처럼, 3장에서

170) 각주 158 참고.

도 주체가 집단의 꿈을 '여성들' 속에서 읽어내고 그들에게서 투사되는 소망 이미지를 자각한다는 데서 찾을 수 있다. 앞선 시 「팔원 - 서행시초 4(八院 - 西行詩抄 四)」에서 계집아이의 눈물을 읽어낸 주체의 시선은 「광원(曠原)」에서는 '젊은새악시들'과 행복감을 연결한다. 낡은 항구의 처녀들 이름을 '천희(千姬)'로 소개한 「통영 - 남행시초 2(統營 - 南行詩抄 二)」도 마찬가지이다. '새악시들이 웃고 사는 마을'을 언급한 「고성가도 - 남행시초 3(固城街道 - 南行詩抄 三)」에서도 여성성이 백석 시에서 '행복'의 시간과 밀접한 관계를 맺는다는 것을 알 수 있다. 특히 「북관 - 함주시초(北關 - 咸州詩抄)」에서 '퀴퀴한 이 내음새속에/나는 가느슥히 여진(女眞)의 살내음새를 맡'는다는 부분이 그러하다. '퀴퀴한 내음새'가 '살내음새'로 전환되기 위해서는 강렬한 애정, 그리고 열망이 필요하다. 특히 '살내음'이 환기하는 감각성은, '여진'을 '女眞'으로 의도적으로 한자어를 사용함으로써 강렬해진다. 곧 여성성을 환기하는 '女'의 등장이 국가로서의 女眞이 아니라 은밀함을 환기하는 '가느슥한', 그리고 '여인'과 같은 음가(音價)를 공유하는 '여인숙'이 합쳐지면서 여성성과 행복의 연관관계를 유추하게 하기 때문이다.[171] 이어지는 「이두국주가도(伊豆國湊街道)」, 「칠월(七月)백중」에서도 여성성과 행복은 구체적으로 드러난다.

① 넷적본의 휘장마차에
   어느메 촌중의 새새악시와도 함께타고
   머느바다가의 거리로 간다는데

---

171) '여진'에서 읽을 수 있는 성애적 태도는 신철규, 앞의 논문 336쪽 참고.

금귤이 눌 한 마을마을을 지나가며
싱싱한 금귤을 먹는것은 얼마나 즐거운일인가.
                                －「伊豆國湊街道」 전문


② 마을에서는 세불 김을 다 매고 들에서
  개장취념을 서너번 하고 나면
  백중 좋은 날이 슬그머니 오는데
  백중날에는 새악씨들이
  생모시치마 천진푀치마의 물팩치기 껑추렁한 치마에
  쇠주푀적삼 항나적삼의 자지고름이 기드렁한 적삼에
  한끝나게 상 나들이 옷을 있는대로 다 내 입고
  머리는 다리를 서너커레씩 들여서
  시벌건 꼬둘채 댕기를 삐뚜룩하니 해 꽂고
  네날백이 따백이 신을 맨발에 바꿔 신고
  고개를 몇이라도 넘어서 약물터로 가는데
  무썩무썩 더운 날에도 벌 길에는
  건들건들 씨연한 바람이 불어 오고
  허리에 찬 남갑사 주머니에는 오랫만에 돈푼이 들어 즈벅이고
  광지보에서 나온 은장두에 바눌집에 원앙에 바둑에
  번들번들 하는 노리개는 스르럭 스르럭 소리가 나고
  고개를 몇이라도 넘어서 약물터로 오면
  약물터엔 사람들이 백재일치듯 하였는데
  봉갓집에서 온 사람들도 만나 반가워하고
  깨죽이며 문주며 섭가락앞에 송구떡을 사거 권하거니 먹거니하고
  그러다는 백중 물을 내는 소내기를 함뿍 맞고
  호주를하니 젖어서 달아나는데
  이번에는 꿈에도 못잊는 봉갓집에 가는 것이다

봉가집을 가면서도 七月 그믐 초가을을 할 때까지
평안하니 집사리를 할 것을 생각하고
애끼는 옷을 다 적시어도 비는 씨원만 하다고 생각한다

- 「七月백중」 전문172)

두 시는 '옛'것과 '새'것의 변증법적 조합, 그리고 그 가운데 놓인
여성적 행복의 양상이 두드러진다. 휘장마차는 옛것을 닮았음에도 새
로워진다. 마차에 함께 탄 사람이 '새새악시'이기 때문이다. '새'를 의
도적으로 두 번 사용함으로써 '머ㄴ바다가의 거리'의 긴(머ㄴ) 여정길
은 '싱싱한' 즐거움으로 전이된다. 특히 '금귤'의 선명한 노란빛, '마을
마을'에서 환기되는 경쾌한 음상은 '촌'과 '바다'의 거리만큼 먼 거리
를 긴장감 있게 붙든다. 이 과정에서 주체의 '행복'은 싱그럽고 밝은
것(금귤, 새새악시), 여성인물에 대한 애정으로 치환된다.

강렬한 즐거움, 그리고 홍겨움이 시 전면을 지배하는 「칠월(七月)백
중」은 '봉갓집(친정집)'을 방문하는 여성들의 행복이 그대로 드러난 작
품이다. 친정집을 방문하는 풍경은 행복의 여성적 지향성으로 읽을
수 있다. 자타를 구분하기 어려운 홍겨움이 집단적인 기쁨이자, 주체
스스로도 이 강렬한 기쁨을 주체 내부에서 풀어내는 데 집중하는 것
을 알 수 있다.

시에서는 긴 일상과 짧은 즐거움이 시 안에서 순식간에 전치된다.
시의 초반과 후반에서 읽을 수 있는 '세불 김', '집살이'는 일상을 지

---

172) 1948년 10월 『문장』 속간호에 실린 이 시는 실제 작성된 시기가 정확하지 않다. 다
만 시 아래에 덧붙인 허준의 '전쟁전(戰爭前)부터 내가 간직하여두었던 것을 시인
(詩人)에겐 묻지않고 감(敢)이 발표(發表)한다'를 미루어볼 때 태평양전쟁(1941년) 전,
1930년대 후반 - 40년대 초반에 창작된 작품이라 판단하여 이 장에서 다루었다.

배하는 여성인물의 고된 노동과 피로를 환기한다. 이에 반해 잠시 농사일에서 손을 놓을 수 있는 백중날부터 '칠월 그믐 초가을'은 짧기만 하다. 그런 상황에서도 이 시에서 고된 일상을 압도하는 것은 순간에 가까운 기억이다. 고된 노동과 피로가 '슬그머니' 오는 백중날 앞에서 순식간에 역전되는 것이다. 그리고 그때 여성인물들은 '꿈에도 잊을 수 없는' 친정집에 방문한다. 어린 아기를 먹이고 입히고 기르며 사람들을 보살폈던 여성인물들이 거꾸로 자신들을 먹이고 입히고 길렀던 지복의 공간으로 이동하는 것이다.

친정에 대한 기대, 행복한 순간에 대한 열망은 구체적 행위로 뒷받침된다. 입은 옷매무새가 숨 가쁘게 나열되고, 인물들은 만난 사람들과 흥겹게 먹고 마시고 이야기한다. 그리고 그 열망은 '이번에는 꿈에도 못잊는 봉가집에 가는 것이다'에서 절정을 이룬다. 등장인물들은 친정집을 간절하게 그리워했으며, 주체는 그 그리움과 기대를 '이번에는' 이라는 시어로 표출한다. '이번에는' 이라는 기대 어린 감정이 드러나는 시어가 등장하는 이유, 그리고 아끼는 옷을 적셔도 개의치 않는 이유는 무엇인가. 아끼는 옷을 비에 적셔도 개의치 않을 정도로 기쁨이 강하기 위해서는 역설적으로 '집살이'가 고단하고 힘들어야 한다. 등장인물들이나 주체 또한 집살이는 고단하고 힘들며 친정집에 방문하는 것은 아주 잠깐 얻을 수 있는 순간적인 행복이라는 것을 알고 있다. 그럼에도 등장인물들과 주체는 '집살이'에 집중하는 대신 친정집을 방문하는 즐거움에 집중한다. 일상과 비일상, 슬픔과 행복을 전치시키는 시선이 드러나는 것이다. 친정으로 가는 여성인물들의 모습에서 주체는 스스로가 끈질기게 회상하고 붙들고자 하는 유의미한 기억이 바로 고통을 역전시키는 행복에 있음을 시사한다. 통제사가 사라진 자리에 개인이자 여성인물인 '천희'가 있듯, 실체로 남지 않는 건물 대신 실재가 되는 기억으로서의 역사, 행복의 기억으로서의 역사가 중요하다는 것을 백석 시의 주체는 역설한다.

## 2. 현상(現像)의 제시로서의 알레고리(Allegory)

1절에서 언급한 대로 여행주체는 무의지적 기억인 '꿈 - 깨어남'의 현장인 파사주를 유영하면서 감정이입을 통해 사물의 꿈을 읽는다. 사물의 꿈은 상품경제가 덧씌운 막이 벗겨지는 순간에 읽혀지는데, 벤야민은 날것으로 드러나는 순간적인 모습을 '현상(現像 : 드러남, darstellung : 서술)'이라는 용어로 제시한다.173) '현상'은 사물의 순간적인 인상이 카메라를 통해 포착된 것을 뜻하는데, 의도치 않았던 표정이나 제스처

---

173) 「사진의 작은 역사(Kleine Geschichte der Photographie)」에서 벤야민은 집광도가 높은 렌즈가 발견된 1880년 이전, 그리고 원판촬영이 생겨나기 전 유행했던 디게르의 '은 판촬영'을 설명하면서 '현상' 개념을 제시한다. 카메라에 비치는 자연은 눈에 비치는 자연과도, 사람들의 모습과도 다르다. 벤야민은 개인은 스스로가 걸어 나아가는 순간 자체를 인식하지 못하지만 사진을 통해 시각적 무의식(Optisch - Unvenwußte)의 세계를 알 수 있다고 보았다. 초기 사진은 미세한 것 속에 살고 있는 이미지의 세계를 보여 주는데, 이는 사진의 "현상(現象)"이 "커다란 신비스러운 체험"(169쪽)과도 같았기 때문이다. 이 시기의 사진은 주로 사진모델이 익숙하지 않았던 '개인'과 정리되지 않은 삶의 풍경을 모델로 삼았으며, 그것은 멜랑콜리적 주체, 곧 산책자들의 감응력에 상응하는 독특한 시선을 담아냈다. 벤야민은 1850년 경 프랑크푸르트에서 안락의자에 앉아 사진을 찍은 쇼펜하우어의 모습을 예를 들며 '사진을 찍는 행사를 겸연쩍게 생각하며 사진의 모델로서가 아닌 생활인으로서의 자신을 현현하는 인물'에게서 "대상과 자신을 내밀하게 일치시키고 또 그럼으로써 본래의 이론이 되는 어떤 섬세한 경험"을 설명한다(187쪽). - 발터 벤야민, 『선집2』, 최성만 옮김, 길, 2007, 153 - 196쪽.

가 개인과 집단의 무의식을 발견할 단서가 되는 것을 뜻한다. 사진의 '현상'을 무의지적 기억의 풍경을 탐색하는 산책자의 의식과 언술양상으로 치환한다면 알레고리(Allegory)를 그 예로 들 수 있다.

알레고리(Allegory)는 본체와 매개의 1:1 대응관계로 정의되는데, 주로 인간사에서 추출 가능한 교훈을 전달하는 데 쓰이곤 한다.174) 그는 신이 구원하는 완결된 세계의 언술양태를 상징으로 보고, 일상의 세계이자 죽어가는 것들 혹은 실패한 것들의 세계의 언술양태를 알레고리라고 보았다. 현실에 대한 관심, 그리고 이미지 뒤의 본질을 읽고자 하는 욕구를 벤야민은 알레고리에서 찾아낸다. 그리하여 벤야민에게 있어 알레고리의 작동 모티프는 사물들의 무상함(vergänglichkeit)을 살피고 그 사물들을 구제해 영원한 것으로 끌어들이려는 배려라할 수 있다.175)

그렇다면 기억론에서 알레고리를 재독할 필요가 있다. 알레고리는 망각된 기억이 흔적으로 남는 것으로, 그리고 흔적으로 남은 기억이 회상을 통해 이전의 맥락과 결별한 채 새로운 의미를 얻는 과정으로 살펴볼 수 있다. 우연성과 파편성, 날것을 포착하는 알레고리는 꼴라주나 순간적인 인상을 조합하는 작업으로 적용할 수 있다. 또한 주체가 무상해진 사물들 곧 시간이나 유행이 지난 과거의 것들이 환기했던 꿈을 '읽는' 작업 역시 알레고리적으로 이해할 수 있을 것이다. 다시 말해 알레고리는 파편화뿐 아니라 구성원리에도 적용이 가능하다.

---

174) 정끝별, 「현대시에 나타난 알레고리의 특징과 유형」, 『한국문학이론과 비평』 21, 한국문학이론과 비평학회, 2003, 307쪽.
175) 발터 벤야민, 『독일 비애극의 원천』, 김유동, 최성만 옮김, 길, 2009, 335쪽.

이질적인 것들을 배열하는 구성원리 속에 놓인 주체의 의지 혹은 배려를 읽을 때, 알레고리의 특수성이 강화될 것이다.

2절에서는 백석의 시에서 현상으로서의 알레고리가 어떤 형태로 나타나는지 다룰 것이다. 백석의 경우, 파편화된 기억을 읽기 위해서 꿈의 사물을 통합하고 질서화하는 과정이 좀 더 구체화된 것을 살펴볼 수 있다. '꿈 - 깨어남'으로서의 기억에 접근한 여행주체는 기억의 풍경이 몰락을 앞둔 것을 인지하고 있다. 몰락을 앞둔 풍경 앞에서 취할 수 있는 전략은 두 가지이다. 적극적으로 몰락을 막거나, 혹은 상실한 대상을 상상적으로 복원하거나이다. A항 화제 미완과 유보적 언술에서 드러나듯, 백석 시의 시적 주체의 태도는 후자에 가깝다. '란(蘭)', 혹은 '당신'으로 드러나는 애정대상과 주체의 거리는 멀지만, 주체는 애정대상에게 직접적으로 가까이 가거나 애정을 충족시키려는 태도를 보이지 않는다. 주체가 애정대상을 두고 사용하는 시어는 주로 ' - 싶은', ' - 할 것만 같은'이다. 대상을 직접적으로 노출하지 않고 우회적으로 제시하는 주체의 언술은 기억의 연쇄성과 중첩, 그리고 대상에 대한 주체의 조심스러운 태도를 드러낸다. 이러한 조심스러운 태도는 B항에서 다룰 텍스트에서 노출되는 감각이 후각과 청각이라는 점에서도 드러난다. 백석의 시는 전체적으로 미각 감각이 압도적이지만, 망각된 '꿈'의 풍경을 자각하는 주체의 내부에 작동하는 감각은 송이버섯 냄새(「머루밤」), 양념 냄새(「추야일경(秋夜一景)」), 메밀냄새(「북신 - 서행시초 2(北新 - 西行詩抄 二)」)를 비롯한 후각과 양철통 소리(「성외(城外)」), 까치 소리(「적경(寂境)」), 되양금 소리(「안동(安東)」), 그리고 사람들의 말소리를 비롯한 청각이다. 지속성이 약한 감각을 활용하는 주체의 의도는 망각된 대상을 환기하려는 강력한 욕망에 기인한다. 이 과정에서 주체는 몰락의 순간, 그리고 일상의 순간을 포착하고 현상하는 동시에, 사물의 무상함을 구제하려는 배려를 보여 준다. 주도권이 강렬하지 않은 감각과 언술양태를 활용하지만 역설적으로 그것들은 주체가 이미지들 너머로 읽고 재현하려는 욕망을 충실히 구현하기 때문이다.

A항에서는 실패한 사랑, 사랑을 이루려 하지 않는 주체의 언술양식이 완결되지 않은 화제, 결론을 유보하는 언술 형태로 나타나는 데 집중했다. 사랑을 이루려 하지 않는 언술은 역으로 사랑하는 대상을 더 강력하게 회상하는 통로가 된다. B항에서는 후각과 청각을 중심으로 '영토' 혹은 '국경'을 재맥락화하는 것을 다루고자 하는데, 특히 청각의 경우 짧은 시편을 몽타주화하면서 산과 바다라는 익숙한 공간이 어떻게 재맥락화되는지 살펴보고자 한다.

## A. 화제 미완과 유보적 언술

망각된 세계의 미완결성, 혹은 불안정성을 포착한 주체는 그것을 미완, 유보적 언술태도로 표출한다. 대상을 회상할 때 환기되는 감정은 슬프다, 서럽다, 좋다, 기쁘다 등[176]인데 유보적인 언술태도는 이 감정을 좀 더 섬세하게 드러내는 역할을 한다.

주체는 회상을 통해 불러온 대상을 두고 ' - 을 하고 싶다'(걷고 싶다, 다니고 싶다 등), 그리고 ' - 일 듯하다' 등의 서술어를 사용한다. 이 외에

---

176) 고형진, 「'가난한 나'의 무섭고 쓸쓸하고 서러운, 그리고 좋은」, 『백석 시를 읽는다는 것』, 문학동네, 2013, 30 - 56쪽.

도 회상한 대상을 화제로 삼을 때에도 뚜렷한 결론을 내리지 않는 것이 특징이다. 주체가 사용하는 시어 '싶다'는 주로 '무엇을 하고 싶다', 혹은 '무엇인 것 같다'의 보조형용사로 사용되고 있으며, ' - 일(인) 듯 하다'의 '듯하다'도 마찬가지로 보조형용사로 사용된다.[177] 그렇다면 회상하는 주체가 '이다'가 아닌 '싶다'라는 비자립적인 표현을 사용하는 것인가 생각해야 한다. 앞에서도 언급했듯 주체의 행동양식이 어떠한가와 연결하여 살펴본다면 그 의미가 좀 더 선명해지는데, 주체는 애정대상에게 직접적으로 다가가거나 슬픔 앞에서 구체적인 행동을 하지 않는 대신 자신의 감정에 집중한다. 이때 동작의 무위와 태도의 수동성을 드러내면서 자주 사용되는 시어가 바로 '생각한다'이다.

「통영(統營) - 남행시초(南行詩抄)」, 「창원도 - 남행시초 1(昌原道 - 南行詩抄 一)」, 「바다」 등의 시편에서 백석 시의 주체가 놓인 상황은 대상의 '부재'라는 점에서 동일하다. 외사랑이건 다른 이유로 인해 함께 하지 못하건 간에 관계없이, 그의 시 대부분은 대상과 함께 하지 못하는 상황을 보여 준다. 그리고 주체는 애정대상을 만나거나 되찾으려 적극적으로 노력하지 않는다. 대신 서글픈 감정에 젖어 있거나 그 대상을 생각하는 것에 그친다. 이것은 슬픔이라는 감정, 그 리고 '생각'한다는 행위가 부재를 대체하는 것으로 읽을 수 있다.

㉠舊馬山의 선창에선 조아하는사람이 울며날이는배에 올라서오는 물길이반날

---

177) 정윤자, 「'싶다', ' - 고프다'의 쓰기와 사전 처리 문제 고찰」, 『어문연구』 80, 어문연구학회, 2014, 55 - 77쪽.

갓나는고당은 갓갓기도하다

바람맛도 짭짤한 물맛도짭짤한

전북에 해삼에 도미 가재미의 생선이조코
파래에 아개미에 호루기의 젓갈이조코

새벽녘의거리엔 쾅쾅 북이울고
밤새ㅅ것 바다에선 뿡뿡 배가울고

ⓛ자다가도 일어나 바다로 가고십흔곳이다

집집이 아이만한 피도안간 대구를말리는곳
황화장사령감이 일본말을 잘도하는곳
처녀들은 모두 漁場主한테 시집을가고십허한다는곳
山넘어로가는길 돌각담에 갸웃하는 처녀는錦이라든이갓고
내가들은 馬山客主집의 어린딸은 蘭이라는이갓고

蘭이라는이는 明井골에산다든데
明井골은 산을넘어 柟栢나무푸르른 甘露가튼 물이솟는 明井샘이잇
는마을인데
  샘터엔 오구작작 물을깃는처녀며 새악시들 가운데 ⓒ내가조아하는
그이가 잇슬 것만갓고
  내가조아하는 그이는 푸른가지붉게붉게 柟栢꼿 피는철엔 ⓔ타관시
집을 갈것만 가튼데
  ⓜ긴토시끼고 큰머리언고 오불고불 넘엣거리로 가는 女人은 平安道
에서오신듯한데

柝栢꽃피는철이 그언제요

넷 장수모신 날근사당의 돌층게에 주저안저서 나는 이저녁 울듯울
듯 閑山島바다에 뱃사공이되여가며
넝나즌집 담나즌집 마당만노픈집에서 ⓑ열나흘달을업고 손방아만
찟는 내사람을 생각한다

- 「統營 - 南行詩抄」 전문

인용시에서 생각할 것은 두 가지이다. 첫째는 시적 주체가 현재 통
영에 있는가이며, 둘째는 시적 주체의 애정대상인 '란(蘭)'은 어디에 있
는가이다.

먼저 ⓛ'자다가도 일어나 바다로가고싶은곳이다'라는 문장을 깊이
살펴볼 필요가 있다. 바닷가 마을인 통영의 지리적 특징을 생각해 본
다면 '자다가도 일어난다'는 서술은 일차적으로는 시적 주체가 통영
내에 머물고 있다는 결론을 얻게 한다. 그러나 통영을 환기하는 '란'이
시적 주체의 곁에 부재한다는 것을 생각해 본다면, 시적 주체는 다른
곳에서 통영을 생각하고 있다는 결론을 추출할 수 있다. 결국 '통영'은
주체에게 상실된 곳으로, 애정대상인 '란'마저 상실한 곳이라 할 수 있
다. 7연에서 유독 '란'에 대한 서술이 길어지는 것을 근거로 한다면
ⓐ, ⓒ - ⓑ은 모두 '란'을 설명하는 단서가 된다. 물론 ⓡ과 ⓜ은 의미
상 충돌한다. '명정(明井)골'에 살았지만 다른 곳으로 시집을 가는(ⓡ)
'내가조아하는사람'과 평안도(平安道)에서 시집온 여인(ⓜ)은 문맥상 다
른 사람일 가능성이 높다. 그럼에도 두 사람 다 '타관'으로 시집가는
존재이자 고향을 잃고 다른 곳으로 가는 존재라는 점, 특히 '타관시집'

이라는 시어로 ⓜ과 ⓗ이 묶여 있다는 점에서 ⓜ은 ⓔ의 인상을 흐리면서도 무의식적으로 이에 대해 부연하는 것으로 읽을 수 있다.

'란'에 대한 전기적 언급을 찾을 수 있지만,[178] 시 자체로 보았을 때에도 주체와 '란'은 남녀의 1:1로 이루어진 독점적 연애관계가 성립될 수 없는 상황이다. 결국 '란'은 시적 주체에게 소유할 수 없는 대상이자 소유한 적 없는 상실된 대상이라는 것이 드러난다.

그렇게 읽을 때 ⓖ의 의미를 좀 더 깊게 찾아낼 수 있다. 애정대상의 상실을 대체하는 것이 바로 '바다'라는 공간이자 바다에 가서 '생각'하는 행동이라는 것을 보여 주기 때문이다. 따라서 ⓛ에서 언급한, '자다가도 일어나 바다로 가고 싶'다는 설명은 ⓗ에서 타관으로 시집간 '내가조아하는사람'을 '생각'하는 행위와 등가를 이룬다.

결국 '-싶다'의 유보적 언술은 '생각한다'의 수동성과 결합하며 주체가 대상을 강렬하게 환기하는 방식을 재현한다. 수동성과 유보적 태도에도 이 시가 미감(美感)을 자극하는 이유는 주체의 '생각' 속에서 '통영'이 각각에 얽힌 이야기를 독자에게 강렬하게 환기하기 때문이다. 결국 대상의 인상을 선명하게 하지 않는 태도, 그리고 대상에게 적극적으로 가지 않는 태도가 역으로 대상을 강력하게 회상하는 방식이 되는 것이다.

이러한 시선은 한걸음 더 나아가 ⓗ에서 의미론적 상승을 이룬다. 눈앞에 보이지 않고 시각적으로 경험한 바 없는 내용을 '읽어내는' 데까지 확장되기 때문이다. 주체는 어디에 있는지 알 수 없는 '내가조아하는' '내사람'이 있을 법한 '녕나즌집 담나즌집 마당만노픈집'을, 그

---

178) 이동순 편, 『모닥불 : 백석시전집』, 솔, 1998.

리고 그가 '열나흘달을업고 손방아만찟'는다는 있을 법한 행위를 상
상하는 데까지 이른다. 주체가 있는 곳은 '녯 장수모신 날근사당의 돌
층게'이지만 상상적 행위 아래 그는 '구마산(閑山島)의 사공'이 '되여'간
다. '되여가며'라는 시어에서도 만남을 끝없이 연기(延期)하는 시적 주
체의 수동성을 읽을 수 있다.179) 그러나 연기하고 '생각'하는 수동적
행위를 통해 주체는 결과적으로 죽은 옛장수를 모신 낡은 사당의 돌
층계에 앉아서도 어딘가에 살아 있을 '내사람'의 구체적인 장소를 환
기할 힘을 얻게 된다.

① 바다ㅅ가에 왔드니
　바다와같이 당신이 생각만 나는구려
　바다와같이 당신을 사랑하고만 싶구려

　구붓하고 모래톱을 올으면
　당신이 앞선것만 같구려
　당신이 뒤선것만 같구려

　그리고 지중지중 물가를 거닐면
　당신이 이야기를 하는것만 같구려
　당신이 이야기를 끊은것만 같구려

---

179) 이기성은 구체적인 행동을 연기(延期)하는 주체의 태도를 멜랑콜리적 주체의 태도
　　로 설정하였고, 그것을 시쓰기 의식의 특징으로 제시하였다. 분석 텍스트는 주로 「흰
　　바람벽이 있어」 등의 시쓰기를 메타화한 시를 대상으로 하였는데, 이 논문에서는
　　그의 논의를 발전시켜 '-싶다', '-같다' 등의 시어에서도 유보적인 주체의 태도를
　　제시하였다. - 이기성, 앞의 논문 참고.

바다ㅅ가는
개지꽃에 개지 아니 나오고
고기비눌에 하이얀 해ㅅ빛만 쇠리쇠리하야
어쩐지 쓸쓸만 하구려 섧기만 하구려

                                        - 「바다」 전문


② 솔포기에 숨엇다
   토끼나 꿩을 놀래주고십흔 山허리의길은

   업데서 따스하니 손녹히고십흔 길이다

   개덜이고 호이호이 희파람불며
   시름노코 가고십흔 길이다

   궤나리봇짐벗고 따ㅅ불노코안저
   담배한대 피우고십흔길이다

   승냥이 줄레줄레 달고가며
   덕신덕신 이야기하고십흔 길이다

   덕거머리총각은 정든님업고오고십흘길이다
                                        - 「昌原道 - 南行詩抄 一」 전문


　　인용시 ①과 ②는 빈 공간에서 어떤 언술이 발생하는가를 잘 보여
준다. '바다'는 앞의 시 「통영(統營) - 남행시초(南行詩抄)」에서 알 수 있
듯 부재하는 애정대상인 '란'에 대한 연정을 재구축하는 대상물이다.

여기에서도 주체는 유보적인 언술태도를 드러낸다. ' - 듯 싶다', ' - 듯 하다', ' - 것만 같다' 등의 추측형 표현이 유보적인 언술양식으로 활용되는 과정을 살펴볼 필요가 있다. 일차적으로 독해해 보면, ①에서 '당신'은 주체와 함께 있지 않다. 그리고 주체는 '바다' 앞에서 부재를 상상적으로 보충한다. 1연의 '생각만 나는'이나 '사랑하고만 싶'다는 서술은 부재를 채우는 '생각'과 '사랑'이 등가를 이룬다는 것을 보여준다. 이어지는 2연과 3연에서 보충작업은 촉각('모래톱을 올으면'), 그리고 청각('이야기를 하는것만'/'이야기를 끊은것만') 심상을 자극함으로써 심화된다. 인용시 ②에서 반복되는 ' - 싶다'는 표현의 반복 역시 주목할 필요가 있다. 앞선 ①에서 ' - 와 같다'는 가정형 표현이 부재를 대체하는 언술로 활용되었다면, ' - 싶다'는 무엇을 원한다는 욕구의 표현으로 읽을 수도, 그리고 ' - 인 것같다'는 가정형 표현으로도 활용될 수 있기 때문이다. 이 이중적 해석은 앞선 ①에서와 마찬가지로 부재를 보충하는 유보적 언술을 강화한다.

특히 ②에서 ' - 싶다'는 '창원도(昌原道)'로 표현되는 '길'을 구체화한다. '길'은 이곳과 저곳을 이어주는 매개적 역할을 하는데, ②에서도 '길'은 일상과 비일상을 매개한다. 여기서 길은 노동의 고단함을 벗어나는 장소이다. '따스하니 손녹이'고 싶은 곳, '시름노코 가고십흔' 곳, 그리고 '궤나리봇짐벗고' '담배한대 피우고싶흔' 곳(길)이라는 서술에서 이를 알 수 있다. 또한 길은 유년시절의 마음으로 돌아가 동물들과 교감할 수 있는 곳('토끼나 꿩을 놀래주고 십흔', '개덜이고 호이호이 희파람불며', '승냥이 줄레줄레 달고가며')이기도 하다. 그리고 점차 고조된 '길'에 대한 시적 주체의 감정은 마지막 연 '덕거머리총각은 정든님업고오고싶흘

길이다'에서 확인할 수 있다. '덕거머리총각'만이 아니라 주체의 욕구를 환기하는 부분으로 읽을 수 있다. ' - 싶다'는 시어가 반복되면서도 주체의 행위는 적극적으로 이어지지 않는다. 대신 '길'의 심상은 동물과 인간의 층위를 아우르며 그리움과 욕망을 구체화하는 동시에 미완(未完)으로서의 사랑을 강력하게 유지한다.

다시 시 ①로 돌아와 마지막 연을 살펴볼 필요가 있다. 주체의 내면을 좀 더 직접적으로 확인할 수 있기 때문이다. 여기에서도 '쓸쓸'하다, '섧기만 하'다는 감정어가 직접적으로 노출되고 있다. 이 과정은 '개지꽃에 개지 아니 나오고' '고기비눌에 하이얀 해ㅅ볕만 쇠리쇠리하'다는 언술을 통해 강화된다. '개지꽃'에 '개지'는 아직 피지 않았고, 이 부재 앞에서 주체가 확인하게 되는 것은 '고기비눌'에 '쇠리쇠리'하게 비치는 흰 빛이다. 고기 비늘에 아스라이 비치는 햇살은 시각적으로는 아름답지만 한편으로는 물고기의 모습을 어렴풋하게 감추는 역할을 한다. 백석의 다른 시 「석양(夕陽)」에서 '쇠리쇠리한 저녁해' 속으로 '사나운 즘생' 같은 영감들이 사라졌다는 구절을 환기한다면, '쇠리쇠리'는 엷은 빛이 오히려 대상을 감쌈으로써 그것을 더 이상 보기 어렵게 하는 스크린과 같은 역할을 하는 것을 알 수 있다.

①의 시가 미감을 얻는 것은 바로 이 부분에서이다. 앞서 지적했듯, 백석의 시에서 애정대상은 대부분 부재하는 존재들이며, 1:1의 독점적인 연애관계를 형성할 수 없는 존재들이다. 이러한 조건은 필연적으로 사랑을 실패할 수밖에 없게 하는데, 그럼에도 백석 시의 주체는 그 사랑을 멈춘다거나 혹은 사랑을 쟁취하기 위한 노력을 하지 않는다. 사랑을 포기하지 않으면서도 사랑을 자체적으로 유지하는 과정은 내

부로 투사되는 리비도의 운동과정과 유사하며, 주체가 결정을 미루고 유보하는 과정에서 빚어지는 감정적 소비과정은 역설적으로 애달픔, 서글픔, 안타까움이라는 '정서'를 유발함으로써 상실된 세계 혹은 대상을 구체화하고 그것을 아름답게 만든다.

이와 더불어 ' - 하는 것만 같다'라는 언술의 작용과정을 살펴볼 필요가 있다. ' - 하는 것 같다'는 가정형이며, 이것은 실제는 그러하지 않음을, 혹은 알 수 없음을 전제로 한다. 백석의 다른 시 「황일(黃日)」에서도 '한 십리 더 가면 절간이 있을듯한 마을이다'라는 구절이 등장한다. '있을듯한'은 어디까지나 가정형일 뿐, 실제 마을 근처에 절이 있는지 아닌지는 확인할 수 없다. 다만 '마을'은 '한 십리 더가면'이라는 부정확한 서술과, 곧바로 이어지는 '절간'을 환기하면서 고즈넉하고 쓸쓸한, 그리고 외진 곳이라는 장소성을 획득한다. 마찬가지로 ① 의 가정형 표현의 반복은 부재하는 '당신'을 역으로 구체화함으로써 '당신'을 만나러 가지 않는 수동성을 대신한다. 그렇기에 직접적인 행동을 유보하고 연기하는 언술이 등장하는 것이다.


## B. 후/청각의 전경화와 국경의 재맥락화

백석 시의 여행주체는 꿈의 풍경을 이동하면서도 순간적으로 '꿈' 으로 표현되는 집단과 주체 내부의 무의식적 욕망이자 소망 이미지를 읽고 그것을 시쓰기의 차원으로 전이하는 '자각'을 선보인다. 그리고 감각은 소망 이미지를 포착하는 주체의 지적, 정서적 작용에 영향을 미친다. 앞서 지적한 대로 알레고리는 분산된 지각, 그리고 분산된 기억을 언표화하는 방식이다. 감각이 기억을 환기하는 매개인 이상, 감각이 지각의 분산과 기억의 통합에 영향을 미친다면 감각의 작동방식도 알레고리로 이해할 수 있다. 주로 주체의 기억을 통합하고 재구성하는 주된 감각이 무엇인가, 그리고 해당 감각이 주체를 자극하는 방식이 어떠한가를 살펴보아야 할 것이다.

백석의 기행시에서는 후각, 그리고 청각이라는 감정이 여행지이자 장소로 드러나는 국경과 영토를 재맥락화한다. 후각의 경우 「북신 - 서행시초 2(北新 西行詩抄 二)」, 「안동(安東)」, 「미명계(未明界)」, 「가끼사끼(柿崎)의 바다」, 「비」, 「적경(寂境)」 등에서 두드러지는데, 메밀의 냄새, 콩기름 졸이는 냄새, 향냄새, 송이버섯, 미역, 술국 냄새, 그리고 돼지 비계의 비린내 등을 주로 찾아볼 수 있다. 한편 청각의 경우 「물닭의 소리」, 「산중음(山中吟)」 등에서 살펴볼 수 있듯 제비 소리, 파도소리, 개 짖는 소리, 떡 빚는 소리, 여우 우는 소리 등이 등장한다. 해당 감각은 각각 알레고리의 특징인 분산 - 통합의 과정을 거치면서 '산', '바다', 그리고 안동, 북신 등의 국경, 영토를 구체적인 일상사가 살아 있는 곳으로 재맥락화한다.

그렇다면 백석의 시에서 회상에 활용된 청각과 후각이 민족적 감수성을 자극하는 데 활용되었는가 점검할 필요가 있다. 여행 주체가 등장하는 시편에서 감각이 민족공동체를 재구성한다는 연구를 찾아볼 수 있다.[180] 그렇지만 백석 시에서 감각을 통해 회상된 사물이 각각 위계와 경계 없이 그 자체를 드러내는 데 집중되어 있다는 논의에도

---

180) 하상일, 「백석의 지방주의와 향토」, 『한민족문화연구』 43, 한민족문화학회, 2013, 109 - 133쪽.

주목할 필요가 있다.[181] 감각을 통해 사물 자체가 드러난다면 회상을 환기하는 감각은 근대적 위계질서나(시각 대 비시각) 민족공동체를 담론화하기도 어렵다는 결론을 도출하기 때문이다. 따라서 2항에서는 백석 시의 후각과 청각 주체의 분산된 기억을 통합함으로써 국가, 국경 등의 장소를 재맥락화하는 과정을 살펴보고자 한다.

> 거리에서는 모밀내가 낫다
> 부처를 위하는 정갈한 노친네의 내음새가튼 모밀내가 낫다
>
> 어쩐지 香山부처님이 가까웁다는 거린데
> 국수집에서는 농짝가튼 도야지를 잡어걸고 국수에 치는 도야지고기는 돗바늘 가튼 털이 드문드문 백엿다
> 나는 이 털도 안뽑은 도야지 고기를 물구럼이 바라보며
> 또 털도 안뽑는 고기를 시껌언 맨모밀국수에 언저서 한입에 끌꺽 삼키는 사람들을 바라보며
> 나는 문득 가슴에 뜨끈한 것을 느끼며
> 小獸林王을 생각한다 廣開土大王을 생각한다
>
> -「北新 西行詩抄 二」 전문

시 「북신 - 서행시초 2(北新 西行詩抄 二)」에서 주체는 '모밀'과 '도야지 비계' 냄새를 통해 '북신(北新)'을 자각한다. '꿈'의 풍경인 거리에서 '모밀'은 '부처를 위하는 정갈한 노친네'와 '향(香)산 부처님', 그리고

---

181) 김정수, 「백석 시의 아날로지적 상응 연구」, 『국어국문학』 114집, 국어국문학회, 2006, 346 - 361쪽 ; 한수영, 「감각과 풍경: 백석 시에 나타난 감각의 특징」, 『현대문학이론연구』 47, 현대문학이론학회, 2011, 371 - 391쪽.

털도 다 뽑히지 않은 돼지고기를 맨국수에 얹어 '한입에 꿀꺽 삼키는
사람'을 투영한다. 이들을 통해 자각하는 '꿈 - 깨어남'으로서의 기억
은 '소수림왕(小獸林王)'과 '광개토대왕(廣開土大王)'으로 이어진다. 고구려
를 발전시킨 두 왕을 자각한다는 점에서 일차적으로 조선민족의 자부
심을 복원하려는 의도라 생각할 수 있으나, 이 두 왕의 사적 기록을
살펴보면 다른 해석을 도출할 수 있다. 백제, 그리고 거란과 전쟁을
치르며 굶주림을 겪었던 소수림왕[182]의 치세를 살펴보면, 그가 중시
한 불교는 국민들을 위로하고 정신적 위안을 얻기 위한 방책임을 알
수 있다. 광개토대왕 역시 마찬가지이다. 그는 북연(北燕)에 '같은 종족
으로서의 정의'를 나누기 위해 화친한다.[183] 민족적 자긍심이나 정체
성을 균열시키는 원인은 전쟁과 굶주림이라는 구체적인 삶의 현실에
있다. 결국 법령을 세우고(소수림왕) 북벌에 나섰던(광개토대왕) 두 왕에
대한 고정된 이미지는 '털도 안뽑는 고기를 시껌언 맨모밀국수에 언
저서 한입에 꿀꺽 삼키는 사람'이라는 구체적인 일상사로 새롭게 자
각된다.[184] 따라서 '가슴에 뜨끈한 것'으로 드러나는 자각의 구체화는

---

182) 소수림왕은 불교에 관심이 많아 초문사와 이불란사를 세웠다. 해당 기록에서 '향산
부처님'을 환기할 단서를 찾을 수 있다. 또한 그의 치세 중 백제, 거란과 전쟁을 치
렀으며 가뭄으로 인해 고구려국민이 집단으로 아사할 위기에 놓여 서로 잡아먹는
일도 있었다는 내용을 찾아볼 수 있다(八年, 투, 民饑相食). - 김부식, 『삼국사기』(표점
교감본) 제18권 고구려본기 제6 소수림왕 7년, 허성도 역, 한국사자료연구소, 2010.
183) 十七年, 春三月, 遣使北燕, 且叙宗族, 北燕王雲, 遣侍御史李拔報之 雲祖父高和, 句麗之支
□{屬} 自云高陽氏之苗裔, 故以高爲氏焉. 慕容寶之爲太子, 雲以武藝, 侍東宮, 寶子之, 賜
姓慕容氏 : (광개토대왕) 17년 봄 3월, 북연에 사신을 보내 같은 종족으로서의 정의
를 나누었다. 북연의 임금 운이 시어사 이 발을 보내 답례하였다. 운의 조부 고 화
는 고구려의 방계인데, 자칭 고양씨의 후손이라 하여, '고'를 성씨로 삼았다. 예전
에 모용 보가 태자가 되었을 때, 운이 무예가 뛰어나다 하여 동궁을 모셨는데, 모용
보가 운을 아들로 삼아, 모용씨라는 성을 주었었다. - 위의 글.
184) 최정례는 소수림왕의 한자어 '小獸林王'이 풀숲의 무성함과 털의 무상함을 환기하면

민족적 자긍심을 심어 주는 왕들에게서 억세고 투박하게 국수를 삼키며 살아가는 사람들에 대한 이해로 드러난다. 이 과정에서 감각은 '모밀'의 식물성('향', '국수')에서 동물의 비린내로('도야지')로 전이되며, 그것을 삼키며 살아내는 사람들의 투박함으로 구체화되는 것이다.

異邦거리는
비오듯 안개가 나리는속에
안개가튼 비가 나리는속에

異邦거리는
콩기름 쪼리는 내음새속에
섭누에번디 삶는 내음새속에

異邦거리는
독기날 별으는 돌물네소리속에
되광대 켜는 되양금소리속에

손톱을 시펄하니 길우고 기나긴 창꽈쯔를 즐즐 끌고시펏다
饅頭꼭깔을 눌러쓰고 곰방대를 물고가고시펏다
이왕이면 좀내노픈 취향梨돌배 움퍽움퍽 씹으며 머리채 츠렁츠렁 발굽을차는 꾸냥과 가즈런히 雙馬車 몰아가고시펏다

— 「安東」 전문

서, 이들의 영상은 털이 박힌 고기를 국수와 함께 먹는 사람들을 통해 현재화된다고 보았다. - 최정례, 『백석 시어의 힘』, 서정시학, 2008, 81 - 82쪽.

여행주체에게 '안동(安東 ; 안둥)'은 '꿈 - 깨어남'으로서의 기억 공간이다. 비와 안개의 경계가 희미해지고 습기가 몸을 감싸면서 '콩기름 쪼리는 내음새'와 '섭누에번디(누에번데기) 삶는 내음새'는 전신을 감싸는 비린내로 확장된다. 주체는 이 비린내를 기꺼이 받아들이며 안동을 매혹적으로 자각한다. 들물레와 되양금의 날카로운 소리가 협력하면서 비린내는 '곰방대'에서 풍기는 냄새, '취향리(梨)돌배'의 아스라하고 매혹적인 향으로 전이된다. 이때 '취향리돌배'의 향은 쌍마차를 함께 탄 '꾸냥(처녀)'의 '머리채'처럼 아득하고 달콤한, 그리고 매혹적인 여성성을 환기한다. 백석 시의 여행 주체에게 만주는 개발하고 개척해야 하는, 곧 일제의 개발논리를 유사 - 재현하는 장소가 아니라 몽환적이면서 매혹적인 장소로 환기된다. 전항에서 설명한 대로 ' - 싫었다'는 시어의 반복을 살펴보면, 매혹이 그리움을 감춘 감정임을 알 수 있는데, 고향에 대한 그리움을 만주의 매혹적인 풍광으로 대체하는 것을 살펴볼 수 있다[185]. 이 과정에서 국경 혹은 영토의 의미는 교란된다. '만두(饅頭)꼭깔'과 '창과쯔', '콩기름내'와 '누에 삶는 냄새' 등 '이질적인 타향'[186]의 기억이 안동을 구체적이고 매혹적인 장소로 전이시키기 때문이다. 주체에게 '후각'은 비린내와 살내, 그리고 그 냄새의 주인인 사람으로 구체화되며 조선과 만주의 위계를 교란한다.[187]

185) 김진희, 『백석 시 읽기의 즐거움』, 최동호 외 편, 서정시학, 2006, 246 - 247쪽.
186) 김신정, 앞의 글, 16쪽.
187) 후각으로 환기되는 대상이 구체화된 '살 냄새'와 사람의 냄새로 드러나는 것은 「미명계(未明界)」의 추탕(鰍湯) 냄새, 「가끼사끼(柿崎)의 바다」의 병인의 미역냄새, 「비」의 아카시아향과 개비린내, 「적경(寂境)」의 산국(미역국) 냄새 등에서 찾을 수 있다.

三湖

문기슭에 바다해ㅅ자를 까꾸로 붙인집
산듯한 청삿자리 우에서 찌륵지륵
우는 전북회를 먹어 한녀름을 보낸다

이렇게 한녀름을 보내면서 나는 하늘이는
물살에 나이금이 느는 꽃조개와함께
허리도리가 굵어가는 한사람을 연연해 한다

物界里

물밑— 이 세모래 닌함박은 콩조개만 일다,
모래장변— 바다가 널어놓고 못믿없어 드나드는 명주필을 짓구지
　　　　　발뒤추으로 찢으면
　　　　　날과 씨는 모두 양금줄이되어 짜랑 짜랑 울었다

大山洞

비애고지 비애고지는
제비야 네말이다
저건너 노루섬에 노루없드란 말이지
신미두 삼각산엔 가무래기만 나드란 말이지

비애고지 비애고지는
제비야 네말이다
푸른바다 힌한울이 좋기도 좋단말이지
해밝은 모래장변에 돌비하나 섰단말이지

비얘고지 비예고지는
제비야 네말이다
눈썹앵이 갈매기 발썹앵이 갈매기 가란말이지
승냥이 처럼 우는 갈매기
무서워 가란말이지


**南鄕**

푸른 바다가의 하이얀 하이얀 길이다


아이들은 늘늘히 청대나무말을 몰고
대모풍잠한 늙은이 또요 한 마리를 드리우고 갔다.


이길이다
얼마가서 甘露같은 물이 솟는마을 하이얀 회담벽에 옛적본의 장반시
게를 걸어
놓은집 홀어미와 사는 물새같은 외딸의 혼사말이 아즈랑이 같이 낀
곳은


**夜雨小懷**

캄캄한 비속에
새빩안 달이 뜨고
하이얀 꽃이 퓌고
먼바루 개가 짖는밤은
어데서 물외 내음새 나는밤이다


캄캄한 비속에
새빩안 달이 뜨고

하이얀 꽃이 퓌고
먼바루 개가 짖고
어데서 물외 내음새 나는 밤은

나의 정다운것들 가지 명태 노루 뫼추리 질동이 노랑나뷔 바구지꽃 모밀국수
남치마 자개집섹이 그리고 千姬라는 이름이 한없이 그리워지는 밤이로구나

꼴두기

신새벽 들망에
내가 좋아하는 꼴두기가 들었다
갓쓰고 사는 마음이 어진데
새끼 그물에 걸리는건 어인일인가

갈매기 날어온다.

입으로 먹을 뿜는건
몇십년 도를 닦어 퓌는 조환가
압뒤로 가기를 마음대로 하는건
孫子의 兵法도 읽은것이다
갈매기 중얼댄다.

그러나 시방 꼴두기는 배창에 너불어져 새새끼같은 울음을 우는 곁에서
배ㅅ사람들의 언젠가 아홉이서 회를 처먹고도 남어 한깃씩 논아가지고갔다는

크디큰 꼴두기의 이야기를 들으며 나는 슬프다

갈매기 날어난다.

- 「물닭의 소리」 전문

　인용시 「물닭의 소리」는 총 일곱 개의 시퀀스로 구성되어 있다. 일곱 가지 풍경을 언표화하는 원리는 물가, 소리, 그리고 푸른 색채이다. 그리고 '여성' 인물, 곧 주체의 애정대상이 포함되어 있다는 점을 고려할 때, 다른 세 시퀀스에도 배면에 놓인 애정대상을 염두에 두고 해석해야 할 것이다.

　그렇다면 각각의 시퀀스가 의미하는 바를 생각해 보아야 할 것이다. 「삼호(三湖)」에서는 청삿자리 위에 앉아 조개를 먹으며 '허리도리가 굵어가는', 주체가 '연연해 하는' 사람에 대한 애정이 드러난다. 「물계리(物界里)」에서는 '명주필'같은 파도의 포말을 바라보며 파도치는 소리를 '양금'과 겹쳐 듣는 주체를 발견할 수 있다. 「대산동(大山洞)」은 앞선 두 시퀀스와는 조금 다른데, '비애고지'로 이름붙인 '제비'소리를 새소리와 음가가 비슷한 시어를 반복하면서('말이지'), 제비가 무서워하는 '눈齡앵이' '발齡앵이' '갈매기'를 향해 외치는 소리를 언급하고 있다. 「남향(南鄕)」은 '물새같은 외딸'과의 혼삿말이 있었으나 지금은 '아즈랑이같이' 사라진 '물이 솟는마을'에 대한 그리움이 드러나고 있으며 「야우소회(夜雨小懷)」에서는 늦은 밤 주체가 그리워하는 것들의 이름을 나열하는데, 시어 '천희(千姬)'에서 주체의 애정대상을 확인할 수 있다. 「꼴두기」는 「대산동(大山洞)」과 유사하다. '몇십년 도를 닦'고 '손자(孫子)의 병법(兵法)도 읽'었으나 지금은 뱃사람들에게 잡아 먹히고 먹거리로 집에 끌려가는, 이전의 지위를 상실한 대상으로 그려진다.

결국 일곱 개의 시퀀스의 배면에는 애정대상을 '잃은' 주체의 시선이 놓여 있음을 알 수 있다. '한사람'은 주체와 함께 있지 않으며, 파도소리는 명주필이 찢어질 때 들리는 양금줄 소리마냥 전달된다. 백석의 다른 시 「가즈랑집 할머니」에서 할머니가 주체와 여동생에게 명주필로 '수영을 들'였다는 부분을 미루어 본다면, 명주필이 찢어지는 소리는 주체와 애정대상 사이의 심리적, 물리적 거리를 알레고리화한다. 또한 제비는 '푸른바다 힌한울'을 좋아하지만 갈매기가 무서워 그곳에 마음 편히 있지 못한다. 그렇게 생각할 때 갈매기는 애정대상과의 거리를 만드는 장애물이라 할 수 있다.

분위기가 다른 「남향(南鄕)」도 다시 살펴보면 마찬가지로 부재하는 사랑을 언급하고 있다. 푸른 바닷가에 보이는 '하이얀 길'은 '감로(甘露) 같은 물'이 솟는 곳이며 '물새같은 외딸'이 살던 마을로 가는 길이 있는 곳이다. 시 「통영 - 남행시초(統營 - 南行詩抄)」에서 '통영'을 일컬어 주체가 '물이 좋은 곳'이자 '좋아하는 사람'이 있던 곳이라 명명했던 것을 환기한다면 '물새같은 외딸'은 주체의 애정대상이라 할 수 있다. 이때 '물새'는 시의 큰 제목이기도 한 '물닭'을 환기하면서 '대모풍잠 한 늙은이'가 데려간 '또요'를 연쇄적으로 끌어온다. 그 결과 '물계리(物界里)'는 두 가지 맥락에서 읽을 수 있는데, 하나는 한자 제목 자체를 강조해 사물, 곧 기억이자 애정대상이 놓인 세계(마을)에 대한 주체의 마음씀이다. 둘째는 한자의 한글 음가인 '물계'가 '물닭', '물새'를 환기함으로써 시 제목을 재인식하게 만드는 효과이다.

지금은 떠나간 애정대상은 주체의 회상 아래 강렬하게 불리어 온다. 각 시퀀스에 등장한 '조개', '제비', '또요'. '꼴두기'뿐 아니라 '가지 명태 뫼추리 질동이 노랑나뷔 바구지꽃 모밀국수 남치마 자개집섹이' 등이 그것이다. 이 사물들은 뒤이어 등장하는 '천희(千姬)'와 같은 무게를 갖는다. '질동이', '노랑나뷔', '바구지꽃'. '남치마', '자개집섹이'에서 '천희(千姬)'와의 연관성이 더 구체적으로 드러난다. 해당 사물들은 '천희(千姬)'를 둘러싼 사물들이며, 주체가 '천희(千姬)'를 회상할 때 함께 연상되는 사물이라 할 수 있다. '짚세기'의 식물성이 '청삿자리', '명주필', '청대나무', '그물' 등의 씨실과 날실로 구성된 사물들을 환기할 단서가 되기 때문이다.

그렇다면 「대산동(大山洞)」과 「꼴두기」에서 유독 강조된, '갈매기'로 인해 비극적인 상황에 처한 '꼴두기'와 '제비'를 시의 제목과 연결해 생각할 필요가 있다. 상실된 애정대상에 대한 슬픔은 '승냥이처럼 우는 갈매기'가 무서운 '제비', 그리고 갈매기를 비롯해 '배ㅅ사람'들에게 잡아먹히고 필요 이상으로 잡혀간 '꼴두기'의 모습으로 알레고리화된다. 그러나 시 전체를 지배하는 것은 그런 '꼴두기', '제비' 등의 소리를 '물닭의 소리'로 명명하며 시 전체를 '소리'로 듣고자 열망하는 시적 주체의 욕망이다.

실패한 사랑대상을 둘러싼 사물들은 '물', 곧 '바다'라는 공간에서 찾아 듣는다는 것은 무엇을 의미하는가. 파도가 몰려왔다 떠나가는 것을 사랑의 무상성으로 해석하는 것은 이미 익숙하다. 그러나 주체는 이 소리를 끊임없이 '듣'고 있으며 주체 내부로 불러 품음으로써 ('소회(小懷)') 사랑의 무상성 대신, 무상할지라도 애정대상을 살아 있게 하는 힘을 제시한다. 따라서 '바다'는 사랑하는 여성뿐 아니라 주체가 사랑하는 대상으로 비유되는 꼴두기, 닭, 꽃, 게, 제비 등을 파도소리로 치환해 계속 살아있게 만드는 장소가 된다.

山宿

旅人宿이라도 국수집이다
모밀가루포대가 그득하니 쌓인 웃간은 들믄들믄 더웁기도하다.
나는 낡은 국수분틀과 그즈런히 나가누어서
구석에 데굴데굴하는 木枕들을 베여보며
이山골에 들어와서 이木枕들에 새깜아니때를 올리고간 사람들을 생각한다
그사람들의 얼골과 生業과 마음들을 생각해본다

響樂

초생달이 귀신불같이 무서운 山골거리에선
첨아끝에 종이등의 불을밝히고
쩌락쩌락 떡을친다
감자떡이다
이젠 캄캄한 밤과 개울물 소리만이다

夜半

토방에 승냥이같은 강아지가 앉은집
부엌으론 무럭무럭 하이얀김이 난다.
자정도 활신 지났는데
닭을잡고 모밀국수를 눌은다고한다
어늬 山옆에선 캥캥 여우가운다

白樺

산골집은 대들보도 기둥도 문살도 자작나무다
밤이면 캥캥 여우가 우는山도 자작나무다
그맛있는 모밀국수를 삶는 장작도 자작나무다
그리고 甘露같이 단샘이 솟는 박우물도 자작나무다
山넘어는 平安道땅도 뵈인다는 이山골은 온통 자작나무다

－「山中吟」 전문


　인용시를 제목 그대로 읽는다면 '산에서 읊는 소리' 혹은 '산에서 읊조리다' 등으로 해석할 수 있다. 「산숙(山宿)」과 「향악(響樂)」, 「야반(夜半)」, 「백화(白樺)」으로 구성된 이 시는 각각 소리자질을 유추하게 한다. '울림(響)'이나 개 짖는 소리, 여우 우는 소리 등은 선명하게 추출되지만, 「산숙(山宿)」에서는 소리자질을 직접적으로 발견하기 어렵다. 단, 시적 주체가 산에서 잠시 머무는 이들의 편린에서 소리를 발견하고 상상했음을 알 수 있는데('사람들'), '소리'라는 청각심상 아래 네 꼭지가 배치되며 '산'이라는 장소는 다시 그려진다.
　「산숙(山宿)」에서 시적 주체는 여인숙에서 먹는 '국수'를 중심으로 여인숙을 재구성한다. 모밀가루 포대가 쌓이듯 '그즈런히 나가누' 며, '목침(木枕)'에 '새깜아니때를 올리고간 사람들'에 대한 상상을 하기 때문이다. 메밀(모밀) 낱알은 가루로 갈리면 원래의 형상을 알아볼 수 없고, 메밀가루에 물을 붓고 틀에서 걸러낸 국숫발 또한 마찬가지로 원 낱알과 거리가 더 멀어진다. 그럴지라도 메밀국수의 맛과 향에서 구수함을 떠올리고, 메밀의 원형을 환기할 수 있다. 목침에 올라붙은 새까만 때 역시 마찬가지이다. 낯선 사람들이 모인 여인숙은 한편으로는 먹을거리와 배설장소, 그리고 이부자리로 환기되는 피부감각의 공유가 가능한 양면적인 곳이다. 이곳에 올라온 새까만 때는 누웠다 일어난 사람들의 자취인 동시에 그들을 상상하게 만드는 단서가 된다. 주체는 목침에 배인 때를 보며 그것을 단순한 오물 혹은 자취로 보는 대신 '그사람들의 얼굴과 생업(生業)과 마음들을 생각'하는 것까지 이른다. 사람의 얼굴은 육체의 영역인 동시에 정신을 표현하고 정체성을 드러내는 통로이다. 목침 역시 마찬가지이다. 여기에 더해 '마음'을 생각한다는 시적 주체의 목소리 속에는 '데굴데굴' 구르는 목침처럼 산재한 타인의 삶, 혹은 주체 내부에 놓인 파편들을 정리하고 숙고하는 과정이 드러난다.

「향악(響樂)」은 소리자질이 가장 적극적으로 드러난 부분이다. 제목의 '향(響)'은 울림을 뜻하는 말이다. 울림은 소리가 나는 근원지가 있고, 소리의 밀도와 크기, 속성에 따라 그 주변에 울려 퍼지는 과정을 뜻한다. 따라서 소리를 '듣는 곳'과 '들리는 곳' 사이에는 필연적으로 거리가 있을 수밖에 없으며, 울림이라는 현상을 통해서 무엇이 소리를 냈는가를 유추하는 과정 속에서 시공간적 차이가 빚어지게 된다.[188] 여기서 마지막 부분인 '이젠 캄캄한 밤과 개울물 소리만이다'에 집중할 필요가 있다. 일차적으로는 밤이 깊어 사람 소리가 들리지 않는 것으로 해석할 수 있지만, '초생달이 귀신불같이 무서운' 산에서 들린 감자떡 소리를 생각해 본다면 이제 산골에 사는 사람들이 없다는 해석을 추출할 수 있다. 또한 이런 해석은 소리의 '울림'이라는 제목에 더해 앞선 「산숙(山宿)」의 목침 위에 때를 올리고 간 사람들에 대

---

188) 돈 아이디(Ihde, Don), 『소리의 현상학』, 박종문 옮김, 예전사, 2006, 128-129쪽.

한 해석으로 이어진다.

「야반(夜半)」, 「백화(白樺)」를 이어주는 것은 '캥캥' 우는 '여우'의 소리이다. 길들여진 개과 동물과 달리, 고양이의 야생성을 떠올리게 하는 여우의 울음소리는 그 자체로 깊은 산을 환기한다. 이곳에서 자정이 지난 시간 닭을 잡아 국수를 만드는 사람들에 대한 상상은 '토방'에 앉은 '승냥이 같은 강아지'와 '하이얀김'으로 구체화된다. '밤중'을 뜻하는 '야반(夜半)'은 문자 그대로 해석하면 밤이라는 시간의 가운데이며, 이 시간은 깨어 있음과 잠든 것 사이, 눈에 보이는 장소와 보이지 않는 장소 사이를 교란하며 아득한 '소리'이자 목침에 달라붙은 '때'처럼 흔적으로만 남는 '사람'을 사유하게 한다.

마지막 부분에서 집중할 부분은 '자작나무'의 반복이 하나의 풍경을 이루는 과정이다.[189] 낙엽활엽수인 자작나무는 깊은 산에서 자라며 수피는 흰색이다. 깊은 밤에 비치는 흰색 수피는 떡과 국수의 부연 빛깔을 환기한다. 동시에 낙엽이 떨어지고 가지만 남은 흰색 자작나무는 '뼈'로 이어지는 생명을 상상하게 한다. '자작나무'로 통합되는 사물들은 '대들보', '기둥', '문살'이 있는 '산골집', '여우가 우는 山', '모밀국수를 삶는 장작', '단샘이 솟는 박우물', '평안도(平安道)땅도 뵈인다는 산(山)'이다. 주거공간과 먹거리뿐 아니라 정신적 지향점(平安道)까지 아우르는 자작나무는 결국 산을 빼곡하게 채운 자작나무의 형상에서 삶의 편린을 읽어내는 과정이자, 거꾸로 편린에서 자작나무의 지향점을 읽어내는 과정이라 할 수 있다.

그런 의미에서 청각심상 하에 배치된 장면은 추상화된 '산'이 구체

189) 이경수, 앞의 책, 137쪽.

화되는 것으로 재맥락화된다. 여우가 우는 밤에 국수를 받아먹던 기억(「국수」, 「노루」), 산에서 사용되는 자작나무를 마주했던 기억, 그리고 여인숙에서 국수를 먹으며 '목침'을 바라보았던 기억들을 재배치하면서 '산에서 들리는 소리'가 주체의 내면에 남아 있던 타자들에 대한 기억이자 '자작나무'처럼 외롭고 고단하고 추운 삶의 본질에 대한 숙고임을 드러낸다. 그리고 이 모든 것은 시적 주체가 내면에서 추출한, 읊조린(吟) 기억의 산물이라 할 수 있다.

3장에서는 백석 시에서 '기억'이 '꿈 - 깨어남'으로 변주되는 과정을 살펴보았다. 백일몽, 혹은 이상으로서의 꿈이 아닌, 일상사의 편린이자 '다음 세대'를 예감하게 하는 흔적을 '꿈'이라고 할 때, 그 '꿈'을 자각하는 방식을 '꿈 - 깨어남'이라 명명한다. 따라서 '꿈 - 깨어남'은 꿈과 깨어남 사이, 그리고 과거와 현재 사이, 기억내용과 회상하는 주체 사이의 변증법적 자각을 전제로 한다.

1절에서는 조선, 그리고 일본과 중국 등을 여행하는 주체가 기억의 풍경을 자각하는 과정을 살펴보았다. 주체는 다채로운 풍경을 '꿈'으로 인식하고 흥겨움과 슬픔을 동시에 느낀다. 그러나 백석 시의 주체는 꿈의 풍경 자체에 매몰되는 대신 이를 역전할 에너지를 꿈의 풍경에서 탐색한다. 이 과정에서 꿈을 꿈으로, 그리고 꿈 - 깨어남을 유도하는 자각의 시선을 읽을 수 있다. 자각의 시쓰기는 잃어버린 행복을 기억을 통해 '다시 찾'으려는 '행복변증법'으로 나타난다. A항에서는 교환가치를 전유하는 방식이 그리고 인간과 '다른', 그리고 자본주의의 교환가치를 초과하는 사물들에 '이입'하는 과정에서 드러나는 것을 보았다. 또한 B항에서는 현실압력의 전환방식이 여성적인 것에 대한 지향에서 드러난다는 것을 살펴보았다.

2절에서는 기억의 언술양식이 알레고리적으로 나타나는 것을 살펴보았다. 알레고리의 언술적 특성은 '현상'(서술)이라 할 수 있는데, 현상은 사물을 있는 그대로 드러내는 것이다. A항에서 다룬 사랑대상을 잃은 주체가 유보적인 언술태도를 드러내는 것, B항에서는 후각과 청각이 주체가 여행하며 마주친 장소를 재구축하는 과정을 살펴보았는데, 이 과정에서 주체는 북신과 안동이 역사적으로 고정된 공간이 아니며, 산과 바다는 추상적인 공간이 아니라 자연물과 인간이 살아 숨 쉬는 구체적인 삶의 터전이라는 사실을 전달함으로써 국경과 영토의 관념을 재맥락화하였다.

제 4 장

유물론적 역사로서의 기억과

구원의 시쓰기

# 유물론적 역사로서의 기억과 구원의 시쓰기

역사는 지나간 것, 과거를 강조한다는 점에서 개인과 집단의 기억을 포함한다. 전술했듯 유물론적 역사는 '역사는 진보한다'는 사적 유물론을 반박한다. 사적 유물론은 과거 - 현재 - 미래의 선조적인 역사인식을 통해 미래를 낙관할 뿐 아니라, 사회역사적 약자를 타자화하기 때문이다. 따라서 유물론적인 역사는 주어진 진보로서의 역사관을 파괴하고 재구성한다. 유물론적 역사주의는 현재와의 연관성 하에 과거에 의미를 부여함으로써 현재를 고정점으로 삼는다.[190] 벤야민은 현재를 중심으로 과거의 망각된 기억을 찾아내는 것, 그리고 망각된 과거를 적절한 지위를 부여하는 것을 일컬어 '구원'이라 보았다. 이것

---

190) "벤야민에게 역사의 진리는 인과의 견고한 고리에 묶여 있는 것이 아니다. 반대로 '인식 가능성의 순간에 영원히 되돌아올 수 없이 다시 사라져 버리는' 섬광 같은 위기의 이미지가 바로 역사의 진리다." - 강수미, 『아이스테시스』, 글항아리, 2011, 85쪽.

은 망각되었거나 사적 유물론에 의해 가사상태에 빠진 무의지적 기억을 현재화하는 것을 뜻한다. 연속성과 인과관계를 거부했을 때 얻는 역사성은 현재성과 순간성이다. 따라서 역사가이자 비평가, 그리고 시인이 해야 할 일은 묻혀 있던 과거, 죽음을 맞은 과거의 사건을 현재 시점에서 바라보는 것이다.

이제 백석 시의 주체가 역사를 어떻게 인식하는가 살펴볼 필요가 있다.[191] 백석이 역사로서의 '기억'을 바라보는 시선에는 분명히 역사적이고 정치적인 사유가 드러난다. 등단작인 「정주성(定州城)」, 그리고 「정문촌(旌門村)」, 「여승(女僧)」, 「수라(修羅)」 등에서는 주어진 역사, 위로부터 내려온 역사를 정지시키고 자연사의 허구성을 해체한다. 또한 「북방(北方)에서 - 정현웅(鄭玄雄)에게」에서는 개인을 '먼지'처럼 축소하는 현실을 직시하며 자신을 무력하게 만드는 현실을 이겨낼 힘을 '오래고 깊은 마음'에서 찾아낸다. 옛것에 대한 애정이 유년주체가 등장한 시와 유사하게 느껴진다는 점에서 역사의식의 부족, 혹은 사유의 부족이자 낭만적 복고주의로 평가하기도 한다.[192] 그렇지만 주체는 아버

---

191) 4장에서 대상으로 한 텍스트는 1935년에 발표된 등단작 「정주성(定州城)」, 1936년에 발표된 「정문촌(旌門村)」, 「여승(女僧)」, 「수라(修羅)」, 「탕약(湯藥)」, 1938년 발표된 「나와 나타샤와 힌당나귀」, 「고향(故鄉)」, 1940년에 발표된 「목구(木具)」, 「수박씨, 호박씨」, 「북방(北方)에서 - 정현웅(鄭玄雄)에게」, 「허준(許浚)」, 「「호박꽃초롱」 서시(序詩)」, 1941년 발표된 「귀농(歸農)」, 「국수」, 「힌 바람벽이 있어」, 「촌에서 온 아이」, 「조당(澡堂)에서」, 「두보(杜甫)나 이백(李白)같이」, 1948년 발표된 「남신의주유동박시봉방(南新義州柳洞朴時逢方)」이다. 시간상 차이가 있으나 발표년도가 1948년이라 할지라도 『조선일보』가 1940년, 『인문평론』과 『문장』이 1941년에 폐간된 것을 감안한다면 실제 창작기간은 1938 - 1941년에 해당한다고 볼 수 있다. 또한 대상 텍스트의 공통점은 유년주체 대신 성년주체가 옛것, 향수 어린 대상에 대한 상실감과 애정을 드러내고 있다는 점, 그리고 망각된 기억을 시화함으로써 기억을 구원하는 존재가 '시인'이라는 인식에 다다른다는 점이다.
192) 여태천, 「풍부한 기억, 빈곤한 사유, 그리고 현실 : 백석론」, 『한국근대문학연구』 2

지와 할아버지, 그리고 할아버지의 할아버지로 표출되는 '수원백씨(水原白氏)'의 '슬픔'과 '피'와 '힘'을 재인식하거나(「목구(木具)」), 이국의 목욕탕에서 두보(杜甫)나 이백(李白) 등의 옛 시인들을 상상하고 자기 삶으로 끌어당기면서(「조당(澡塘)에서」, 「두보(杜甫)나 이백(李白)같이」) '외로움' 혹은 '고독'을 공유하며 '마음'을 생각한다. 고정점을 현재에 둔 그의 사유는 '시인'의 삶이란, 삶과 현실이 분리되지 않은 삶이며, 이해할 수 없는 불합리에 대해 미약한 소리로나마 '울음을 터뜨리는' 삶(「촌에서 온 아이」), 그리고 순수하며 높은 가치를 몸소 드러내는 삶(「『호박꽃초롱』 서시(序詩)」)이라는 결론에 이른다. 이 가치관을 가장 잘 드러낸 시어가 백석의 시에서 종종 인용되는 '외롭고 높고 쓸쓸한', 그리고 '가난한'이다(「흰 바람벽이 있어」). 가난함과 외로움, 그리고 쓸쓸함 등의 감정을 부정적으로 인식하는 대신, 그것을 생의 압력에서 견딜 무력감을 전환하는 수단으로 전환함으로써 무의지적 기억을 새롭게 자리매김하는 '구원'을 이루는 것이다.

1절에서는 상실을 기반으로 한 멜랑콜리적 주체가 현재적 관점에서 과거의 의미추출이 주체의 숙고, 혹은 정관(靜觀 : Kontemplation)을 통해 드러내는 것을 살펴보았다. A항에서는 현재로서의 역사를 인식한 주체가 개인의 '내면', 곧 집단의 역사가 아니라 개별자의 역사를 인식함으로써 '마음'으로서의 역사가 드러내는 과정을 살펴보았다. B항에서는 왜곡된 집단의 기억으로서의 자연사를 파괴하는 주체의 태도가 무력감에 대응할 수단이 되는 모습을 살펴보았다. 2절에서는 주체가 역사를 언표화하는 양식을 '순수언어(die reine Sprache)'와 '명명(der Name)'

권 2호, 근대문학회, 2001, 159 - 190쪽.

에 기대어 살펴보았다. 순수언어는 오염되지 않은 언어, 그리고 언어 가운데 본질을 전달하는 언어이다. 기억이론으로 접근할 경우 순수언어는 주체가 마주한 망각된 역사적 기억으로, 이 기억이 언어화될 때 순수언어를 부르는 '명명'이 가능해진다. A항에서는 망각된 역사에 질문을 하고 대답하는 문답의 언술이 한 가지 대상에 집중되는 과정을 다루었고, B항에서는 시쓰기를 재현하는 몸의 감각이 촉각으로 드러나는 과정에서 역사를 재맥락화하는 모습을 살펴보았다.

## 1. 멜랑콜리적 주체와 정관(靜觀 : Kontemplation)으로서의 탐색

유물론적 역사주의는 폐허가 된 역사적 사건들을 파괴하고 재배치한다. 이 과정에서 연구대상을 깊이 숙고해야 한다. 역사를 회상해 숨겨져 있던 것들을 찾아내는 역사가와 숨겨져 있던 기억을 찾아내는 시인 사이에는 일종의 유비관계가 형성된다. 역사가는 과거의 침묵하는 목소리들, 그리고 '복원할 수 없는 과거의 이미지'를 인식하고 찾아낸다.[193] 균질하지도 공허하지도 않은 역사를 읽기 위해서는 하나의 단자, 혹은 이미지가 끌어안은 역사를 써 내고, 불러내야 한다.

이때 접근 가능한 독법은 벤야민의 멜랑콜리론이다. 그는 우울, 나태, 무기력 등의 감정/태도를 의미하는 멜랑콜리의 의미를 프로이트와 달리 '슬픔'까지 포함하는 것으로 이해하였다.[194] 멜랑콜리적 주체에

---

193) 발터 벤야민, 「역사의 개념에 대하여」, 『선집5』, 최성만 옮김, 길, 2008, 334쪽.
194) "벤야민은 대상(자연, 신, 세계)을 상실하여 허무하게 바라보는 자에게 솟아나는 감정으로 멜랑콜리를, 그런 대상 상실로 인한 멜랑콜리하고 슬픈 상태를 나타내는 상

대한 그의 독법은 익히 알려진 뒤러의 그림 '멜랑콜리아(Melencholia)'로 드러나는데, 자기 내부에 깊이 침잠한 역사가이자 예술가, 그리고 시적 주체는 자신에 대한 탄식, 정신착란적 태도를 선보이는 동시에 파편으로 명명되는 부스러기의 산물들을 자기 안으로 끌어들이는 크로노스적 인물로 나타난다.195) 이들은 나태와 방황, 그리고 무기력, 우유부단함 대 심유한 사유, 지성, 광기라는 양가적 속성을 보여준다.

> 따라서 멜랑콜리는 마음이 스스로를 한 곳에 모으고, 그곳에 머물고 숙고하도록 지속적으로 요청을 한다. 멜랑콜리는 그 자체로 세상의 중심과 같아서 그것은 모든 개별 대상의 중심에 다다르기 위해 연구대상을 모으고 가장 심원한 인식에 이르게 된다.196)

위의 인용문은 프로이트의 설명, 곧 대상에게로 향했던 리비도를 다시 주체에게로 돌리는 과정과 유사하다. 흥미로운 것은 벤야민이 멜랑콜리적 주체들에게 부여한 특징 중 하나로 '세상의 중심'이 되는 것, 숙고하는 능력을 '심원한 인식'으로 설명하는 부분이다. 멜랑콜리커는 사투르누스적 특징인 '피조물의 삶 속에 침잠함으로써 얻어지는' '심연의 씨앗과 숨겨진 보물들'197)을 읽어낸다. 대상을 상실한 멜랑콜리적 주체의 '감정'상태는 역설적으로 상실된 대상의 특징을 섬세하

---

위 개념으로 비애를 사용하고 있는 듯이 보인다". - 최문규, 앞의 책, 185쪽.
195) 김홍중, 「멜랑콜리와 모더니티 - 문화적 모더니티와 세계감 분석」, 『한국사회학』 제40집 3호, 한국사회학회, 2006, 17쪽.
196) 발터 벤야민, 『독일 비애극의 원천』, 최성만, 김유동 옮김, 한길사, 2009, 229 - 230쪽. 원주는 Marsilius Ficinus, De vita triplici, I(1482).
197) 발터 벤야민, 위의 글, 228쪽.

게 읽어내는 '태도'를 불러일으킨다는 점에서 유의미하다.198) 따라서 숙고하는 주체, 자기 내부로 깊이 침잠해 상실된 것들의 의미를 읽어 내는 주체의 시선은 시간의 연속성과 선조성을 거부하고 정지시키며, 숨고르기(Atemholen)하며, 우회(迂回)하는 벤야민의 역사인식과 맞닿는다.

3장에서 다루었듯, 부재하는 애정대상에게 수동적인 태도를 보여 주었던 주체는 4장에서는 '상실'의 상황을 좀 더 명료하게 제시한다. 자신이 버렸던 세계, 그리고 돌아온 세계가 폐허가 된 것을 발견하는 주체의 시각은(「북방(北方)에서 - 정현웅(鄭玄雄)에게」) 폐허가 된 정주성과 먼 지만 가득 쌓인 효자비, 그리고 '여승', '거미' 등을 폐허의 예시로 내 세운다. 그러나 주체는 여기에 멈추지 않고 깊게 침잠해 들리지 않는 목소리, 과거의 대상이자 현재를 투영할 수 있는 비가시적이고 비물 질적인 '마음'을 읽어낸다. 느긋하고 게으른 '마음'에 관심을 기울이면 서도 미약한 '소리'를 내며 우는 아이에게서 미래를 예감하는 명상의 태도는 멜랑콜리적 주체의 특징과 맞닿는다.

1절에서는 주체의 내면에 자기 모습을 드러내는 망각된 사물들이, 주체로 하여금 무력감을 이기고 현재를 고정점으로 삼아 개개인의 '마음'이라는 역사를 탐색하는 과정을 살펴볼 것이다. A항에서는 전술 한 대로 '역사'가 비가시적인 '마음'에 담겨 있음을 살펴보았다. '마음' 은 과거의 산물을 현재를 고정점으로 삼아 끌어올 때 의미화되는데, 보잘 것 없고 하찮으며, 때로는 '게으른' 것처럼 보일지라도 주체는 거기에서 '깊고 의젓한' '슬픔'과 '애정'이 있음을 드러내 준다. B항에 서는 주체가 맞부딪친 거대한 세계가 무력감을 주조하는 것을 살펴본

---

198) 김홍중, 「멜랑콜리와 모더니티 - 문화적 모더니티와 세계감 분석」, 20쪽.

후, 주체가 타자화된 자신과 또다른 타자를 발견하고 미약한 '소리'를 내는 과정을 살펴보았다. 거짓된 것을 보고 우는 '아이'와 '가난한 사람'에게 선뜻 무엇인가를 내 주는 '당신' 등 미약하고 연약한 존재들은 벤야민이 언급한 도래하는 메시아에 대한 가능성을 제시한다.

## A. 현재성 인식과 '마음'의 양가성

유물론적 역사에서 중요시하는 것 중 하나가 현재로서의 역사이다. 현재 시점에서 과거를 인식하는 순간, 과거는 현재로 불려옴으로써 과거와 현재 모두는 같은 시간을 공유한다.[199] 따라서 동시성은 순간성과 현재성을 띠는데, 멜랑콜리적 주체가 기억의 산물들을 자기 내부로 모아 재배치하는 작업 또한 동시성의 인식과 같은 맥락이다. 주체는 이렇게 되살아난 과거에 힘을 부여함으로써 연속체를 폭파할 에너지를 얻는다.

백석의 시에서도 과거와 현재, 그리고 아득한 미래가 동시적으로 인식되는 모습을 찾아볼 수 있다. 이렇게 현재성을 인식하면서 무력하고 수동적이었던 주체는 무력한 역사의 결을 되살리게 된다. 시 「목구(木具)」, 「조당(澡堂)에서」, 「두보(杜甫)나 이백(李白)같이」에서 볼 수 있듯, 주체는 '현재'를 고정점으로 삼아 과거의 역사를 현재화하고, 미래를 현재화한다. 주체는 「목구(木具)」에서는 '아득한 슬픔'을 담는 '목구'를 통해 '할아버지의 할아버지', '할아버지', '나', '홋자손', '홋자손의

---

199) 이 개념을 벤야민은 '현재시간(Jetztzeit)'이라고 설명한다. 주체가 인식할 수 있는 모든 가능성이 열린 순간을 역사로 확장한 것이다. - 강수미, 앞의 책, 85쪽.

홋자손'을 같은 시간으로 호출한다. 「탕약(湯藥)」에서는 약사발을 마주한 주체가 옛사람들을 생각한다. 약그릇과 목구에 담긴 온기는 「조당(澡堂)에서」, 「두보(杜甫)나 이백(李白)같이」에서 드러나는 '마음'으로 변주되는데, 세상살이에 서툴고 게으른 마음이 오히려 '깊고' 힘 있는 마음이며, 이 '마음'이 개인을 살아가게 하는 힘이라는 인식에(「탕약(湯藥)」, '예방주사') 도달함으로써 현재를 살아가는 역사는 개개인의 '마음'의 역사라는 결론에 이르게 된다.[200]

> 五代나 날인다는 크나큰집 다 찌글어진 들지고방 어득시근한 구석에서 쌀독과 말쿠지와 숫돌과 신뚝과 그리고 넷적과 또 열두 데석님과 친하니 ㉠살으면서
>
> 한해에 몇번 매연지난 먼 조상들의 최방등 제사에는 ㉡컴컴한 고방 구석을 나와서 대멀머리에 외얏맹건을 질으터 맨 늙은 제관의손에 ㉢정갈히 몸을 씻고 교우옹에 모신 신주 앞에 환한 초불밑에 피나무 소담한 제상위에 떡 보탕 시케 산적 나물지짐 반봉 과일들을 ㉣공손하니 받들고 먼 후손들의 공경스러운 절과 잔을 ㉤굽어보고 또 애긇는 통촉

---

200) 백석 시의 '마음'을 다룬 주목할 연구는 이경수의 「백석 시에 나타난 '마음'의 형상화 방식과 의미」(『한국시학연구』 제38호, 한국시학회, 2013, 147‒178쪽)이다. 이 논문에서 그는 시어 '마음'의 출현 빈도와 환경을 살펴본 이후, 마음의 형상화 방식을 분단 이전과 이후로 나누어 지적하였다. 분단 이전 백석의 시에서 '마음'은 근대적이고 물질적인 것과 반대되는 대상으로, 자기 성찰의 도구로 사용된다. 특히 '가슴'이라는 시어보다는 좀 더 추상적으로 사용되고 있으며 '마음'이 무엇에 담긴 어떤 것으로 신체화되고 있음을 지적하였다(164쪽). 한편 분단 이후 동화시편에서 '마음'은 억울한 상황을 타개하는 행동의 원동력이 되고 있으며, 사회주의로서의 '붉은 마음'으로 확장되고 있었다. 이 글에서는 이경수의 논의에서 분단 이전의 시작품에 등장하는 '마음'의 경우, 슬픔, 서러움, 가슴이 메임 등 '타자'를 바라볼 수 있는 감정어와 쓰인다는 논의(173쪽)에 동의하여 '마음'의 양가성을 살펴보았다.

과 축을 귀에하고 그리고 합문뒤에는 흠향하는 구신들과 ㉂호호히 접
하는 것

　구신과 사람과 넋과 목숨과 있는것과 없는것과 한줌흙과 한점살과
먼 녯조상과 먼 홋자손의 거룩한 아득한 ㉃슬픔을 담는것

　내손자의손자와 손자와 나와 할아버지와 할아버지의 할아버지와 할
아버지의 할아버지의 할아버지와…… 水原白氏 定住白村의 힘세고 꿋
꿋하나 어질고 정많은 호랑이 같은 곰같은 소같은 피의 비같은 밤같은
달같은 ㉄슬픔을 담는것 아 슬픔을 담는것

-「木具」 전문

　인용시는 제목과 각 연이 상관하는 형태로 이루어져 있다. 다시 말
해 제샛날 쓰이는 제기인 목구(木具)를 중심으로 각 연을 배치한 상태
이다. '수원백씨(水原白氏)', '할아버지', '손자', '홋자손' 등의 시어가 한
집안의 가계도를 환기시키며 과거 - 현재 - 미래의 연속성을 획득하게
만든다는 해석이 지배적이지만, 시의 중심이 '목구(木具)'라는 점을 생
각해볼 필요가 있다.201) 따라서 이 시는 목구를 접한, 혹은 목구에 대
한 기억을 떠올린 주체가 그것을 둘러싼 기억들을 인용하는 것으로
해석할 수 있다. 특히 한없이 나열되는 서술이 목구로 집중된다는 점
에 집중할 필요가 있다. 각 서술어는 '나오다' - '받들다' - '굽어보다'
- '접하다' - '담다'로 제시되는데, 특히 ㉠과 ㉡에서 고방에 목구가
'있'는 것이 아니라 '살'고 있으며, 이것을 '꺼내는' 것이 아니라 목구

---

201) 이경수는 이질적인 것들이 시간을 뛰어넘어 동시성을 이루고 있으며, '목구'는 사물
　　과 교감하는 주체로 등장하고 있음을 지적한다. - 이경수, 앞의 책, 123쪽.

가 '나온'다고 명명함으로써 해당 시가 목구를 둘러싼 기억을 가져오는 것이라는 점을 드러낸다.

그렇다면 기억의 집합체로서 목구, 그리고 현재 시점에서 주체가 인용하려는 대상은 무엇인가. 이것은 ㉣의 '받'드는 것이 ㉦과 ㉪의 '담는' 것으로 변이하는 과정을 통해 드러난다. 곧 ㉡ 부분에 해당하는 2연에서 목구는 제사의 풍경을, 먹을거리와 제사절차라는 구체적인 풍경으로 드러나지만, ㉦과 ㉪에서부터는 목구가 무형의 것에 해당하는 것을 '담는' 그릇으로 전이되는 것을 볼 수 있다. 결국 2연의 유형의 사물에 대한 기억은('있는것과') '슬픔'이라는 무형의 것에 대한 기억('없는것과')과 관계 맺는다.

이제 '수원백씨 정주백촌(水原白氏 定住白村)'의 가계도를 서술하는 4연을 살펴볼 필요가 있다. 가계도는 과거부터 현재로 이어지기 마련이다. 그런데 인용시에서는 '내손자의손자' - '손자' - '나' - '할아버지' - '할아버지의 할아버지' - '할아버지의 할아버지의 할아버지'를 기록함으로써 후대에서 위로 올라가는 형태를 보여 준다. 실제 제사는 윗사람들을 기리는 행위이기에 나의 현재에서 그들을 자신의 삶으로 끌어들여 현재화하는 것으로 이해할 수 있으며, 여기에서 미래의 누군가가 주체를 부르고, 주체는 그들을 통해 현재가 될 것이라는 예감을 읽을 수 있다. 이들이 '담기'는 '목구'는 가계도의 인물들을 끌어 와 다양한 현재를 이루는 그릇이라 할 수 있다. 이 그릇 안에서 그들은 '어질고 정많은', '아득한 슬픔'으로 동일화된다.

현재화의 기준이 '어질고 정많은', '아득한 슬픔'이라는 데 집중할 필요가 있다. 자랑스러운 것, 대단한 것이 아니라 잊혀진 슬픔, 기억되지 않는 어진 마음이나 애정이라는 비물질적인 대상이기 때문이다. 이것은 벤야민이 언급한 '구원'의 단서가 순간적인 것이자 천사의 날 갯짓처럼 아주 미약하고 연약한 메시아적 힘에 기댄다는 점을 뒷받침할 단서가 된다.

> 눈이오는데
> 토방에서는 질하로웅에 곱돌탕관에 약이끓는다.
> 삼에 숙변에 목단에 백봉령에 산약에 택사의 몸을보한다는 六味湯이다.
> 약탕관에서는 김이올으며 달큼한 구수한 향기로운 내음새가나고
> 약이끓는 소리는 삐삐 즐거웁기도하다.
>
> 그리고 다딸인약을 하이얀 약사발에 밭어놓은것은
> 아득하니 깜하야 萬年넷적이 들은듯한데
> 나는 두손으로 공이 약그릇을들고 이약을내인 넷사람들을 생각하노라면
> 내마음은 끝없시 고요하고 또 맑어진다.
>
> ―「湯藥」 전문

인용시 「탕약(湯藥)」의 내러티브는 단순하다. 약을 끓이고 그 약을 받아 들여다보는 행위로 이루어져 있기 때문이다. 주체가 기억을 촉발하게 되는 것도 약의 짙은('깜하야') 색채 때문이다. 여섯 가지 약재 끓여 만든 육미탕(六味湯)은 여러 사물의 기억의 연쇄성, 그리고 시간의 겹침을 상기시킨다. 이제 '하이얀' 약사발에 약을 받은 주체는 '만년(萬年)넷적', '넷사람'들을 생각한다. 2연의 '이약을내인 넷사람'을 살펴보면 현재 시점에서 과거의 기억을 회상하는 계기가 무엇인지 알 수 있

다. 바로 약을 '달이는' 행위이다. 주체는 약을 달이고 그것을 먹으려는 현재를 고정점으로, 이전에 약을 만들었을 수많은 이들의('넷사람') 행동과 생각을 상상한다. 주체의 마음이 '맑'아진 이유가 여기에 있다. 자신 혹은 타인의 몸을 낫게 하려 약을 만들었던 것처럼, '넷사람'들도 약을 달였을 것이다. '탕약'은 옛사람들의 마음과 주체의 마음이 상호침투하는 이미지이다. 각각 다른 시간대(육미 : 六味)에 속한 이질적인 기억의 산물들은 현재화되고, 그들의 '마음'과 주체의 '마음'이 만나면서 '끝없이 고요하고 맑'아지기 때문이다.

> 나는 支那나라사람들과 가치 목욕을 한다
> 무슨 殷이며 商이며 越이며하는 나라사람들의 후손들과 가치
> 한물통안에 들어 목욕을 한다
> 서로 나라가 달은 사람인데
> 다들 쪽발가벗고 가치 물에 몸을 녹이고 있는것은
> 대대로 조상도 서로 모르고 말도 제각금 틀리고 먹고입는것도 모두
> 달은데
> 이렇게 발가들벗고 한물에 몸을 씻는것은
> 생각해보면 쓸쓸한 일이다
> 이 딴나라사람들이 모두 니마들이 번번하니 넓고 눈은 컴컴하니 흐
> 리고
> 그리고 길쯤한 다리에 모두 민숭민숭 하니 다리털이 없는것이
> 이것이 나는 웨 작고 슬퍼지는 것일까
> 그런데 저기 나무판장에 반쯤 나가누어서
> 나주빛을 한없이 바라보며 혼자 무엇을 즐기는듯한 목이긴 사람은
> 陶淵明은 저러한 사람이였을것이고

또 여기 더운물에 뛰어들며

무슨 물새처럼 악악 소리를 질으는 삐삐 파리한 사람은

楊子라는 사람은 아모래도 이와같었을것만 같다

나는 시방 넷날 뜹이라는 나라나 衛라는 나라에 와서

내가 좋아하는 사람들을 맞나는것만 같다

이리하여 어쩐지 내마음은 갑자기 반가워지나

그러나 나는 조금 무서웁고 외로워진다

그런데 참으로 그 殷이며 商이며 越이며 衛며 뜹이며하는나라사람들

의 이 후손들은

얼마나 마음이 한가하고 게으른가

더운물에 몸을 불키거나 때를 밀거나 하는것도 잊어벌이고

제 배꼽을 들여다 보거나 남의 낯을 처다 보거나 하는것인데

이러면서 그 무슨 제비의 춤이라는 燕巢湯이 맛있는것과

또 어늬바루 새악씨가 곱기도한것 같은것을 생각하는것일것인데

나는 이렇게 한가하고 게으르고 그러면서 목숨이라든가 人生이라든

가 하는 것을 정말 사랑할줄아는

그 오래고 깊은 마음들이 참으로 좋고 우럴어진다

그러나 나라가 서로 달은 사람들이

글세 어린 아이들도 아닌데 쪽발가벗고 있는 것은

어쩐지 조금 우수웁기도하다

- 「澡堂에서」 전문


앞서 다룬 것처럼 마음은 '오래고 깊은' 것, 그리고 '한가한 것'으로
드러나는데, 한편으로는 '게으른' 것 역시 마음이라고 하는 데서 마음
의 양가성을 읽을 수 있다. 진보적인 발전논리, 그리고 프로테스탄트
의 자본주의 윤리로서의 근면함이 게으름을 악덕으로 정의했다면,[202]

주체는 게으름을 '슬픔'과 '외로움'을 거침으로써 얻게 되는 깊은 '마음'의 일부로 인식한다. 그렇기에 '조당(澡堂)', 목욕탕에서 만나는 사람들이 하는 행동은 의미 없고 게으르고 어리석으며 우스워 보이지만, 한편으로는 '마음'을 확인할 수 있는 의미 있는 것이 된다.

주체에게 '마음'은 오래된 과거, 그리고 무의지적 기억의 집합체이다. 이곳에서 주체는 각기 다른 이질적인 인물들이 기억의 풍경을 이루는 것을 본다. 조상도 말도 의식주도 다른 사람들은 각기 다른 역사를 품고 살아왔지만, 실제 그들이 살아가는 매일은 낯선 이들과 접촉하며 이질적인 것들을 경험하는 삶으로서의 역사이다. 그 이질감과 낯섦 앞에서 주체는 외로움(쓸쓸함)을 느낀다. 무의지적 기억 앞에서 주체는 기억을 통제할 수 있는 권력이 없다. 마찬가지로 이질적인 사물 앞에서 주체는 그들이 환기하는 기억을 저장하며, 그들이 각자 '배꼽'을 들여다보는 것처럼 타자로서 기억의 풍경을 사유하게 된다. '발가들벗고 한물에 몸을 씿'는 행위는 먹고 입는 경제적 논리나 조상과 혈연을 따지는 역사논리를 넘어, 자기 내부를 들여다보는 반성성과 관계를 맺는다. 앞서 다룬 시 「탕약(湯藥)」처럼 여섯 가지 약재가 어우러지듯, 관계없는 타인이 맨몸으로 어우러져 '조당(澡堂)'이라는 기억의 장소를 구현하는 것이다. 이곳에서 주체는 '니마들이 번번하니 넓고 눈은 컴컴하니 흐리고/그리고 길즛한 다리에 모두 민숭민숭 하니 다리털이 없는 것'을 발견한다. 동양인의 체형적 특성을 떠올리게 하는 이 구절에서 주체는 식물적인, 느긋하고 비공격적인 공통항을 발견한다. 그렇기에 이들은 '한가한' 태도로 때를 벗기는 것도 잊어버린 채 '제 배꼽

---

202) 이진경, 『근대적 시공간의 탄생』, 푸른숲, 2002, 70쪽.

을 들여다 보거나 남의 낯을 처다 보'거나 '어늬바루 새악씨가 곱기도 한 것 같은 것'을 생각하는 느긋하고 한가한 태도를 보여 준다.

동시에 역사로의 과거를 들여다보기 위해 주체는 과거의 인물을 현재로 불러들인다. '도연명(陶淵明)'이나 '양자(楊子)'는 현재화되는 순간, 그들에게 부여된 사회역사적인 작품이나 사상을 배면으로 하는 대신 '무언가를 즐기고', '더운물에 뛰어들며', '소리를 지르는' 행위로 호출된다. 목욕탕에서 뛰고 소리지르고 목욕을 즐기는 일상적이고 소박한 행위는 은(殷), 상(商), 월(越), 위(衛), 진(晋) 등 기록으로만 남았던 역사가 아닌, 배꼽이나 다른 사람의 얼굴을 처다보는 행동, 여인의 고운 얼굴을 상상하는 평범하고 익숙한 행동을 하는 인물들의 면면으로 제시된다. 회상을 통해 주체는 조선과 중국의 역사적 경계를 교란함으로써, '한가하고 게으'르게만 보이는 '마음'이 실은 '목숨이라든가 인생이라든가 하는 것을 정말 사랑할 줄 아는' 것이라는 결론에 이른다. 주체는 강박적인 발전, 혹은 위에서부터 내려오는 수직적이고 신화적인 역사가 아닌, 발가벗은 상태로 함께 몸을 씻고 때 낀 배꼽을 들여다보는 묵묵하고 외로운, 그리고 한가한 일상적인 행위가 목숨과 인생(人生)을 사유하는 행위로서의 역사라는 깨달음을 제시한다.

오늘은 正月보름이다
대보름 명절인데
나는 멀리 고향을 나서 남의나라 쓸쓸한 객고에 있는 신세로다
넷날 杜甫나 李白같은 이나라의 詩人도
먼 타관에 나서 이 날을 맞은일이 있었을것이다
오늘 고향의 내집에 있다면

새옷을입고 새신도 신고 떡과 고기도 억병 먹고

일가친척들과 서로 몰여 즐거이 웃음으로 지날것이였만

나는 오늘 때문은 입듯옷에 마른물고기 한토막으로

혼자 외로히 앉어 이것저것 쓸쓸한 생각을하는것이다

녯날 그 杜甫나 李白같은 이나라의 詩人도

이날 이렇게 마른물고기 한토막으로 외로히 쓸쓸한 생각을 한적도

있었을것이다

나는 이제 어늬 먼 윈진 거리에 한고향사람의 조고마한 가업집이 있

는것을 생각하고

이집에가서 그 맛스러운 떡국이라도 한그릇 사먹으리라한다

우리네 조상들이 먼먼 녯날로부터 대대로 이날엔 으레히 그러하며

오듯이

먼 타관에 난 그 杜甫나 李白같은 이나라의 詩人도

이날은 그어늬 한고향 사람의 주막이나 飯館을 찾아가서

그 조상들이 대대로 하든 본래로 元宵라는떡을 입에대며

스스로 마음을 느꾸어 위안하지 않었을것인가

그러면서 이 마음이 맑은 녯 詩人들은

먼훗날 그들의 먼 훗자손 들도

그들의 본을 따서 이날에는 元宵를 먹을것을

외로히 타관에 나서도 이 원소를 먹을것을 생각하며

그들이 아득하니 슬펐을 듯이

나도 떡국을 노코 아득하니 슬플것이로다

아, 이 正月대보름 명절인데

거리에는 오독독이 탕탕 터지고 胡弓소리 삘삘높아서

내쓸쓸한 마음엔 작고 이 나라의 녯詩人들이 그들의 쓸쓸한 마음들

이 생각난다

내 쓸쓸한 마음은 아마 杜甫나 李白같은 사람들의 마음인지도 모를

것이다

　아모려나 이것은 넷투의 쓸쓸한 마음이다

- 「杜甫나 李白같이」 전문

　주체는 '남의나라 쓸쓸한 객고'에 앉아 정월 대보름에 고향에 갔다면 누릴 수 있었을 기쁨을 생각한다. 주체는 '마른물고기 한토막'이라는 궁핍한 밥상을 마주하면서 외로움을 자각하게 된다. 명절의 풍성함 대신 마주한 '마른' 물고기 '한토막'은 타국으로 밀려 온 이의 가난한 밥상을 환기한다. 이때 주체는 '이나라의 시인(詩人)'을 현재화해 자기 삶에 침투시킨다.

　주체가 조국의 시인, 특히 타국으로 간 조국의 시인을 인용하지 않고 이곳의 시인인 두보나 이백을 끌어오는 이유를 생각해 보아야 한다. '우리네 조상들이'와 '이나라의 시인' 등의 표현에서 조선과 중국이 구분되어 있으므로 유교문화권으로 인한 동질감이 이들을 호출한 계기는 아님을 알 수 있다. 오히려 주체는 조국과 타국, 그리고 '우리네 조상'과 '이나라의 시인'을 같은 자리 안에 불러 모은다. '이나라의 시인'들과 주체가 시공간적 간극을 뛰어넘어 현재화된 데에는 그들이 모두 '마른물고기 한토막으로 외로히 쓸쓸한 생각을 한적도 있'었을 것이라는 생각에서이다. 두보나 이백 모두 관직에서 물러나 한가로이 시를 썼지만, 시 너머에는 분명 궁핍과 고독이 존재했다. 외로움과 쓸쓸함은 삶을 살아가는 모든 이들이 한 번은 경험하는 보편적이며 근원적인 경험이다.

　쓸쓸함과 외로움, 타자로서의 자신을 마주하게 되는 경험은 '떡국'－'원소(元宵)'를 먹는 행동으로 이어진다. 외진 곳에 있는 '조고마한

가업집'은 '맛스러운 떡국'과 온기를 통해 동향에 대한 그리움을 달랠 수 있는 공간이다. 이곳에서 주체는 스스로를 위안할뿐 아니라 현재 시점에서 호출하는 두보나 이백의 '삶'과 '마음'을 탐색한다. 그리움과 외로움을 달래기 위해 자신과 아주 작은 접촉점이 있었을 사람들을 찾아가는 행위, 그리고 이전부터 내려온 풍습을 확인하는 행위는 '마음을 느꾸어 위안'하는 개별자의 행위이자 좀 더 발전해서는 쓸쓸한 이들의 '현재'로서의 역사가 된다.

그리고 이 현재로서의 역사는 '떡국'과 '원소'라는 서로 다른 습관을 같은 자리로 불러 모으는 핵심이 된다. 주체는 '우리네 조상'이 있었을 '먼먼 옛날', 그리고 '마음이 맑은 옛 시인(詩人)', '먼 훗날 그들의 먼 훗자손'이라는 각기 다른 국가, 각기 다른 '아득한' 시공간에 놓인 이들이 구성하는 '외로움'의 역사에까지 이른다. 그리고 그것을 견디고 외로움의 역사를 구성하는 것이 '쓸쓸한 마음'에서 우러나오는 두보나 이백의 '마음'이라는 자각에 이른다. 이 시인들 역시 자신들의 훗자손들이 '그들의 본을 따' 외로움을 '느꾸어' 위안함으로서 순간의 역사, 사소한 각성을 이룰 것을 예감했으리라는 부분에서 이를 알 수 있다. 주체가 발견한 역사로서의 기억은 승리의 역사, 혹은 싸움의 역사 대신 타인의 외로움과 쓸쓸함을 포착하는 '마음'으로서의 현재라는 역사인 것이다.


## B. 자연사(史) 해체와 무력감의 극복

순환론적인 시간, 혹은 연속적인 시간관은 과거와 현재와 미래를 질서 있게 묶는다는 점에서 자기동일성을 안정적으로 지탱한다. 그러나 발전적이고 직선적인 시간관의 너머에는 근대적 시간논리가 놓여 있다. 동질적이고 균질적인 척도로서의 시간은 누적 가능하고 방향성이 있는 '항상적 새로움'으로 가득 찬 '이질성'의 시간을 기대하게 한다.203) 역사의 관점에서도 마찬가지다. 집단기억으로서의 역사는 '진보'적 시간관을 중심으로 발전논리를 제시하며, '더 나은' 미래를 환등상으로 제시한다. 한편 이 논리에 적응하지 못하는 이들에게도, 읽혀지지 않는 역사적 경험이 존재하는데, 이것이 바로 '무력감'이다. 경제적 기반이 몰락한 부르주아지를 폭로하는 감정이 바로 '무력감'이라는 지적을 감안한다면,204) 무력감을 둘러싼 조건과 무력감을 활용하는 방식을 살펴볼 필요가 있다.205)

백석의 시에서 종종 지적되는 문제 중 하나로 제국주의적 침탈이라는 현실적 압력이 명료하게 드러나지 않는다는 점을 생각할 수 있다.

---

203) 라인하르트 코젤렉(Reinhart Koselleck), 『지나간 미래』, 한철 역, 문학동네, 1998, 13 -70쪽.
204) 발터 벤야민, 「사진의 작은 역사」, 『선집2』, 최성만 옮김, 길, 2007, 181쪽.
205) '무력감'은 한편으로 승리자와 패배자, 가해자나 피해자 등의 이분법적 도식을 교란한다. 권력기반이 무너진 부르주아가 몰락한다 할지라도 그것을 부르주아의 패배라고 말할 수 없고, 프롤레타리아가 승리했다고 말할 수도 없기 때문이다. 오히려 그는 무력감은 부르주아나 프롤레타리아를 구분하지 않고 느낄 수 있는 감정이며, 이 감정을 야기하는 경제적 기반의 붕괴 역시 사회구조 안에서 판단해야 할 문제라는 점에 집중한다. 한편으로 벤야민이 '진보'에 대한 신뢰로서의 역사에 일침을 가하면서 지적한 부분 중 관심을 두어야 할 부분은 바로 승자에 대한 감정이입인데, 유겐트양식에서 부르주아의 몰락을 읽고 부르주아의 '패배'로서의 역사를 기록한다고 보는 것이 위험한 것처럼, 이것을 프롤레타리아의 '승리'로 보는 것 역시 위험한 논리가 된다. "자신들이 시대의 물결을 타고 간다는 견해만큼 독일 노동자 계급을 타락시킨 것은 없다" 발터 벤야민, 「역사의 개념에 대하여」, 『선집5』, 최성만 옮김, 길, 2008, 340쪽. 강조는 저자와 역자 모두.

실제 이 문제는 이미 오장환의 초기 단평에서부터 지적되어 온 바이기도 하다. 그렇지만 그의 시에서 현실적인 편린들이 드러나는 시편들은 무시할 수 없다. 「정주성(定州成)」, 「정문촌(旌門村)」은 폐허로 남은 성터, 먼지만 쌓인 나무판이나(木刻額)이나 사십이 넘은 말군에게 시집간 열다섯 간난이의 인생을 있는 그대로 제시한다. 이 외에도 남편과 자식을 잃고 '눈물방울과 같이' '머리오리'를 떨어뜨리며 출가한 여인의 삶과(「여승(女僧)」) 가족에게서 떨어져 나간 '거미새끼'(「수라(修羅)」)의 삶은 자연사 앞에서 무력해진 개개인의 삶으로 변주된다. 전술한 대로 저항할 수 없는 거대한 흐름 앞에서 인간의 생은 '머리오리', '거미새끼'처럼 쉽게 휩쓸리는 가벼운 것이 되어 버린다. 이는 백석이 포착한 현실의 편린이 정확히 시화된 것으로 읽을 수 있다. 그렇기에 '머리오리'나 '거미새끼'는 원인을 포착하기 어려운, 복합적으로 작용하는 현실의 폭풍 앞에서 무력해진 주체의 제스처를 시화한 이미지가 된다.

등단작에서부터 찾아볼 수 있듯, 주체는 '한민족', 그리고 '조선'이라고 하는 국가를 명료하게 규정하지 않는다. 30 - 40년대의 민족담론은 일본의 역사논리에 대항하는, 또 하나의 이데올로기적 역사이자 의지적 기억으로서의 역사를 제시한다. 백석 시는 이들과는 다른 노선을 걷는다. 백석의 등단작은 국가 차원의 역사담론에 균열을 가하면서 '위로부터의 역사'뿐 아니라 '민족사', 그리고 자연사 자체를 교란한다는 점에서 '다른' 역사를 이야기한다. 이것은 진보적 역사관과 민족주의적 역사 - 기억이 아닌 사소한 개인의 역사, 자연사와의 대비되는 역사, 순간의 꿈을 읽어내는 과정으로서의 역사로 이해할 수 있으며 틈새의 시간, 게릴라적이고 무의지적인 기억의 힘으로서 의미를 갖는다.

① 山턱원두막은뷔였나 불빛이외롭다
　헌깁심지에 아즈까리기름의 쪼는소리가들리는듯하다

　잠자리조을든 문허진成터
　반디불이난다 파란魂들갓다
　어데서말잇는듯이 크다란山새한마리 어두운곬작이로난다

　헐리다남은城門이
　한을빛같이훤하다
　날이밝으면 또 메기수염의늙은이가 청배를팔러올것이다
　　　　　　　　　　　　　　　　　　－「定州城」 전문

② 주홍칠이날은旌門이하나 마을어구에잇었다

　孝子盧迪之之族門 - 몬지가 겹겹이앉은木刻의 額에
　나는 열살이넘도록 갈지字둘을웃었다

　아카시아꽃의 향기가가득하니 꿀벌들이많이날어드는 아츰
　구신은없고 부헝이가 담벽을따쫗고 죽었다

　기왓골에 배암이푸르스름히206)빛난달밤이있었다
　아이들은 쪽재피같이 먼길을돌았다

　旌門집 가난이는 열다섯에
　늙은말군한테 시집을갔겄다
　　　　　　　　　　　　　　　　　　－「旌門村」 전문

_____
206) 원문에는 '푸트스름히'로 기록되어 있으나, 오기로 판단하고 '푸르스름히'로 수정한다.

인용한 두 편의 시에서 공통적으로 나타나는 것은 쇠락하고 낡은 삶의 풍경이자 '위로부터의 역사'(사적 유물론)의 해체이다. 홍경래의 난이 일어난 ①'정주성'의 '문허진성(城)터'는 역사적 관점에서 두 가지로 해석된다. 첫째는 신분제를 유지했던 조선의 몰락이다. 둘째는 조선의 신분제에 대항한 홍경래의 혁명(진보론적 관점)의 실패이다. ②의 먼지투성이의 목각액(나무액자)은 ①의 무너진 성터와 유사하다. 조정에서 효자를 기리고자 내린 기념비는 의지적 기억의 산물이지만 먼지가 쌓인 채 놓여 있는 나무는 집안의 몰락을 드러낸다. 이런 현실이 '지금'이라는 주체의 서늘한 시선은 비문의 내용은 알지 못한 채 갈지(之) 자 모양이 연속된 것을 보고 웃는 천진한 유년기의 '나'의 모습, 그리고 가난이의 운명과 대조되며 비극성을 드러낸다.

이제 자연사를 해체한 주체가 주목한 것이 무엇인지 더듬어야 한다. '헐리다 남은 성문'을 바라보는 주체의 시선은 양면적이다. 한편으로는 무너졌지만 반은 남아 성문의 역할을 수행하기 때문이다. 저녁 시간에 성문이 '한울빛같이훤'한 것은 빛이 시적 주체의 내면에서 부여되었기 때문이다. 문에 접촉하는 잠자리, 반딧불, 새, 하늘 등이 긍정적인 가치평가대상이라는 점도 해체된 자연사를 대체하는 일상사를 보여준다. 성문 옆에서 메기수염의 늙은이는 '또' 그 근처에 청배를 팔러 나온다. 익지 않은 '청배'와 '파란혼(魂)'의 유사성은 허물어진 역사 대신 일상사, 그리고 이들의 삶에 대한 연민이 배인 데서 찾을 수 있다. 그렇기에 ②에서도 '아카시아꽃' 향기가 끌어당기는 '꿀벌'의 존재를 남겨 놓은 것이다.

이러한 시적 주체의 시선은 역사는 당연히 진보하는 것이라는 믿음에 발동을 건다. 유적지조차 되지 못한 헐린 성문과 먼지 쌓인 목각패는 오백여 년을 이어 온 '조선'이라는 국가의 무력함뿐 아니라, 형제국 조선을 발전시키겠다는 일본의 선전 역시 허상이라는 것을 예언적으로 제시한다.[207] 몰락한 가족의 역사 혹은 가문의 역사 역시 '위로부터의 역사'의 허구성을 드러낼 뿐이다.

女僧은 合掌하고 절을했다
가지취의 내음새가났다
쓸쓸한낮이 넷날같이 늙었다
나는 佛經처럼 설어워졌다

平安道의 어늬 山깊은 금덤판
나는 파리한女人에게서 옥수수를샀다
女人은 나어린딸아이를따리며 가을밤같이차게울었다

섭벌같이 나아간지아비 기다려 十年이갔다
지아비는 돌아오지않고
어린딸은 도라지꽃이좋아 돌무덤으로갔다

山꿩도 설게울은 슳븐날이있었다
山절의마당귀에 여인의머리오리가 눈물방울과같이 떨어진날이있었다
— 「女僧」 전문

인용시에서는 여승이 된 여인의 삶의 이력이 드러난다. 남편과 아

---

207) 이경수, 「백석의 기행시편에 나타난 장소의 심상지리」, 『민족문화연구』 53권, 고려대학교 민족문화연구소, 2010, 359 - 400쪽, 363쪽.

이를 잃고 혼자 남은 여인의 삶은 '쓸쓸한 낯'과 눈물방울같이 떨어진 '머리오리'에서 유추할 수 있다. 가족의 삶이 해체된 근본적인 원인을 산문적으로 해석한다면 '금점판'에서 찾을 수 있다. 점판은 수공업으로 진행되는 금광을 일컫는데,[208] 개항 이후 조선의 채굴권을 얻는 데 성공한 일본은 1931년 만주사변을 계기로 전쟁자금을 모으기 위해 산금장려정책을 시행한다.[209] 금광에서 금맥을 무리하게 캐다 광부들이 죽는 일도 많았다는 기록을 고려한다면 여인의 남편이 '섭별(섶벌)'처럼 나갔다는 부분을 연관지어 해석할 수 있다. 남편이 죽고 금전판에서 옥수수를 팔며 생계를 유지하던 여인의 서글픈 삶은 '나어린딸아이를따리며 가을밤같이차게울었다'는 부분에서 드러난다. 다른 시 「흰밤」에서 등장한 '밤'이 수절과부가 목매어 죽은 시간적 배경이라는 사실을 환기하고, 3장에서 다룬 '추위'가 사회경제적 지지기반을 잃은 이들이 맞닥뜨린 위기라는 사실 또한 연관짓는다면 '가을밤같이차게' 우는 여인의 울음은 삶과 죽음 사이의 경계가 흐려진 두려움과 분노, 그리고 막막함의 표출로 읽을 수 있을 것이다. 그리고 이 '울음'은 폐허의 실재가 된 '돌무덤'을 심화한다.

시에서 해체하는 자연사는 무엇인가. 바로 일본이 조선을 점령하면서 내세운 명분인 형제국의 보호와 조선의 개화이다. 기술의 진보가 역사적 발달을 이루리라는 근대적 발전논리이자 자연사의 논리는 수

---

208) 고형진 편, 『정본 백석 시집』, 문학동네, 2007, 53쪽, 『백석 시의 물명고』, 고려대학교 출판문화원, 2015, 352쪽, 849쪽.

209) 금광을 둘러싼 조선의 사회경제적 지형에 대해서는 류중렬, 「일제 강점기의 '금 모티프' 소설 연구(1) 김유정 소설을 중심으로」, 『외대어문논집』 13권, 부산외국어대학교 어문학연구소, 1998, 151－166쪽 참고.

탈당한 이들의 폐허가 된 일상사 앞에서 허구성을 드러낸다. 덧붙여 십여 년의 세월을 병치하는 주체의 시각에 유의해야 한다. 연대기적 사건은 2 - 3 - 4 - 1연의 순서로 이어지지만, 주체가 여승에게서 그녀의 망각된 기억, 곧 '여인'으로서의 기억과 수탈된 조선의 삭제된 기억을 불러 오게 되는 계기는 1연에서 찾아볼 수 있기 때문이다.[210] 연속성을 해체하는 주체의 시선을 중심으로 할 때, '불경(佛經)처럼 서러워'졌다고 언급하는 부분에 주목해야 한다. 생을 고해(苦海)로 받아들이는 불가에 귀의해 여승이 된 것은 그녀의 역사이자 기억이지만, 주체 역시 합장하는 여승과 마주치면서 '불경'처럼 서러워지는, 주체 내부의 변화를 겪기 때문이다. 이것은 '여승'으로 환기되는 역사적 산물에 대한 주체의 반응으로, '서러움'은 주체와 대상 사이의 상호침투에서 빚어지는 기억의 부산물이라 할 수 있다. 이 과정에서 '여승'의 과거인 '여인'의 삶은 주체를 둘러싼 사회의 망각 - 자연사가 은폐한 일제강점기의 역사라는 사실이 드러난다.

이렇게해서 아린가슴이 싹기도전이다
어데서 좁쌀알만한 알에서 가제깨인듯한 발이 채 서지도못한 무척 적은새끼 거미가 이번엔 큰거미없어진곧으로와서 아물걸인다
나는 가슴이 메이는듯하다
내손에 올으기라도하라고 나는손을내어미나 분명히 울고불고할 이 작은것은 나를 무서우이 달어나벌이며 나를서럽게한다
나는 이작은것을 곻이 보드러운종이에받어 또 문밖으로벌이며 이것

210) 이 시의 역전적 구성에 대해서는 최라영, 『백석 시 읽기의 즐거움』, 최동호 외 편, 서정시학, 2006, 86쪽 참고.

의엄마와 누나나 형이 가까이이것의걱정을하며있다가 쉬이 맞자기나했
으면 좋으렸만하고 슳버한다

- 「修羅」 부분

인용시에서는 앞선 「여승(女僧)」과 마찬가지로 폐허가 된 삶의 풍경
을 인식한 멜랑콜리적 주체의 모습이 나타난다. 주체의 시선에서 집중
할 부분은 거미를 두고 '슬퍼'하는 마음이다. 타자로 명명되는 '거미'
를 불쌍해하는 대신 '슬퍼'하는 데에는 거미와 주체 사이에 이산(離散)
이라는 공통점이 있기 때문이다. 그렇다면 주체가 거미를 '슬퍼'하는
태도에서 추출할 수 있는 역사적 태도는 무엇인지 생각해 보아야 한
다. 마지막 행인 거미가 '엄마와 누나나 형이 가까이' 있어 '쉬이 맞나
기나했'으면 좋겠다고 생각하는 부분이다. 거미에 자신을 투영한다고
했을 때 '거미 - 주체'의 공식은 일그러지게 된다. 거미를 슬퍼하는 대
상이 주체이듯, 주체를 슬퍼하는 누군가가 드러나야 하지만 그런 대상
이 존재하지 않기 때문이다. 주체가 슬퍼하는 것은 상실한 자기 자신
이다. 따라서 '거미 - 주체'의 공식은 다시 '주체 - 주체'라는 회귀적인
양상으로 일그러진다. 주체가 새끼거미를 불쌍하게 생각했다면, 누군
가가 주체를 불쌍하게 생각해야 한다. 이것이 사적 유물론에서 제시하
는 발전으로서의 구원론이다. 그러나 유물론적 역사주의에서는 외부
에서 오는 구원을 신뢰하는 대신 '자기 자신에게서' 오는 구원을 상기
한다. 거미를 슬퍼하는 스스로를 슬퍼하는 멜랑콜리적 주체는 내부로
에너지를 투사하며 개개인의 망각된 역사를 가늠하도록 유도한다.

아득한 녯날에 나는 떠났다
扶餘를 肅愼을 渤海를 女眞을 遼를 金을.
興安嶺 陰山을 아무우르를 숭가리를.
범과 사슴과 너구리를 배반하고
송어와 메기와 개구리를 속이고 나는 떠났다.

나는 그때
자작나무와 익갈나무의 슬퍼하든것을 기억한다
갈대와 장풍의 붙드든 말도 잊지않었다
오로촌이 멧돌을 잡어 나를 잔치해 보내든것도
쏠론이 십리길을 딸어나와 울든것도 잊지않었다.

나는 그때
㉠아모 익이지못할 슬픔도 시름도 없이
다만 ㉡게을리 먼 앞대로 떠나나왔다
그리하여 따사한 해ㅅ귀에서 하이얀 옷을 입고 매끄러운 밥을먹고
단샘을 마시고 낮잠을 잤다
밤에는 먼 ㉢개소리에 놀라나고
아츰에는 ㉣지나가는 사람마다에게 절을 하면서도
나는 나의 ㉤부끄러움을 알지못했다.

그동안 돌비는 깨어지고 많은 은금보화는 땅에 묻히고 가마귀도 긴
족보를 이루었는데
이리하야 또 한 아득한 새 녯날이 비롯하는때
㉥이제는 참으로 익이지못할 슬픔과 시름에 쫓겨
나는 나의 녯 한울로 땅으로 - 나의 胎盤으로 돌아왔으나

이미 해는 늙고 달은 파리하고 바람은 미치고 보래구름만 혼자 넋없이 떠도는데

아, 나의 조상은 형제는 일가친척은 정다운 이웃은 그리운것은 사랑하는것은 우럴으는것은 나의 자랑은 나의 힘은 없다 바람과 물과 세월과 같이 지나가고 없다.

- 「北方에서 - 鄭玄雄에게」 전문

인용시 「북방(北方)에서 - 정현웅(鄭玄雄)에게」를 산문적으로 독해한 경우, '고향을 떠남 → 고향의 기억을 망각함 → 고향으로 돌아옴 → 부재를 발견함'이라는 서사를 추출할 수 있다. 1연에서는 주체가 버리고 떠난 것들이 드러난다. 목적격 조사 '- 을'의 반복은 시적 주체의 숨가쁜 호흡과 그 너머에서 주체가 느끼는 안타까움, 후회, 그리고 스스로에 대한 분노를 환기한다. '떠났다' - '무엇을'의 반복적인 나열은 시적 주체가 버린 것들을 망각하지 않았음을 반어적으로 제시하는데, 1연의 후반부에서 '기억한다' - '잊지 않았다'가 반복적으로 쓰이는 것 또한 같은 맥락으로 읽을 수 있다.

그가 잊을 수 없었던 것들은 3연에서 선명하게 의미화된다. 여기서 두 가지 문제에 주목해야 한다. 첫째로 1연에 등장하는 사물이 '인간'의 영역을 벗어난 자연물이라는 점이다. 이들의 역할은 2연의 '슬퍼하고' - '붙들고' - '배웅한다'는 동사로 구체화된다. 동사의 강조는 거꾸로 망각의 흔적이 외로움과 슬픔이라는 감정으로 남은 것을 보여준다. 망각된 기억의 산물은 별 볼 일 없는 것들이지만, 주체는 3연에서 언급한 것처럼 '가족'이자 '형제', 그리고 '조상'이자 '이웃'이라고 역

설한다. 더 나아가 그것들이 '힘'이자 '우러르는 대상'이라고 언급한다. 따라서 주체는 해당 대상을 버리고 떠난 자신을 평가절하한다. 시에서 주목할 두 번째 특징이 바로 2연에서 찾아볼 수 있는 주체 스스로에 대한 가치평가이다. 멜랑콜리적 주체에게서 발견할 수 있는 엄혹한 자기평가의 원인은 2연의 ⓒ - ⓜ에서 찾을 수 있다. 주체는 이를 '무지'이자 '부재'라고 본다. ⓒ의 '게으름'은 슬픔과 시름의 부재, 1연에 등장한 소중한 대상들을 인식하지 못한 데에서 비롯된다. ⓒ과 ⓔ 역시 마찬가지이다. 주체와 의미 맺을 수 없는 혹은 의미 맺을 가치가 없는 존재들에게 접촉을 시도했다는 점에서 주체는 '무지'를 드러낸다. ⓜ의 '부끄러움'은 자기 행위의 문제점을 자각할 때 오는 것인데, 이 '부끄러움'을 자각하지 못한 데서 무지가 드러난다. 이제 ⓐ과 ⓑ을 비교해 볼 필요가 있다.

> ⓐ 아모 익이지못할 슬픔도 시름도 <u>없이</u>
> ⓑ <u>이제는</u> 참으로 익이지못할 슬픔과 시름에 <u>쫓겨</u>

ⓐ에서 주체는 슬픔과 시름이 없는, 감정적 부채를 자각하지 못한 상태였으나 ⓑ에서 변화의 지표는 '이제는'이라는 시어로 등장한다. 현재 시제를 지칭하는 '이제는'은 주체의 상태가 변화한 것을 드러낸다. '익이지못할' '슬픔과 시름'에 휘말림으로써 '먼지'처럼 휩쓸린 스스로를 인식했기 때문이다. 과거의 편린에 해당했던 1연의 사물들은 이제 4연으로 의미화된다. 무의지적 기억의 산물이 주체와 마주치면서 새롭게 자리를 잡은 것이다. 한걸음 더 나아가 1연과 4연에 등장하는 사물들은 주체와 함께 확장된다. 시간성을 띠는 시어들과 만나며

역사로서의 기억 이미지를 제시하기 때문이다.

> 1연 : 아득한 녯날, 부여, 숙신, 발해, 여진, 요, 금, 흥안령, 음산, 아
> 무우르
> 4연 : 돌비, 긴 족보, 아득한 새 녯날, 녯 한울, (녯) 땅
> 6연 : 조상, 형제, 일가친척, 세월

각 연에서 추출되는 시어는 모두 '옛'것, 과거라는 대상으로 수렴한다. '아득한' 역시 마찬가지이다. 대상과의 거리를 시공간적으로 감각하기 어려울 때, 주체의 반응을 읽을 필요가 있다. 부재하는 '태반(胎盤)' 앞에서 '아득함'은 무력감을 전환하는 주체의 제스처를 드러내기 때문이다. 앞항에서 다룬 시 「조당(澡堂)에서」, 「두보(杜甫)나 이백(李白) 같이」, 「목구(木具)」에서도 '아득함'을 찾아볼 수 있다. 이때 아득함은 거리감을 드러낼 뿐 아니라, 과거의 사물을 자신의 삶으로 끌어와 현재를 바라보는 힘을 강조하는 데 쓰인다. 인용시에서도 마찬가지이다. 주체가 배반한 대상들은 자각 이후(4연) 의미화됨으로써 회복에 대한 열망을 품게 한다. 3장에서 언급한 '현실압력의 전환'에 대한 열망이 역사적 차원에서 무력감을 극복하려는 의지로 나타나는 것이다. 1연의 무의지적 기억의 영역에서 출현한 대상들은 개인만의 것도, '수원백씨(水原白氏)'로 명명되는 씨족의 역사도, 더 나아가 조선만의 것도 아니기 때문이다. 1연의 역사적 대상은 조선만의 역사가 아니라 북방의 역사이자 동아시아의 역사, 그리고 망각된 슬픔의 보편사적 역사라 할 수 있다.[211]

---

211) 신주철의 논문(「백석의 만주 체류기 작품에 드러난 가치 지향」, 『국제어문』 45, 국

이제 무의지적 기억으로 명명되는 '과거'의 편린들을 포착한 주체
가 어떤 제스처를 취하는가를 제목을 통해 살펴보아야 한다. 장소를
강조하는 '에서'와 부제로 붙은 '정현웅에게'는 주체가 서 있는 자리
(北方)에서 타자(정현웅)에게 건네는 '말'(편지)로 해석할 수 있다. 북방은
주체가 버리고 떠난 무대이자(1연) 이제는 부재만 남은(4연) 장소이다.
이곳에서 주체는 자신이 망각한 것을 인용하고 그 부재를 확인하는
'목소리'를 내고 있다. 다시 말해 이기지 못할 슬픔과 시름 앞에서 망
각된 것들을 부르는 것이 시인의 운명임을 언급하는 것이다.212)

① 촌에서 온 아이여
　촌에서 어제밤에 乘合自動車를 타고 온 아이여
　이렇게 추운데 웃동에 무슨 두룽이같은 것을 하나 걸치고 아래

---

제어문학회, 2009, 251 - 277쪽)을 이 장에서 다시 한 번 생각할 필요가 있다. 앞에
서도 언급했듯, 기존 1930 - 40년대 작품에서 '만주'는 기회의 땅으로 인식되고 있으
며, 조선인이 만주인보다 비교우위를 차지하는 것으로 나타나곤 했다(배주영, 「1930
년 만주를 통해 본 식민지 지식인의 욕망과 정체성」, 『한국학보』112, 일지사(한국
학보), 2003, 35 - 57쪽 ; 윤대석, 「1940년대 '만주'와 한국문학자」, 『한국학보』118,
일지사(한국학보), 2005, 130 - 150쪽). 이와 달리 백석의 시에서 '만주'는 앞선 '여
진'에 대해 긍정적으로 인식한 것처럼, 여전히 긍정적인 가치를 부여한다는 점에서
차별화된다. 백석의 만주 이행의 배경에 대한 연구로는 김재용, 「만주 시절의 백석
과 현대성 비판」,(『만주연구』제14집, 만주학회, 2012, 161 - 184쪽)을 참고하였다.
김재용은 백석의 '북방'에서 일본 제국주의의 비판뿐 아니라 현대성에 대한 비판을
모두 읽어낼 수 있다고 보았다.

212) 성찰하는 자로서의 '시인'에 대한 언급은 남기혁, 「백석의 만주시편에 나타난 '시
인'의 표상과 내면적 모럴의 진정성」, 『한중인문학연구』제39집, 한중인문학연구,
95 - 126쪽 참고. 해당 논문에서 남기혁은 백석의 만주시편에서 근대사회의 주체이
자 식민지 시대의 국민이 겪는 무력감과 체념의식을 지적한다. 그에 따르면 백석
시의 주체는 '시인'의 처지를 마땅히 겪을 운명으로 인식하고 순응함으로써 내면적
모럴의 진정성을 지키고자 한다. 이 연구에서는 남기혁의 논의에서 언급한 무력감
앞에 선 '시인'의 내면성과 진정성은 동의하되, 벤야민 이론의 '메시아'론을 적용함
으로써 기억하기와 시쓰기의 적극성을 강조하고자 한다.

두리는 쪽 밝아

벗은 아이여

뽈다구에는 징기징기 앙괭이를 그리고 머리칼이 놀한 아이여

힘을 쓸랴고 벌서부터 두다리가 푸둥푸둥하니 살이 찐 아이여

너는 오늘아츰 무엇에 놀라서 우는구나

분명히 무슨 거줏되고 쓸데없는것에 놀라서

그것이 네 맑고 참된 마음에 분해서 우는구나

이집에 있는 다른 많은 아이들이

모도들 욕심사납게 지게굳게 일부로 청을 돋혀서

어린아이들 치고는 너무나 큰소리로 너무나 튀겁많은 소리로 울어대는데

너만은 타고난 그 외마디소리로 스스로웁게 삼가면서 우는구나

네 소리는 조금 썩심하니 쉬인듯도 하다

네 소리에 내 마음은 반끗히 밝어오고 또 호끈히 더워오고 그리고 즐거워온다

나는 너를 껴안어 올려서 네 머리를 쓰다듬고 힘껏 네 적은 손을 쥐고 흔들고 싶다

네 소리에 나는 촌 농사집의 저녁을 짚는때

나주볓이 가득 들이운 밝은 방안에 혼자 앉어서

실감기며 버선짝을 가지고 쓰렁쓰렁 노는 아이를 생각한다

또 녀름날 낮 기운때 어른들이 모두 벌에 나가고 텅 뷔인 집 토방에서

햇강아지의 쌀랑대는 성화를 받어가며 닭의똥을 주어먹는 아이를 생각한다

촌에서 와서 오늘 아츰 무엇이 분해서 우는 아이여

너는 분명히 하눌이 사랑하는 詩人이나 농사군이 될것이로다.

- 「촌에서 온 아이」 전문

② 그 맑고 거룩한 눈물의 나라에서 온 사람이여
그 따마하고 살틀한 볓살의 나라에서 온 사람이여

눈물의 또 볓살의 나라에서 당신은
이세상에 나드리를 온 것이다
쓸쓸한 나드리를 단기러 온 것이다

눈물의 또 볓살의 나라 사람이여
당신이 그 긴 허리를 구피고 뒤짐을 지고 지치운 다리로
싸움과 흥정으로 왁자짓걸하는 거리를 지날때든가
추운겨울밤 병들어누은 가난한 동무의 머리맡에 앉어
말없이 무릎우 어린고양이의 등만 쓰다듬는때든가
당신의 그 고요한 가슴안에 온순한 눈가에
당신네 나라의 그 맑은 한울이 떠오를것이고
당신의 그 푸른 이마에 삐여진 억개쭉지에
당신네 나라의 따사한 바람결이 스치고 갈 것이다

높은산도 높은 꼭다기에 있는듯한
아니면 깊은 문도 깊은 밑바닥에 있는듯한 당신네 나라의
하늘은 얼마나 맑고 높을것인가
바람은 얼마나 따사하고 향기로울 것인가
그리고 이 하늘아래 바람결속에 퍼진
그 풍속은 인정은 그리고 그말은 얼마나 좋고 아름다울 것인가
다만 한마람 목이 긴 詩人은 안다
「도스토이엡흐스키」며 「죠이쓰」며 누구보다도 잘 알고 일등가는
소설도 쓰지만
아모것도 모르는듯이 어드근한 방안에 굴어 게으르는것을 좋아

하는 그 풍속을

사랑하는 어린것에게 엿한가락을 아끼고 위하는 안해에겐 해진
옷을 입히면서도
마음이 가난한 낯설은 사람에게 수백량돈을 거저 주는 그 인정
을 그리고 또
그 말을
사람은 모든것을 다 잃어벌이고 넋하나를 얻는다는 크나큰 그말
을213)

그 멀은 눈물의 또 볓살의 나라에서
이 세상에 나들이를 온 사람이여
이 목이 긴 詩人이 또 게산이 처럼 떠곤다고
당신은 쓸쓸히 웃으며 바둑판을 당기는구려

－「許俊」 전문

위의 두 시는 무력감 앞에서 주체가 특정한 시적 제스처를 드러낸
다는 점에서 공통적이다. 두 시에서는 모두 '시인'의 존재가 등장하는
데, 이들은 공통적으로 다른 사람들이 볼 수 없는 것들을 포착하고 그
것을 말하는 사람으로 제시된다. ①의 '울음'과 ②의 '떠곤다'(떠든다)가
그것이다. 두 시에서 주체는 공통적으로 누군가에게 말을 걺으로써
그들과 자신 사이의 거리를 줄이고자 애쓰는 동시에 그들의 이미지를
포착하려 한다. ①에서는 울음을 우는 '아이'를, ②에서는 '당신'을 둘
러싼 기억을 더듬어가기 때문이다.

---

213) 원본에서는 '마람'으로 되어 있으나, 오기로 간주하고 '사람'으로 수정하였다.

차이점이라고 한다면 ①에서 주체가 호명하는 대상이 '시인'으로 직접적으로 명명되지만, ②에서는 주체가 '시인'이며, '당신'은 시인인 주체가 볼 수 있는 '미약한 메시아'적 존재라는 점이다. ①에서 거짓 앞에서 분기를 품지만 '삼가며' 울음을 터뜨리는 시인은 분노의 대상과 제스처를 드러낸다. ②에서 시인은 주체 자신이다. 대신 주체는 '당신'으로 표현되는 망각된 역사의 무력한 인물들의 특징을 표면화함으로써 '당신'과 '나' 사이의 거리를 좁히고 있다.

'아이'나 '당신', 그리고 '시인'은 모두 실제로는 '무력한' 대상들이다. '촌'에서 온 '아이'는 공간의 위계질서를 따른다면 가장 무력한 존재이다. 시인 역시 마찬가지이다. 그는 거위('게산이')처럼 떠든다는 (애정 섞인) 타박을 듣는다. 효용성이 없는 이야기를 하기 때문이다. '시인'이 하는 일은 다른 이들은 알 수 없는, 사회적으로는 타자화되고 망각된 '당신'의 행위에 의미를 부여한다. 인용시에 나타난 '당신'의 행동은 앞선 「조당(澡堂)에서」나 「두보(杜甫)나 이백(李白)같이」 등의 시에서 볼 수 있는 '한가로운' '게으른' 행위를 넘어 현실적으로는 무능력한 행위에 가깝다.

둘째로 이들은 자신들의 행위에 도덕적 의미를 부여하거나 기억될 행위로 자랑하지 않는다. 그럼에도 울음소리에 부여된 적극적인 의미를 생각해 보아야 한다. '미약한 울음', '게으르'고 '한가로'운 '울음'은 역설적으로 망각된 역사를 구현하는 몸짓이다. 구체적인 일상사의 몸짓들에 대한 애정 어린 시선은 주체와 대상이 접촉하는 순간의 제스처를 예리하게 포착한다. 벤야민이 '시대의 면역주사'[214]로서 유년기

---

214) 발터 벤야민, 『선집1』, 김영옥, 윤미애, 최성만 옮김, 길, 2007, 10쪽.

의 기억을 제시한 것은 망각된 모습들, 유년기의 모습들에서 느꼈을 감정과 의지, 그리고 희망에 대한 메시지를 복원하려는 의도에서 시작되었다. 이 몸짓은 미약하기 짝이 없다.215) 그럼에도 미약한 틈새를 통해 포착되는 이미지들이 구현되는 방식을 살펴볼 필요가 있다.

①에서 살펴볼 수 있는 천진하기 짝이 없는 아이의 모습은 천진함에 대한 향수와 그리움, 그리고 일상사의 풍경과 그것들을 상실한 현재에 대한 자각으로 이어진다. 현재를 채운 것은 욕심 사나운 가짜 울음소리이다. 이 가운데서 유일하게 '삼가며' 우는 울음소리를 포착한 주체는 현재 상태를 자각하고 일종의 책무를 짊어진 자로 변이된다. 울음을 우는 아이는 연약하지만 미래에 대한 가능성을 제시하는 연약한, 미약한 메시아라 할 수 있다.

②에서는 '당신'을 시화하는 과정에서 공통적으로 지적되는 '오다'라는 시어에 집중해야 한다. 나들이 온 당신의 삶은 순간적이다. 두 시에서 모두 '빛'('반끗히 밝어오고'. '나주볏', '밝은 방안')과 '온기'('호끈히 더워오고', '따사한 바람결')라는 순간적 이미지가 등장하는 것도 같은 맥락이다. 따라서 '바람결', '산꼭대기', '맑고 높은' '하늘' 등 당신을 둘러싼 기억의 연쇄는 유토피아를 환기시킨다. 그러나 현실의 삶은 유토

---

215) 유태교 전통에 따르면 메시아는 곧 올 해방자이자 구원자이다. 그는 화해할 수 없는 대상을 화해시키는, 이상을 구현하는 존재라 할 수 있다. 기독교가 이미 온 메시아를 주장한 것과 달리, 벤야민이 몸담은 유태교 전통에서 메시아는 언젠가는 올 존재이자 지금은 오지 않는 변증법적 존재이다. 그러나 벤야민의 메시아 독법에서 흥미로운 것은 온다/오지 않는다의 사이에 놓인 '미약한' 메시아적 힘을 제시한다는 점이다. 그가 지적한 '미약함'은 '무력감'을 이겨내는 희미한 힘이자 '적그리스도'로 명명되는 부정적인 것들을 이겨내는 힘이며 더 나아가 역사의 천사의 정지상태, 폭풍 앞에 맞서는 미약한 날갯짓이기도 하다. - 「역사의 개념에 대하여」, 『선집5』, 최성만 옮김, 길, 2008, 332쪽.

피아를 구현할 수 없으므로, '당신'의 삶은 서글픈 삶이자 '눈물의 나라'에서 온 삶이 될 수밖에 없다.

그렇다면 무력한 주체와 연약하고 순간적인 힘에 대해 재고해 보아야 한다. 각 시에서 '시인'과 '당신'에 대한 서술, 곧 망각된 기억의 '회상'이 시의 대부분을 차지한다는 점이 그러하다. 이 외에도 대상을 둘러싼 이미지(기억)를 구체적으로 제시한다는 점 역시 생각해 보아야 할 부분이다. 무력감을 극복하고 발화하는 행위는 '시인'이 해야 할 일이다. 그리고 이 행위는 스스로를 무력하게 만드는 삶에 대한 저항으로 정의할 수 있겠다.


## 2. 순수언어(Die reine Sprache) 구현으로서의 명명(der Name)

역사로서의 기억과 순수언어[216)]는 어떤 관계를 맺는가. 앞서 유물론적 역사는 과거를 현재로 끌어 올 수 있는 대상으로 가정하고 있으며, 스쳐 지나가는 과거의 기억에서 '지각되지 않은 지식'을 추출하는 것이라 보았다. 기억의 차원에서도 마찬가지이다. 망각의 영역에서 떠오른 흔적들을 '회상'을 통해 향유하는 주체의 시선은, 현재의 시점에서 과거를 의미화하는 작업과 맥락을 같이 한다. 벤야민은 이 작업을

---

216) 순수언어(Die reine Sprache) : 특유의 신학적 언어철학을 제시하는 벤야민은 신의 창조가 '말'로 이루어졌듯, 인간 역시 동물들의 이름(der Name)을 부름으로써 그들을 실제화하였다고 보았다. 이 언어가 바로 순수언어로 언어가 창조로 직결되는, 언어가 그 본질로 사용되는 것을 뜻한다. 그러나 타락 이후 인간의 언어는 기호로(das wort)로 전락하였다.

'구원'으로, 그리고 쓰기의 방식을 정관, 숙고에서 찾았다. 묻혀 있던 과거에서 아직 말해지지 않은 것, 곧 정신적 '본질'을 찾아내는 것은 역사가와 비평가, 시인 모두에게 적용되는 책무이다. 이때 '정신적 본질'에 집중할 필요가 있는데, 해당 개념은 내용과 형식을 분리하는 개념이 아니다. 오히려 정신적 본질이 '언어' 가운데서 드러나는 것을 의미한다.217) 아직 '지각되지 않은 지식', 가장 순수한 언어는 바로 사물의 '이름'이며,218) 이름을 부르는 것은 본질을 찾아 구원하는 행위라 할 수 있다.

순수언어를 구현하는 것은 시적 언술 속에 등장하는 주체 - 대상의 무의식적이고 반복적인 이미지를 포착하는 것으로 변주 가능하다. 따라서 언어의 차원에서 해당 논의를 적용하기 위해 벤야민의 언어관을 살펴볼 필요가 있다. 그에게도 시적 사유와 언어의 관계 탐색은 중요한 화두였다. '언어'는 단순한 전달수단인가, 혹은 의미 자체인가? 이 질문 앞에서 벤야민은 언어는 '언어 속에서 정신적 본질(자기 자신)을 전달'219)하지만, 그 안에는 '통분 불가능한' 본질이 존재하게 된다고

---

217) 언어는 사물의 언어적 본질을 전달한다. 그러나 이 언어적 본질의 명백한 현상은 언어 자체이다. 언어가 무엇을 전달하느냐에 대한 답은 이렇다. 모든 언어는 자기 자신을 전달한다. - 발터 벤야민, 「언어 일반과 인간의 언어에 대하여」, 『선집6』, 최성만 옮김, 2008, 73 - 74쪽. 강조는 벤야민.

218) "원죄(Sündenfall 인류타락)는 인간의 말이 태어나는 순간으로서, 이 말 속에서 이름은 더 이상 훼손되지 않은 채 살아 있지 못한다. 그 인간의 말은 명백하게, 말하자면 외부로부터 마법적이 되기 위해 이름언어, 인식하는 언어, 어떤 의미에서 내재적인 자체의 마법에서 뛰쳐나온 것이다. 말은 (자기 자신 이외의) **무엇인가를** 전달해야 했다. 이것은 실제로 언어정신의 타락이다." - 위의 글, 89쪽. 강조는 벤야민.

219) "언어는 사물의 언어적 본질을 전달한다. 그러나 이 언어적 본질의 명백한 현상은 언어 자체이다. 언어가 무엇을 전달하느냐에 대한 답은 이렇다. 모든 언어는 자기 **자신을 전달한다.**" - 위의 글, 73 - 74쪽. 강조는 벤야민.

주장한다. 여기에서 벤야민의 언어 논의는 기억의 차원에서 재독할 가능성을 갖는다. 무의지적 기억을 인용하고 명명하는, 다시 말해 '이름을 부여받는' 사물들은 그 과정에서 주체와 대상의 상호침투를 통해 재배치되는 회상작업과 동궤를 이루기 때문이다. 창세기(Genesis)의 창조행위를 환기하는 해당 논의는, 실제 '명명' 행위를 창조행위와 동일시하는 벤야민의 시각과 맞물린다.

1절에서는 순수언어에 대한 탐색이 어떤 형태로 드러나는지 살펴보고자 한다. 2절에서 다룰 작품에는 유랑하는 주체가 등장한다. 3장에서 주체는 '아서라 세상사(世上事)'를 살 돈이 없어 눈시울을 붉혔지만(「내가생각하는것은」), 그럼에도 불구하고 가족, 그리고 친구 등의 의미 있는 관계를 유지하고 있었다. 그러나 4장에서 주체는 '세상같은 건 더러워 버리는 것'(「나와 나타샤와 흰당나귀」)이라고 외치며, '아내도 없'이 땅에 '쥔을 붙'(「남신의주유동박시봉방(南新義州柳洞朴時逢方)」)인다. 앞선 1절에서 다룬 '무력감'은 이와 같은 주체의 상황을 환기하는데, 곧 사회경제적 기반의 상실과 의미 있는 관계의 상실에서 비롯되는 고통을 환기하는 것이다. 사회경제적으로 고립된 주체 앞에 놓인 것은 고독감과 상실감, 그리고 '슬픔'으로 명명되는 정서이다.

이 앞에서 주체는 역설적으로 '없음'을 통해 자신의 운명을 사유한다. 그가 잃은 것은 현실적인 생계수단, 그리고 안정적인 거주공간뿐 아니라 유의미한 관계망 아래 있는 사람들이다. 상실한 것, 그리고 망각된 것을 탐색하는 과정에서 주목할 것은 주체의 발화형식이다. 눈 내리는 겨울밤, '춥고 누긋한', 자기 소유도 아닌 '쥔을 붙인 방', 곧 극한 상황에 놓인 주체는 바로 이 순간 망각의 영역에 놓여 있던 대상들과 마주한다. 주체는 극한의 상황에서 망각의 영역에 놓여 있던 '사랑하는 사람'들을, 그리고 더 나아가서는 그들과 함께 누렸던 '잃어버린 유년'의 기억들과 마주한다. 더 이상 자기 곁에 없는 부모, 누군가의 아내가 된 사람, 그리고 마을공동체가 누렸던 홍성한 기억 등이 그것이다. 주체는 회상작업 가운데 나타난 대상이 '전하는' 의미, '지각되지 않은 지식'을 추출한다. 주체가 놓인 현실적 삶에서 대상은 더 이상 존재하지 않지만, 회상작업을 통해 주체는 대상과 새롭게 관계를 맺는 것이다. 그 결과 주체는 망각된 기억에서 '밝고 그윽하고 깊고 무거운' 것(「수박씨, 호박씨」), '그 무슨 반가운 것'(「국수」)을 마주한다. 더 나아가 이 대상들은 주체에게 '위로하는 듯' '울력하는 듯'(「흰 바람벽이 있어」) 비언어적인 메시지를 전달한다. 벤야민의 논의처럼 대상이 '자기 자신을 언어 속에서 전달하는' 경험을 마주하는 것이다.

홍미로운 것은 이 과정에서 매개되는 것이 '하늘'이라는 점이다. 백석 시에서 '하늘'은 제의적이고 종교적인 의미를 넘어, '시인'이 시인으로 설 수 있게 하는 대상이다. 하늘의 사랑을 받는 존재로서의 시인은 병아리, 당나귀소리, 호박꽃 초롱, 흰구름, 개울 등(「「호박꽃초롱」 서시(序詩)」)의 미약한 것들이 전하는 본질을 읽어낼 수 있기 때문이다. '하늘'이라는 존재와 더불어 주체는 순수언어를 탐색할 수 있게 된다. A항에서 주체의 순수언어 탐색은 문답의 형태로 언표화된다. 곧 '반가운 것'이 무엇인지 끊임없이 질문하고 답하는 것으로(「국수」, 「흰 바람벽이 있어」) 망각된 기억을 언표화하는 것이다. B항에서는 언표화된 기억이 몸의 감각, 특별히 촉각을 통해 재현되면서 '역사'란 무엇인가, 그리고 역사를 언표화하는 언어란 무엇인가를 재사유하는 과정을 살펴볼 것이다(「「호박꽃초롱」 서시(序詩)」, 「수박씨, 호박씨」, 「남신의주유동박시봉방(南新義州柳洞朴時逢方)」).

## A. 화제 집중과 문답의 언술

이 항에서 집중적으로 등장하는 화제는 바로 고독한 공간, 곧 '방'에서 무엇인가를 '질문'하는 것으로 살펴볼 수 있다. 그의 시에서 고립된 '방'은 주체가 '하늘'이 사랑하는 '시인'으로서의 자신과, 자신을 구성하게 만든 기억의 편린들을 통합하는 공간으로 망각된 기억의 총합으로서 무의지적 기억의 공간이라 할 수 있다. 물리적으로는 아무 것도 없는 공간이지만, 이 공간에서 주체가 만나는 것은 앞서 언급한 망각된 풍경들의 새로운 조합이다.

「흰 바람벽이 있어」와 「국수」 두 편의 시에서 공간과 주체의 발화 형식을 살펴볼 것이다. 두 시는 대상의 존재론적 특징을 묻는 질문과 그것에 대한 답으로 구성되어 있는데, 벤야민의 '순수언어'가 이름을 명명하는 창조행위와 밀접하다는 것을 간주한다면 질문과 답변으로 이루어진 구조는 대상을 탐색하는 행위, 그리고 이름을 붙이는 행위로 치환할 수 있기 때문이다.

실제로 두 편의 시에서 주체는 ' - 인가'라는 의문형 어미를 통해 '국수', 혹은 흰 바람벽에 쓰여진 글에 접근한다. '무엇인가', 혹은 '어 인일인가'라는 질문은 현재 주체 앞에 일어난 상황을 이해하지 못해서 나온 질문이 아니다. 오히려 이 질문은 주체가 마주한 이미지들이 주체의 망각된 기억과 충돌하면서 인용되고 재배열되는 과정에서 빛

어지는 탄성에 가깝다. 질문이 반복되고 있으며, 질문이 겨냥하는 대
상 - 이미지가 단독으로 존재하는 것이 아니라 여러 겹으로 나타나고
있다는 것을 그 근거로 제시할 수 있다.

오늘저녁 이 좁다란방의 흰 바람벽에
어쩐지 쓸쓸한것만이 오고 간다
이 흰 바람벽에
㉠ 히미한 十五燭전등이 지치운 불빛을 내어던지고
때글은 다낡은 무명샷쯔가 어두운 그림자를 쉬이고
그리고 또 달디단 매끈한 감주나 한잔 먹고싶다고 생각하는 내
가지가지 외로운 생각이 헤매인다
㉡ 그런데 이것은 또 어인일인가
이 흰 바람벽에
내 가난한 늙은 어머니가 있다
㉢ 내 가난한 늙은 어머니가
이렇게 시퍼러둥둥하니 추운날인데 차디찬 물에 손은 담그고 무
이며 배추를 씻고있다
또 내 사랑하는 사람이 있다
내 사랑하는 어여쁜 사람이
㉣ 어늬 먼 앞대 조용한 개포가의 나즈막한 집에서
그의 지아비와 마조 앉어 대구국을 끓여놓고 저녁을 먹는다
벌서 어린것도 생겨서 옆에 끼고 저녁을 먹는다
그런데 또 이즈막하야 어늬사이엔가
이 흰 바람벽엔
내 쓸쓸한 얼골을 처다보며
이러한 글자들이 지나간다

　　　　- 나는 이 세상에서 가난하고 외롭고 높고 쓸쓸하니 살아가도
ⓜ　　　　록 태어났다
　│　　　 그리고 이세상을 살아가는데
　│　　　 내 가슴은 너무도 많이 뜨거운것으로 호젓한것으로 사랑으로
　└　　　 슬픔으로 가득찬다
┌ 그리고 이번에는 나를 위로하려는듯이 나를 울력하는듯이
│ 눈질을하며 주먹질을하며 이런글자들이 지나간다
│　　　 - 하늘이 이세상을 내일적에 그가 가장 귀해하고 사랑하는것
│　　　 들은 모두 가난하고 외롭고 높고 쓸쓸하니 그리고 언제나 넘
ⓗ　　　 치는 사랑과 슬픔속에 살도록 만드신 것이다
│　　　 초생달과 바구지꽃과 짝새와 당나귀가 그러하듯이
│　　　 그리고 또 「프랑시쓰·쨈」과 陶淵明과 「라이넬·마리아·릴
└　　　 케」가 그러하듯이

-「흰 바람벽이 있어」 전문

　「흰 바람벽이 있어」의 경우 '어머니' - '내 사랑하는 사람' - 그리고
이전의 시인들과 미약한 사물들이 주체의 망각된 기억 앞에 재현되
고, '흰 바람벽'은 그것의 의미를 재조합할 수 있게 한다. 이 과정에서
질문, 그리고 그것에 대한 답으로 이루어진 문답형 언술은 '어인일인
가'라는 질문이 둘러싼 연쇄적 기억을 향유하게 만든다. 그렇기에 산
문적으로 해석하기 어려운 시는 아니다. 외로운 방에서 자신의 운명
을 자각하는 시적 주체의 모습이 전면적으로 드러나 있기 때문이다.
오히려 여기서 집중해야 할 것은 '어인일인가'라고 하는 질문 자체이
다. 시에서 질문은 ⓛ'그런데 또 이것은 어인일인가'로 한 번 등장한
다. 이후 주체 앞에 나타난 '흰 바람벽'이나 '글자들'에만 집중하면 질

문의 환기력이 약해지는 것도 사실이다. 그럼에도 '어인일인가' 라는 질문에 집중할 필요가 있다. '어인일인가'는 현재 주체 앞에 일어난 일을 되묻는 질문이기 때문이다. '어인일인가'는 주체 앞에 나타난 이미지가 낯설다거나, 상황을 이해하지 못해서 나온 질문이 아니다. 오히려 이미지화된 대상들은 친숙한 대상들이며, 주체의 무의지적 기억으로 망각된 대상이기에, 주체보다 먼저 '나타난' 사물들이라 할 수 있다. 이를 뒷받침하는 부분이 ㉠이다. ㉠에서 '가지가지 외로운 <u>생각</u> <u>이 헤매인다</u>'는 부분에 집중할 필요가 있다.

주체는 자신이 생각 '속을' 헤맨다고 하지 않는다. 오히려 '생각이' 헤맨다고 서술하고 있다. 그렇다면 생각은 어디서 헤매는가? 이 질문은 ㉠의 첫 행에 나타난다. '좁다란방의 힌 바람벽'이 바로 그것이다. 이 시의 논리에 따르면 '방'은 사람이 거주하는 공간이지만, 방의 '벽'은 생각이 머무는 공간이다. 이렇게 분화된 데에는 이유가 있다. 주체가 방바닥에 누워 있기 때문이다. ㉠에 등장하는 '전등'이 '불빛'을 '내어 <u>던지고</u>', '무명샷쯔'가 '그림자를 <u>쉬이</u>'게 한다는 구절에 집중할 필요가 있다. '던지고', '쉬이는' 것은 전등과 셔츠만이 아니다. 오히려 이 두 시어에서 빚어지는 '내림'은 시적 주체가 코기토로서의 우위를 내려놓고 사유의 지배권을 무의지적 기억으로 넘겨 이미지들을 자유롭게 풀어놓는 것을 뜻한다. 그렇기에 주체는 주인이 되어 자신의 '생각 속을' 헤집는 대신, '생각'으로 명명되는 무의지적 기억들이 '힌 바람벽'을 자유롭게 헤매게 한 것이다. 이는 '힌 바람벽'이라는 모순적 결합에서 빚어진 시어에서 확인할 수 있다. 벽은 공간을 분리하고 내부의 것을 외부로 새어나가지 않게 막는다. 그런데 공기의 순환을 뜻하는 '바람'

은 투명하고 내부와 외부의 경계를 허문다. '바람'과 '벽'이 만나 생겨
난 '흰 바람벽'은 주체와 기억 사이의 상호침투를 인정하며, 주체가
자신 내부를 투사해 그것을 외화(外化)하는 거울로 기능하고 있다.220)

따라서 '어인일인가' 라는 질문은 낯선 것, 혹은 갑작스러운 것과의
조우에서 터져나온 질문이 아니다. 오히려 익숙한 것들이 재배열되는
과정에서 나온 탄성이라 할 수 있는데, 이것은 '어인일인가' 앞에 붙
은 '또'라는 시어로 인해 강화된다. '또'는 같은 일이 다시 일어났음을
의미하기 때문이다. 따라서 '또'를 중심으로 ⓒ - ⓑ을 살펴볼 필요가
있다.

ⓒ 내 가난한 늙은 어머니가　　- 있다　　　　'또 어인 일인가'
ⓔ 내 사랑하는 어여쁜 사람이　- 있다
ⓜ 글자들이　　　　　　　　　- 지나간다　　(있던 것의 발견)
ⓑ 글자들이　　　　　　　　　- 지나간다

'있다', 그리고 '지나간다'는 이미 있던 것들을 발견했을 때 쓸 수
있는 단어이다. 그렇다면 '있'던 대상들을 발견할 때마다 주체는 그것
들을 맞닥뜨리면서 '어인일인가'라고 외쳤을 것이다. 다만 같은 단락
이 진행되면서 '어인일인가'를 ⓒ 하나에만 배치함으로써, 주체는 불
필요한 반복은 피하되, ⓒ - ⓑ이 같은 무게를 가진, 유사한 시퀀스로
배치되어 있음을 보여 준다. 이 시퀀스의 반복은 앞서 지적했듯, 질문
이 겨냥하는 대상 - 이미지가 단독으로 존재하는 것이 아니라 여러 겹

---

220) 이기성, 앞의 글, 46 - 48쪽.

으로 나타나고 있음을 보여준다.

그렇다면 각 시퀀스의 특징을 살펴볼 필요가 있다. 이들을 공통적으로 묶는 키워드는 바로 '가난함', '외로움', '쓸쓸함'이라고 할 수 있다. 어머니는 가난하고(ⓒ), 사랑했던 사람은 주체가 아닌 다른 사람을 남편으로 맞아 어린 자식을 두고 저녁식사를 하여 주체를 쓸쓸하게 만든다(ⓓ). 이제 ⓓ과 ⓔ 사이에 생략된 질문인 '또 어인일인가'를 호출할 필요가 있다. 이 질문은 ⓔ과 ⓕ에 출현하는 '글자들'을 불러 오는 질문인 동시에, ⓒ과 ⓓ의 의미를 정의하고, 그것과 마주한 주체의 운명을 설명하며, 더 나아가 무의지적 기억창고 속의 다른 이미지와 주체를 유사성 아래 재배치하기 때문이다.

'가난하고 외롭고 높고 쓸쓸하'게 태어난 주체의 운명은 '뜨거운 것', '호젓한 것', 그리고 '사랑', '슬픔'을 '담는'('가득찬') '그릇'이 되는 것이다. 백석의 시에서 '그릇'의 이미지는 '목구'(「목구(木具)」)나 '목욕탕'(「조당(澡堂)에서」)', 그리고 잘 달구어진 '약'(「탕약(湯藥)」), 혹은 뒤에 등장하는 뜨거운 '국수' 그릇(「국수」) 등으로 변주되어 나타난다. 그릇은 무엇인가를 담되 그 대상의 성질, 곧 온기(촉각)와 냄새(후각)를 공유한다. 그리고 그릇 안에 담긴 내용물을 주체가 흡수하면서(미각), 그릇과 사람은 동일화될 수 있다. 그렇다면 슬픔과 사랑을 담는 '그릇'으로 주체를 상정할 때, 슬픔과 사랑은 누가 주는 것이며, 그것을 담는 그릇으로서의 운명은 누가 부여하는 것인가 생각할 필요가 있다. 시 본문에서 유추한다면 '하늘'이 바로 그것이다. 그렇다면 '하늘'이 의미하는 무엇인가 생각할 필요가 있다. 백석의 시에서 하늘은 제의적이고 종교적인 의미로 쓰일 뿐 아니라, '시인'이 자신의 운명을 마주하는 대상으로 사용된다.221) '아득한' 거리에 있는 하늘을 만나야만 주체는 '슬픔'을 인식하게 되는 것이다. '아득한' 시공간 너머의 사물을 '불러'오는 것이 무의지적 기억을 탐사하는 '회상'의 역할이라는 점을 참고한다면, '하늘'은 망각된 무의지적 기억 자체라 할 수 있다. 그리고 망각된 기억의 무대인 '하늘'은 ㉾에서 '사물이 자기 자신을 전달'하게한다. '초생달', '바구지꽃', '짝새', '당나귀'와 '프랑시스 · 쨈', '도연명(陶淵明)', '라이넬 · 마리아 · 릴케'는 동일화되기 어려운 사물들이다. 전항은 동식물과 자연물, 후항은 인간 - 시인이라는 점에서 연관성이 드러나지 않기 때문이다. 그러나 '넘치는 사랑과 슬픔'이라는, '보이지않는' 유사성 하에 아래 사물들은 주체의 무의지적 기억 내부에서 같은 무게를 지닌, 그리고 같은 의미를 지닌 대상으로 재배열된다. 달은 차올랐다 그믐으로 사라지고 꽃은 피었다 진다. 뱁새를 뜻하는 '짝새' 역시 이미지의 겹은 다채롭다. '황새'와의 비교를 환기하는 속담, 그리고 작고 연약함, '짝'이라는 단어에서 빚어지는 연약함 등으로 인해 새 중에서도 주목받지 못하는 존재로 그려진다. '당나귀' 역시 마찬가지이다. 말과 달리 길들여진 채 짐을 지는 수단으로 부려지는 나귀는 네 발 달린 짐승 중 노동강도가 높은, 고단한 동물이다. 주체는 이들의 '슬픔'을 '사랑'으로 변주시킨다. 이 대상들은 외로운 삶을 살아가지만, 생을 견뎌내는 과정에서 그 마음은 '뜨거'우며 '호젓'해진다. 구원은 눈에 보이지 않지만 무미하고 '슴슴한'(「국수」) 삶을 받아들이는 것, 고독한 삶을 살아내는 과정은 결국 삶을 견디는 '사랑'이며, 그럼

---

221) 신주철, 「백석의 만주체류기 작품에 드러난 가치 지향」, 『국제어문』 45, 국제어문학회, 2009, 251 - 277쪽.

에도 불구하고 그것을 의미화하는 '높음'이 시쓰기라는 주체의 인식은 역시 고독하게 살다 간 시인들의 이름인 '프랑시스·쨈', '도연명(陶淵明)', '라이넬·마리아·릴케'의 이름을 '초생달', '바구지꽃', '짝새', '당나귀'에 붙이는 것으로, 더 나아가 '어인일인가'를 질문하는 주체에게 적용하는 것으로 확장된다.

　결국 이 시에서 질문은 '하늘'이라는 대상을 매개로 답을 탐색하는 과정이라 할 수 있는데, 그것이 주는 답변은 '프랑시스·쨈', '도연명(陶淵明)', '라이넬·마리아·릴케', '초생달', '바구지꽃', '짝새', '당나귀'로 드러나는 순수언어를 읽는 것, 그리하여 '가난하고 외롭고 높고 쓸쓸'한 삶의 의미와 '넘치는 사랑과 슬픔'으로 포착된 '기억'을 현재적으로 적용하는 것으로 이해할 수 있다.


㉠⌈ 눈이 많이 와서
　│ 산엣새가 벌로 날여 멕이고
　│ 눈구덩이에 토끼가 더러 빠지기도하면
　└ 마을에는 그무슨 반가운것이 오는가보다
㉡⌈ 한가한 애동들은 여둡도록 꿩사냥을 하고
　│ 가난한 엄매는 밤중에 김치가재미로 가고
　│ 마을을 구수한 즐거움에 싸서 은근하니 홍성 홍성 들뜨게 하며
　└ 이것은 오는 것이다
㉢⌈ 이것은 어느 양지귀 혹은 능달쪽 외따른 산녑 은댕이 예데가리밭에서
　│ 하로밤 뽀오한 힌김속에 접시귀 소기름불이 뿌우현 부엌에
　└ 산멍에같은 분틀을 타고 오는것이다
　⌈ 이것은 아득한 녯날 한가하고 즐겁든 세월로 부터
　│ 실같은 봄비속을 타는듯한 녀름 볕속을 지나서 들쿠레한 구시월

｜ 갈바람속을 지나서

㉣ 대대로 나며 죽으며 죽으며 나며 하는 이 마을 사람들의 으젓한

｜ 마음을 지나서 텁텁한 꿈을 지나서

｜ 집웅에 마당에 우물든덩에 함박눈이 푹푹 싸히는 여늬 하로밤

｜ 아배앞에 그어린 아들앞에 아배앞에는 왕사발에 아들앞에는 새

└ 끼사발에 그득히 실이워 오는것이다

┌ 이것은 그 곰의 잔둥에 업혀서 길어났다는 먼 녯적 큰마니가

㉤ 또 그 집등색이에 서서 자채기를 하면 산넘엣 마을까지 들렸다는

└ 먼 녯적 큰 아바지가 오는것같이 오는것이다


┌ 아, 이 반가운것은 무엇인가

｜ 이 히수무레하고 부드럽고 수수하고 슴슴한것은 무엇인가

｜ 겨울밤 쩡 하니 닉은 동티미국을 좋아하고 얼얼한 댕추가루를 좋

㉥ 아하고 싱싱한 산꿩의 고기를 좋아하고

｜ 그리고 담배내음새 탄수내음새 또 수육을 삶는 육수국 내음새 자

｜ 욱한 더북한

└ 삳방 쩔쩔 끓는 아르굴을 좋아하는 이것은 무엇인가


┌ 이 조용한 마을과 이마을의 으젓한 사람들과 살틀하니 친한것은

㉦ 무엇인가

└ 이 그지없이 枯淡하고 素朴한 것은 무엇인가

－「국수」 전문


「국수」는 시 자체로도 제시하는 풍경이 생생히 그려지는, 영상미가
있는 작품이다. 기억의 편린들이 이미지로 세밀하게 겹쳐진 것이 흥
미로운데, '국수'가 만들어지는 과정, 국수를 먹는 시기(겨울), 국수를
만들어 먹는 사람들(가족 - 마을 공동체)과 국수를 먹는 공간('아르굴')이 층

층이 겹쳐진다. 이 과정에서 '국수'는 단순한 먹거리에서 풍요로운 기억의 연쇄물로 전환된다[222]. '국수'가 만들어지는 과정과 주체의 '질문'이 반복적으로 얽히며 각자 다른 시공간적 지표에서 추출된 이미지들을 엮어내는 데 집중할 필요가 있다.

   ㉠ 시간지표       - '그무슨 반가운 것'
    (겨울 : '눈', '산새', '토끼')

   ㉡ 감각지표       - '이것은 오는 것이다'
    (후각 : '김치', '구수한')

   ㉢ 감각지표       - '이것은 - 타고 오는 것이다'
    (시각 : '뽀오한', '뿌우현', '산멍에')

   ㉣ 시간지표       - '이것은 - 실이워 오는 것이다'
    ('아득한 녯날', '봄비', '녀름 볓속', '들쿠레한 구시월', '대대로',
    '여늬 하로밤')

   ㉤ 시간지표       - '이것은 - 오는것같이 오는 것이다'
    ('녯적 큰마니', '녯적 큰 아바지')

   ㉥ 감각지표       - '이 반가운것은 무엇인가'
    (미각 : '부드럽고 수수하고 슴슴한 것', '동티미국', '댕추가루',
    '간꿩의 고기'

---

222) 이경수는 질문에 대한 답으로 제시되는 이 시의 형태가, '국수라는 정답으로 끝나는 대신 국수의 의미를 확장하는 효과를 발휘한다'고 지적한다. - 이경수, 앞의 책, 100쪽.

후각 : '담배내음새', '탄수내음새', '육수국 내음새'
촉각 : '절절 끓는 아르궅')

Ⓢ 공간지표                  - '이 그지없이 枯淡하고 素朴한 것은'
  ('조용한 마을')              무엇인가'

시는 ㉠부터 Ⓢ까지 총 7개의 시퀀스로 나누어볼 수 있다. 구분의
기준은 '이것은 - 것이다'의 문장형태이다. 해당 시퀀스는 각각 시각,
촉각, 후각, 미각 등의 감각을 활용해 저장된 기억들로 구성되어 있다.
흥미로운 것은 ㉠에서 Ⓢ으로 이르는 과정 중 반복되는 '이것'이라는
시어이다. '이것'은 시의 제목인 '국수'를 대체하는데, '국수'라는 시어
를 본문에서는 감춘 채, 제목으로 분리하고 전체 구조를 '이것은 온
다', '이것은 무엇인가', '이 (어떠한) 것은 무엇이다'로 변형해 전달하고
있다. 곧 '이것은 무엇인가'를 질문하고, 그 질문을 변주해 반복함으로
써 시상을 전개하는 것이다.223) 그 결과 얻는 효과는 두 가지이다.

첫째로 질문의 반복은 '순간적으로 획 지나가는' 대상이자 순간적
으로 변화하는 사물의 진정한 기억을 포착하게 한다. 이를 포착하기
위해서는 두드러지지 않는 이미지를 찾아내야 한다. 언어 속에 내재
된 (사물의) 언어적 본질을 포착하기 위해서는 그것을 둘러싼 기억들을
인용하고 향유하는 것이 필요하다. 양말주머니와 선물을 분리할 수
없었던 유년기 벤야민의 기억론을 떠올릴 필요가 있다. 「국수」에서
주체는 '국수'를 '이것'으로 대체하고, 국수를 둘러싼 다양한 기억의

223) 이경수, 「백석 시에 쓰인 ' - 는 것이다'의 문체적 효과」, 『우리어문연구』 22, 우리어
   문학회, 2004, 319쪽 ; 고형진, 『백석 시 바로 읽기』, 현대문학, 2006, 105쪽.

시퀀스들을(㉠-㉔)을 기억의 연쇄로 인용함으로써 '이것'의 다양한 몸 바꾸기를 이루어낸다. 이 과정에서 시간과 공간, 그리고 다양한 감각이 넘나드는 역동적인 회상의 현장을 마주하는 것이다. 이미지를 제시하는 것은 어떤 의미가 있는가. 해당 논의는 순수언어의 차원에서 생각할 필요가 있다. 정신 혹은 사물의 언어적 본질을 전달하는 순수언어는 이름을 붙이는 것, 곧 사물의 본질에서 드러나는 움직임을 포착하고 명명하는 작업이다. 따라서 '이것'과 '국수'의 몸바꾸기는 '국수'를 둘러싼 분절된 기억을 묶어 재배치하는 것이다.

둘째로 질문의 반복은 독자를 주체의 기억행위에 동참하게 이끄는 작업을 한다. 먼저 '이것은 온다' → '이것은 오는 것이다' → '이 (어떠한 것은) 무엇인가'로 질문이 반복·확장되는 것을 살펴보아야 한다. 질문의 확장은 한정적 수식의 나열을 통해 이루어지고 있는데, 예를 들어 보면 다음과 같다.

㉠ 눈이 내린다 - 새가 온다 - 토끼가 굴에 빠진다

'내린다 - 온다 - 빠진다'는 서술부는 '온다'는 운동성을 강조한다. 눈이 내리듯, 새와 토끼는 먹을 것이 없어 벌판과 마을로 온다. 특히 '새'는 ㉡부분의 '꿩'과 만나며 '토끼'와 함께 '먹거리'를 환기한다. 이것은 눈이 내리는 상황에서 '먹거리(국수)가 온다'는, 곧 '반가운 것이 온다'는 기대감을 추출하게 만든다. ㉢에서도 마찬가지이다.

㉢ 온다 - 밭에서 - 부엌에서
　　(눈이)　　(국수가락)　― '흰 빛'

각 시퀀스마다 서술부 사이에 숨어 있는 '국수'를 풀어나가는 과정이 이 시 전체를 구성하고 있는데, 주체는 '국수'를 자신의 기억 속에서 찾아내는 과정에서 문답을 활용하고 있다. '국수'는 ㉣과 ㉤에서 알 수 있듯 '꿈'과 '세대'를 넘나들며 온 하나의 체험, 곧 '이야기'('큰마니', '큰 아바지')가 포착되는 이미지이기 때문이다. 그리고 그 '겹침'은 '국수'와 '주체' 사이의 상호침투로 이어진다. ㉽부분을 그 예로 들 수 있다. 1 - 2행은 '국수'의 특징을 설명하는 부분이 맞지만, 3행부터는 그 경계가 불분명해진다. '동티미국'. '댕추가루', '산꿩의 고기'를 '좋아'한다는 서술 때문이다. 앞의 세 음식물과 국수는 궁합이 잘 맞는 음식이지만, 그것을 '좋아'하는 대상은 국수일 수도, 그리고 주체를 비롯한 마을 사람들일 수도 있다. 음식물과 사람의 경계가 흐려지는 것이다. 더 나아가 '아르굴(아르굴 : 아랫목)'을 좋아한다는 부분 역시 이러한 해석을 뒷받침한다. 아랫목에서 먹는 것이 어울린다는 뜻으로 '좋아'한다고 서술할 수 있지만, 해당 시어를 통해 독자는 아랫목에 앉아 국수를 먹는 풍경, 국수가 담긴 그릇과 '아르굴'이라는 유사한 음가(音價)로 주체의 기억 아래 유사관계로 배열되면서 그릇에 담긴 국수가 마치 아랫목에 앉은 것처럼 뜨끈하게 주체의 내면을 채워 주는 기억의 확장으로 나아간다.

마지막으로 ㉛에서 '국수'에 부여하는 의미를 읽을 필요가 있다. 주체는 국수를 일컬어 '으젓한 사람들과 살틀하니 친한 것' '그지없이 고담(枯淡)하고 소박(素朴)한 것'으로 명명한다. '슴슴'하고 무미해도 '구수한' 국수는 삶의 격렬한 오미(五味)와는 거리가 멀어 보인다. 그러나 백석의 시편에서 '으젓'함은 주로 오래된 것, 깊은 것(「조당(澡堂)에서」, 「두보(杜甫)나 이백(李白)같이」)과 맥을 같이 한다. 이 시에서도 마찬가지이다. '곰의 잔등에 업'혀 자라난다는 '큰마니', 재채기를 하면 '산넘엣 마을까지 들렀'다는 '큰 아바지'의 오래된 이야기는 짧게는 사계절, 멀게는 집단의 역사와 꿈(㉐)으로서의 기억이 되고, 이 기억의 합은 '국수'로 이미지화된다. 그렇기에 주체는 끊임없이 '무엇인가'라는 질문을 통해 국수의 의미, 그리고 국수를 먹는 행위의 의미를 질문하는 것이며, 그 질문은 답을 알고 확인하는 과정에 가깝다 하겠다. 국수를 둘러싼 망각된 역사를 발견하는 우회로(迂廻路)로 활용됨으로써 현실을 견디는 힘을 주조하는 것이다.

## B. 촉각의 전경화와 역사의 재맥락화

앞항에서 언어 속에 드러난 역사적 기억의 '포착'에 집중했다면, 이 항에서는 언표화된 '역사'의 전달내용은 무엇인가를 다루고자 한다. 백석의 시에서는 시인, 시 쓰는 사람, 그리고 옛 시인들의 모습이 지속적으로 등장한다. 이들은 '하늘'로 드러나는 무의지적 기억의 합 앞에서 회상되는 사물들을 시화한다. 주목할 것은 주체가 집중하는 것이 시인들이 쓰는 시의 '내용'이 아니라, 그들이 하는 '행동'에 집중된다는 점이다. 전술했듯 주체는 떡을 먹으러 가거나 목욕을 하는 행위에서 시인들을 생각한다. 이 외에도 씨앗을 바르거나(「수박씨, 호박씨」), 무릎을 꿇고 종이가 아닌 재 위에 글을 쓰고, 앉는 행위에서 무엇을 '흉내'내는 태도를 찾아볼 수 있다. 특히 시 「「호박꽃초롱」 서시(序詩)」의 경우 주체는 직접적으로 시인이란 '임내(흉내)'내는 사람이라고 언급한다. 이

때 백석 시의 논리를 따르면 '임내'는 '하늘'이 사랑하는 것은 무엇인가를 '재현'하는 행위라 할 수 있다. 그래서 주체는 옛 시인들의 행동을, 그리고 하늘이 사랑하는 사물들의 행위를 재현한다. 여기에서 벤야민의 미메시스론을 참고할 필요가 있다. 벤야민에 따르면 미메시스는 '감각과 수공의 세계, 자본 - 없이 대상을 소유하는 유사성의 세계의 가능성'224)을 보여 준다. 앞선 3장에서 감정이입에서 비롯된 동일화가 '자본 - 없이' 대상을 소유하는 행위였다면, 지금 다룰 B항에서는 '감각과 수공', '대상의 소유'에 집중해야 한다. 감각과 수공에서 비롯되는 몸의 움직임이 '대상의 소유'를 추출하기 때문이다. 이때 몸의 움직임은 말해지지 않는 지식을 포착하는 것, 그리고 '씌어지지 않은 것을 읽'는 것이다. 따라서 백석 시에서 몸의 움직임은 그 자체가 '언어'가 된다. 전술했듯, 언어는 '스스로 자신을 전달하는 정신'이기 때문이다.

그렇다면 백석의 시에서 몸의 움직임으로서의 언어가 무엇을 재맥락화하는지 살펴볼 필요가 있다. 백석의 시에서 미메시스적 활용되는

---

224) "모방적 능력이 스스로를 시험해보는 첫 번째 물질은 바로 인간 육체라는 점, 이러한 인식이 예술의 근원사를 설명하기 위해 지금까지 그랬던 것보다 훨씬 더 힘주어 강조될 필요가 있으리라. 가령 우리는 다음과 같이 자문해보지 않을 수 없다. 가령 가장 초기 원시시대에 대상에 대한 미메시스는 포괄적으로 보면 바로 수행의 미메시스에 기인하는 것이 아니었는지 말이다. 즉 원시인이 대상들과 관계를 맺었던 수행 말이다. 석기시대의 인간이 고라니를 매우 손색없이 그려냈던 까닭은, 바로 화구를 움직였던 손이 고라니를 죽였던 바로 그 화살을 기억해냈기 때문이다." - Walter Benjamin, Zur Ästhetik, Gesammelte Schriften6, 127(미번역) ; 최문규, 『파편과 형세』, 서강대학교출판부, 2012, 129쪽 재인용. ; "특히 손이 탈모방적일 수 있는 까닭은 포획 순간을 떠올리며 흥분, 과시, 상상 같은 비감각적 심리적 영향에 의존된 마머지 손이 대상을 있는 그대로 모방하기보다는 오히려 다른 식으로 창조(왜곡, 변형)할 수 있기 때문이다. 그럴 경우 대상과 서술(묘사), 사태와 이미지 사이에는 만들어진, 창조된 유사성이 개입되는 것이다." - 최문규, 『파편과 형세』, 서강대학교출판부, 2012, 130쪽.

촉각(압각)은 따뜻한 물이나 뜨거운 피(「목구(木具)」), 그리고 달구어진 탕약(「북방(北方)에서 - 정현웅(鄭玄雄)에게」, 「탕약(湯藥)」)을 거쳐 단단한 '씨앗' 내지는 '갈매나무'로 전이된다. 특히 '씨앗'과 단단한 '갈매나무'는 백석 시의 주체가 인식하는 사회역사적 압력과 이에 대응하는 논리를 드러낸다는 점에서 유의미하다. '씨앗'이나 갈매나무'처럼 몸을 웅크린다는 주체의 언술이 환기하는 미래에 대한 기대가 아직 오지 않은 구원으로서의 역사와 맞물린다는 점 또한 생각해 보아야 한다. 그런 의미에서 백석 시에서 촉각성이 변화하는 방식 역시 살펴보아야 할 것이다. 주체는 먼저 압축된 이미지들과 접촉하고, 이후 스스로가 압축을 재현하며 인식의 전환에 다다른다. 씨앗을 입에 넣고 '밝으며' 열기를 품은 화로 앞에 몸을 움츠림으로써 굳고 정한 갈매나무를 몸으로 재현하는 것이다(「남신의주유동박시봉방(南新義州柳洞朴時逢方)」).

그는 '하늘'이 아는 것, 그리고 '마음'으로 드러나는 어떤 것을 '쓴'다. 앞에서 언급한 것처럼 '마음'과 '하늘'이 각각 역사이자 무의지적 기억을 드러낸다고 한 부분과 연결한다면, 몸으로 그것을 '쓰는' 행위는 자신을 구원하는 시쓰기이자 망각된 역사를 쓰는 행위, 곧 역사에 제자리를 부여함으로써 역사를 재맥락화하는 행위라 할 수 있다.

> 어진 사람이 많은 나라에 와서
> 어진 사람의 즛을 어진사람의 마음을 배워서
> 수박씨 닦은것을 호박씨 닦은 것을 입으로 앞니빨로 밝는다
>
> 수박씨 호박씨를 입에 넣는 마음은
> 참으로 철없고 어리석고 게으른 마음이나

이것은 또 참으로 밝고 그윽하고 깊고 무거운 마음이라
이마음안에 아득하니 오랜 세월이 아득하니 오랜 지혜가 또 아득하
니 오랜 人情이 깃들인 것이다
泰山의 구름도 黃河의 물도 옛님군의 땅과 나무의 덕도 이마음안에
아득하니 뵈이는 것이다

이 적고 가부엽고 갤족한 히고 깜안 씨가
조용하니 또 도고하니 손에서 입으로 입에서 손으로 올으날이는 때
벌에 우는 새소리도 듣고싶고 거문고도 한곡조 뜯고싶고 한 五千말
남기고 函谷關도 넘어가고싶고
기쁨이 마음에 뜨는 때는 히고 깜안 씨를 앞니로 까서 잔나비가 되고
근심이 마음에 앉는때는 히고 감안 씨를 혀끝에 물어 까막까치가 되고

어진 사람이 많은 나라에서는
五斗米를 벌고 버드나무아래로 돌아온 사람도
그 넓차개에 수박씨 닦은것은 호박씨 닦은것은 있었을 것이다
나물먹고 물마시고 팔벼개하고 누었든 사람도
그 머리 맡에 수박씨 닦은것은 호박씨 닦은것은 있었을것이다.

- 「수박씨, 호박씨」 전문


인용시에서 주체는 씨앗을 입 안에 넣고 굴리는 단순한 행위를 통
해 작게는 회상, 크게는 시쓰기의 의미를 재독한다. 씨앗을 입에 넣고
굴리는 것은 사소하고 의미 없는 행위에 해당한다. 주체 스스로도 이
를 '참으로 철없고 어리석고 게으른' 마음이라 하였다. '어리석고 게
으른' 것은 가치절하되지 않는다. 이어지는 '밝고 그윽하고 깊고 무거
운'에서 알 수 있듯, 씨앗을 바르는 행위는 한가한 행위이자 자기 내

면을 들여다보는 행위로 '배꼽을 들여다보는'(「조당(澡堂)에서」) 행동의 변주이다.

무의지적 기억의 창고로서 '씨앗'은 '아득한' '세월'과 '지혜', 그리고 '人情'과 '풍경'이 깃들인 사물이다. 다시 말해 세월과 지혜와 인정, 풍경이 '씨앗'이라는 이미지로 몸을 바꾸어 나타난 것이며, 주체는 씨앗에서 음영과 요철이 다채롭게 쌓인 세월과 뜻, 곧 순수언어를 읽어낸다. 씨앗은 한없이 가볍지만(3연) 입과 손을 오르내리며 '마음'을 전달하는('기쁨', '근심') 통로로 활용된다. 여기서 '손'은 씨앗을 나르는 몸의 일부이자, 씨앗을 자기 안에서 굴리며 접촉하는 '몸'이라는 점에서 '입'과 같은 무게를 갖는다. 다시 말해, '입'이 '씨앗'을 물고 단단하게 여문 이야기를 풀어내 '말하듯'(입), 그것을 풀어 '쓰는'(손), 곧 의미를 그 속에서 전달하는 대상으로서의 '언어' 이미지라 할 수 있다. 그렇기에 3연에서 언급했듯, '씨앗'을 입에 물 때, '태산(泰山)의 구름도 황하(黃河)의 물도 옛님군의 땅과 나무의 덕도' 회상이 가능해진다. 이 과정은 한없이 소소하고 별 볼일 없는 행위로 드러난다. 벤야민의 '파편'이 그러했듯, 4연에서 드러나는 씨앗을 무는 행위는 '나물먹고 물마시고 팔벼개하고 눕'는 일상의 행위로 드러난다. 그럼에도 시적 주체는 이 행위가 '인정'과 '덕'이 담긴, '아득'하고 무거운 행위라고 언급한다. 씨앗을 닦는 것 - 씨앗을 입에 물고 손에 쥐는 것은, 씨앗을 감싼 연쇄적인 무의지적 기억 및 망각된 기억에 숨겨진 '썩어지지 않은' 이미지들을 읽고/기록함으로써 현재로서의 역사에 의미를 부여하는 일이기 때문이다.

한울은
울파주가에 우는 병아리를 사랑한다.
우물돌 아래 우는 돌우래를 사랑한다.
그리고 또
버드나무밑 당나귀 소리를 임내내는 詩人을 사랑한다.

한울은
풀 그늘밑에 삿갓쓰고 사는 버슷을 사랑한다.
모래속에 문잠그고 사는 조개를 사랑한다.
그리고 또
두틈한 초가집웅밑에 호박꽃 초롱 혀고 사는 詩人을 사랑한다.

한울은
공중에 떠도는 힌구름을 사랑한다.
골자구니로 숨어흐르는 개울물을 사랑한다.
그리고 또
안윽하고 고요한 시골 거리에서 쟁글쟁글 햇볓만 바래는 詩人을 사
랑한다.

한울은
이러한 詩人이 우리들속에 있는것을 더욱 사랑하는데
이러한 詩人이 누구인것을 세상은 몰라도 좋으나
그러나 그 이름이 姜小泉 인것은 송아지와 꿀벌은 알을것이다.
                                    - 「「호박꽃초롱」 서시(序詩)」 전문

　동화작가이자 시인인 강소천의 시집 『호박꽃초롱』(1941)의 서시로
쓴 이 시는 '시인'의 의미를 반복적인 언술 하에 구체화한다. 여기서 홍

미로운 것은 1 - 3연이 같은 음보와 구조로 반복된다는 점, 그리고 '하늘은 사랑한다'로 이루어진 각 연의 병렬적 구성이 '자연물의 제시+시인의 행동'으로 이루어져 있다는 점, 마지막으로 시인의 행동이 '임내'(흉내)에 집중되어 있다는 점이다. 1연에서 '시인'은 '병아리', '돌우래', '당나귀 소리'를 '임내'내고, 2연에서는 '버슷'(버섯), '조개'와 마찬가지로 불을 '혀'(켜)서 시인 자신이 놓인 공간을 밝힌다. 삿갓과 조개의 껍데기가 공간을 분리하는 것, 그리고 초롱불을 켜 방을 밝히는 행위가 '분리' 라는 행위에서 동일화되면서 1연에서 언급한 '임내'의 변주가 일어나고 있음을 보여 준다. 3연에서도 마찬가지이다. '흰구름', '개울물'은 '떠'돈다는 점, 그리고 '흐르'고 있다는 점에서 '시골 거리'를 헤매는 시인의 행위가 앞 사물들을 '임내'내는 것임을 지적한다.

이제 앞서 설명한 '임내'를 역사의 재맥락화 차원에서 설명할 필요가 있다. 시인의 '임내'가 단순한 흉내를 넘어서기 때문이다. 미메시스 차원에서 '임내'를 살펴 보기 위해서는 시어 '한울(하늘)'을 먼저 조명해야 한다. '아득'히 멀리 있는 하늘(그리고 역사)를 주체에게로 끌어오는 행위이자, 1 - 3연의 미약한 사물이 '순간적으로' 펼쳐내는 '자기 자신'을 읽는 행위이기도 하다. 앞선 시에서 분석했듯, '하늘', 그리고 '흰 바람벽'은 망각된 기억이자 무의지적 기억이 펼쳐지는 무대이다. 그리고 이 아래서 병아리와 돌우래, 그리고 당나귀, 버섯, 조개, 흰구름, 개울물 등이 자기 자신을 전달한다. 자신을 전달하는 방식은 1연의 '우는', 2연의 '쓰는', 3연의 '흐르는'에서 살펴볼 수 있다. 다만 '가', '아래', '밑', '쓰고', '잠그고', '밑에', '숨은' 등의 시어와 연결해 전달방식을 생각해야 한다. 사물과 기억이 자기 자신을 곧바로 전달하는 것이 아니라 '숨어서' 전달하기 때문이다. 이는 망각된 기억, 폐허가 된 기억들을 '찾아내는' 주체의 시선과 맞물린다. 주체는 망각된 과거를 현재화하며, 그것을 적절하게 언표화해야 한다. 이 과정이 시에서는 '임내'에 농축된 것이다.

이제 '임내'의 양상을 살펴보아야 한다. 각 연의 마지막에 '임내'의 구체적인 작동방식이 드러나기 때문이다. '소리를 임내내기' - '호박꽃 초롱 켜기' - '햇볕을 바래기'. 이 세 가지 행동은 자연물의 행위를 유사하게 흉내내는 것이자, 한편으로는 '몸'의 움직임을 통해 구현된다는 데 공통점이 있다. 따라서 망각된 대상을 시화하는 작업은 몸으로 '그려내는' 것이며 시쓰기는 통분 불가능한 어떤 것을 비(非)언어의 언어로 재현하는 것이 된다.

> 어느 사이에 나는 아내도 없고, 또,
> 아내와 같이 살던 집도 없어지고,
> 그리고 살뜰한 부모며 동생들과도 멀리 떨어져서,
> 그 어느 바람 세인 쓸쓸한 거리 끝에 헤매이었다.
> 바로 날도 저물어서,
> 바람은 더욱 세게 불고, 추위는 점점 더해 오는데,
> 나는 어느 목수네 집 헌 삿을 깐,
> 한 방에 들어서 쥔을 붙이었다.
> 이리하여 나는 이 습내 나는 춥고, 누긋한 방에서,
> 낮이나 밤이나 나는 나 혼자도 너무 많은 것 같이 생각하며,
> 딜옹배기에 북덕불이라도 담겨 오면,
> 이것을 안고 손을 쬐며 재우에 뜻 없이 글자를 쓰기도 하며,
> 또 문 밖에 나가디두 않구 자리에 누어서,

머리에 손깍지 벼개를 하고 굴기도 하면서,
나는 내 슬픔이며 어리석음이며를 소 처럼 연하여 쌔김질하는 것이었다.
내 가슴이 꽉 메어 올 적이며,
내 눈에 뜨거운 것이 핑 괴일 적이며,
또 내 스스로 화끈 낯이 붉도록 부끄러울 적이며,
나는 내 슬픔과 어리석음에 눌리어 죽을 수 밖에 없는 것을 느끼
는 것이었다.
그러나 잠시 뒤에 나는 고개를 들어,
허연 문창을 바라보든가 또 눈을 떠서 높은 턴정을 쳐다보는 것인데,
이 때 나는 내 뜻이며 힘으로, 나를 이끌어 가는 것이 힘든 일인
것을 생각하고,
이것들보다 더 크고, 높은 것이 있어서, 나를 마음대로 굴려 가는
것을 생각하는 것인데,
이렇게하여 여러 날이 지나는 동안에,
내 어지러운 마음에는 슬픔이며, 한탄이며, 가라앉을 것은 차츰
앙금이 되어 가라앉고,
외로운 생각만이 드는 때 쯤 해서는,
더러 나줏손에 쌀랑쌀랑 싸락눈이 와서 문창을 치기도 하는 때도
있는데,
나는 이런 저녁에는 화로를 더욱 다가 끼며, 무릎을 꿀어 보며,
어니 먼 산 뒷옆에 바우 섶에 따로 외로이 서서,
어두어 오는데 하이야니 눈을 맞을, 그 마른 잎새에는,
쌀랑쌀랑 소리도 나며 눈을 맞을
그 드물다는 굳고 정한 갈매나무라는 나무를 생각하는 것이었다.
- 「南新義州柳洞朴時逢方」 전문

언어의 비언어적 재현이 가장 잘 드러난 인용시에서 두드러지는 것은 주체가 직접적으로 느끼는 생의 압력이다. 생의 압력은 시에서 언급되듯 '눌리어 죽을 것' 같을 정도로 압도적이다. 유독 쉼표(,)의 사용이 잦은 것은 주체를 짓누르는 생의 압력을 환기하는데, 이것은 앞서 언급한 것처럼, 한 개인으로서의 주체가 감당할 수 없어 '쫓기'(「북방(北方)에서 - 정현웅(鄭玄雄)에게」)게 만들 정도의 압력이라 할 수 있다. 1-4행에서는 생의 압력을 마주하게 된 계기를 언급하는데, 이것은 물리적이고 정서적인 생활토대의 상실과 박탈에서 비롯된다. '아내', '집', '부모', '동생'과 떨어져 '헤매이'는 주체의 상황은 가족들과 떨어진 '거미새끼'(「수라(修羅)」)의 비극을 환기한다. '헌 삿을 깐' 집은 가족구성원이나 따뜻함이나 정주(定住)의 안정감을 누릴 수 없는 임시적인 공간으로, 자본을 매개로 하지 않으면 곧바로 박탈될('궐을 붙이었다.') 일시적인 공간이다. 그때 주체를 몰아가는 것은 바로 '바람'이다.

이후 주체의 '몸'과 몸의 움직임은 모두 축소된다. 몸의 범위가 거리에서 '방'으로 움직임이 축소되기 때문이다. '북덕불'이 담긴 '딜옹배기'를 '안고' 몸을 웅크리고, 바닥에 몸을 밀착시키며 '누'워 버리는데, 이것은 시적 주체의 물리적, 심리적 위축을 자극하는 외부 상화을 환기한다. 이와 유사한 상화을 제시하는 시는 「흰 바람벽이 있어」이다. 이 시에서도 마찬가지로 주체는 바닥에 눕는다. 기립한, 바로 서는 주체의 우월성을 내려놓는 것이다. 그 결과 주체는 방의 주인이 아니게 되고, 무의지적 기억, 곧 '생각'으로 가득찬 '방'이 자기 자신을 전달하는 '흰 바람벽'으로 작용한다. 그 결과 주체는 자신 앞에 나타나는 무의지적 기억을 마주할 준비단계에 놓이게 된다. 이 해석은

'재' 위에 쓰는 글씨와 '슬픔이나 어리석음이며'를 '쌔김질'한다는 부분에서 강화된다. 원 대상이 불에 타 버려 연기와 냄새로 남은 '재'는 원래 사물을 상상할 '흔적'이 된다. 주체가 이 '재' 위에 쓰는 것은 '슬픔이나 어리석음'에 대한 '뜻 없는 글자'라 할 수 있다. 일차적으로 슬픔과 어리석음은 세상사에 적응하지 못한 이들에게 붙이는 가치평가이지만, 백석의 시에서 슬픔과 어리석음은 '으젓하고' '맑고' '깊은', 그리고 '오래된' 마음의 일부이다. 그렇기에 주체는 자신의 슬픔과 어리석음을 원망하는 대신, 시인이 '임내' 내듯(「「호박꽃초롱」 서시(序詩)」), 소 '처럼' '쌔김질'하는 것이다. 입에 무엇인가를 넣고 '밝는' 행위가 '임내'의 일환임을 기억한다면(「수박씨, 호박씨」), 이 사소한 행위는 '뜻 없는 글자', 곧 언어가 '자기 자신'을 전달하는 행위의 일부임을 알 수 있다. 다시 말해, 흔적으로서의 '재' 위에, 자국도 남지 않는 '뜻 없는 글자'를 '쌔김질'하듯 쓰는 무의미한 행동은, 역설적으로 가장 의미 있는, '하늘'에게서 받은 '사랑'을 재현하는 행위이며, 앞으로 일어날 미약한 메시아, 올 미래에 대한 기대를 표출하는 제스처라 할 수 있다.

그렇다면 '딜옹배기' - '자리에 누어서' - '손깍지 벼개'에서 환기되는 몸의 촉각 - 압각이 어떤 행위를 유도하는지 살펴볼 필요가 있다. 바닥에 누운 주체는 '턴정(천정)'을 '본다'. 「흰 바람벽이 있어」의 '흰 바람벽'이자 '하늘'의 역할을 하는 것이 바로 '턴정'인 것이다. 천정을 바라봄으로써 주체는 충돌하는 기억들, 곧 '혼자도 너무 많은 것' 같이 느껴지던 기억들을 재배열한다. 이 과정에서 얻는 것이 바로 배면으로 드러나는 '하늘'의 역할이다. 하늘은 '바람벽'에서 주체를 '울력하는'(힘을 주어 밀어붙이는) '글자들'같은 깨달음을 던져 주는 대상이다.

'쫓겨' 오듯, '하늘'로 명명되는 '더 크고 높은 것'을 마주한 주체는 자신뿐 아니라 자신을 둘러싼 목숨 있는 것들, 그리고 자신이 몸담은 세계의 망각된 기억으로서의 역사를 재사유하게 된다. 이 깨달음은 '눌리어 죽을 것같은' 생의 압력을 전환해 압축된 씨앗을 '입에서 손으로'보내는 것처럼 '앙금'으로 가라앉히는 것이자, 스스로의 '무릎을 꿇'는 것으로 확장된다. 그리고 마지막으로 주체보다 먼저 생의 압력을 경험한 또 다른 대상을 포착하여 그것을 현재로 인용하는 데 이른다. 두보나 이백, 도연명을 불러 왔던 것처럼, 혹은 '녯사람'들의 소소한 행위를 품은 씨앗을 '밝'았던 것처럼, '갈매나무'를 생각하는 것이다. 이때 '갈매나무'로 포착된 이미지의 특징은 '드물'고 '굳고' '정'하다는 점에서 주목할 필요가 있다. 백석의 시에서 가장 높은 가치평가의 대상을 수식하는 시어가 '외롭고 높고 쓸쓸한', 그리고 '가난한'(「힌바람벽이 있어」) 것이라 생각할 때, '갈매나무'는 그 가치평가를 재전유한 대상이 되기 때문이다. 눈발을 맞고 세월을 '이야기'로 몸바꾼 '국수'와 '슬픔'을 담는 그릇으로서의 '목구', 그리고 오래 전 '시인'의 행위를 임내냈던 대상으로서 '씨앗'이 '갈매나무'라는 이미지 뒤로 읽히기 때문이다.

4장에서는 '역사로서의 기억'에 집중하여 주체가 '현재'로서의 역사를 어떻게 인식하고 있는지 살펴보았다. 1절에서는 유랑 주체는 주체 내부로 투영된 사물에서 망각된 기억의 산물을 '다시' 읽어내는 '시인'으로서의 책무(과제)를 구현하는 과정을 살펴보았다. A항에서는 선조적인 역사개념을 거부하고 순간성, 현재성으로서의 역사를 '마음'이라는 시어로 제시하였으며 B항에서는 자연사를 폐허화된 역사로 인식하고 주체 내부를 응시함으로써 시대적 무력감에 저항하는 '시인'으로서의 주체의 모습을 살펴보았다. 2절에서는 기억으로 드러나는 정신적 본질(순수언어)이 언표화되는 양상을 살펴보았다. A항에서는 '국수', '바람벽' 앞에서 질문하는 문답의 언술을 통해 정신적 본질을 탐색하였으며, B항에서는 현실적 압력을 촉각으로 변주하는 주체가 비언어적 언어로서의 역사를 재맥락화하는 과정을 다루었다.

제 5 장

# 결 론

# 결 론

이 글에서 살펴보고 싶은 것은 세 가지였다. 첫째, 망각된 기억을 회상하는 행위가 개인뿐 아니라 집단에게 무엇을 제시하는가. 둘째, 회상된 기억은 어떻게 변주되어 개인과 집단의 삶 앞에 나타나는가. 셋째, 국권과 언어를 잃고 삶의 기반을 잃었던 시인이 과거의 사소한 편린들을 끊임없이 시화(詩化)하는 것은 무엇을 의미하는가이다. 만주로 이주해 홀로 시를 쓴 백석 시의 주체는 여전히 '외롭고 높고 쓸쓸한', 그리고 '가난한' 세계를 지향한다. 그때 그가 호출하는 것은 '도연명(陶淵明)', '두보(杜甫)', '이백(李白)', '프랜시스 쨈', '라이넬 마리아 릴케' 등 시인의 이름이다. 또한 「북방(北方)에서 - 정현웅(鄭玄雄)에게」, 「흰 바람벽이 있어」, 「남신의주유동박시봉방(南新義州柳洞朴時逢方)」에서 주체는 그리움을 담아 대상들을 부른다. 이것은 기억 속 대상을 환기하는 것과 시쓰기의 연관성을 강하게 환기한다. 문단의 바깥에서 삭제되고 생략된 기억들을 치밀하게 수집하고 전략적으로 활용하는 시쓰기는 개인뿐 아니라 집단을 둘러싼 기억의 합이 지워진 삶의 일부를 조망할 가능성을 제시한다.

이 문제의식은 비슷한 시기, '태어난 도시와 꽤 긴, 영원한 이별'[225]을 하게 된 발터 벤야민의 시선에서도 만날 수 있었다. 유년시절의 이미지를 의도적으로 불러들이되 동경 대신 통찰을 앞세운 그는 이후 망각된 시대를 탐색하기 위해 파리 도서관에서 「파사주」 프로젝트에 매달린다. 나치의 공습이 현실화된 시기에도 파리를 떠나지 못했고, 죽기 직전까지 버리지 못한 이유가 「파사주」에 있었다. 이런 생애사적 특질 역시 '기억'과 그것을 불러내는 '회상'이 한 개인, 그리고 집단의 삶과 맺는 연관성을 가늠하게 한다.

주체는 망각된 기억을 회상함으로써 망각된 삶을 돌려받는다. 그리고 자신이 무엇을 잃어버렸는지 자각하고 그것에 대한 강렬한 열망을 품는다. 상실을 둘러싼 개인적, 사회경제적 조건이 회상을 통해 드러난다는 점을 포함해, 회복에 대한 열망은 '억압된 것의 회귀'라는 프로이트의 논의와도 차별화된다.

유년기의 기억을 '아우라', 여행시편에 등장하는 주체와 집단의 기억을 '꿈 - 깨어남'으로, 그리고 역사적 존재로서의 기억을 '유물론적 역사'로 설정하였다. 그리고 기억의 탐색 양식을 각각 '발굴', '자각', '구원'으로 제시하였다. 이 과정에서 유년기억을 제시하는 텍스트와 성년주체가 주 서술화자로 등장하는 텍스트 사이의 간극을 메울 수 있었다.

---

225) 발터 벤야민, 「서문」, 『선집3』, 윤미애 옮김, 길, 2007, 33쪽.

2장에서는 망각된 유년기억을 '아우라'로 정의하였고, 유년기억을 탐사하는 방식은 '수집', 그리고 그것을 시화하는 주체의 특징을 '발굴'로 설명하였다. 원작의 고유성을 의미할 뿐 아니라 사물의 1회적 현현, 관조 대상에 모여드는 연상의 차원에서도 '기억'과 관계를 맺는다. 백석 시의 유년주체는 옛이야기와 전설, 그리고 풍습과 놀이가 삶과 밀착된 기억을 반복적으로 제시하는데, 이 과정에서 부분에서 전체를 읽어내는 '발굴'의 시선을 찾아볼 수 있다. 유년주체는 망각된 기억을 탐사하는데, 애니미즘적 사유를 믿는 유년주체는 지렁이나 귀신 등을 죽은 존재로 생각하지 않고 자신에게 영향력을 끼칠 수 있는 대상이라 생각한다. 1절에서는 이 과정을 주체가 기억을 '찾고', 기억이 주체를 '찾는' '술래잡기'로 설명하였다. 술래잡기 과정에서 주체가 찾아내는 것은 A항의 애니미즘적 시각에서 발견된 '녯말'이었다. 두려움과 매혹이라는 양가감정은 더 강력하게 '녯말'을 살아 있게 만듦으로써 기억의 아우라적 성향을 강조한다. 한편 술래잡기의 과정은 B항에서 수집된 사물들을 통해 타자화된 사물을 복원하고 망각된 공동체를 형상화하는 시선에서 찾아볼 수 있다. 2절에서는 아우라를 탐색하는 주체의 서술양식에 집중해 기억의 언표화 양식을 경험을 전달하는 '이야기(Erzählung)'로 제시하였다. 주체의 회상은 '전달자'로서의 자신을 자각하는데서 시작된다. 회상을 통해 주체는 기억을 '이야기'로 전달하는 데 집중하는 것이다. A항에서는 나열과 병렬, 그리고 반복어가 기억을 상호보충하며 유년주체의 개인적 기억이나 친족공동체의 전상(全像)을 드러냄을 지적하였다. B항에서는 음식, 곧 전경화된 미각이 '이야기'와 관계맺는 양상을 다루었다. 음식으로 은유된 '이야기'는 유의미한 삶의 서사로서의 '이야기'이자 풍습으로 치환된다. 주체는 삶에 필수적인 먹을거리가 바로 '이야기'로 바뀐 것을 통해 음식을 둘러싼 풍습을 개인, 그리고 집단 모두에 적용되는 살아 있는 기억으로 재맥락화하였다.

3장에서는 백석 시의 여행시편에서 사회적으로 망각된 기억을 '꿈 - 깨어남'으로 설정, 쇠락한 삶의 풍경을 전환시켜 집단의 소망을 '읽'고 그것을 주체가 시쓰기의 차원으로 전이시키는 과정을 '자각'으로 살펴보았다. 백일몽, 혹은 이상으로서의 꿈이 아닌, 일상사의 편린이자 '다음 세대'를 예감하게 하는 흔적을 '꿈'이라고 할 때, 그 '꿈'을 자각하는 방식을 '꿈 - 깨어남'이 할 수 있다. 따라서 '꿈 - 깨어남'은 꿈과 깨어남 사이, 그리고 과거와 현재 사이, 기억내용과 회상하는 주체 사이의 변증법적 자각을 전제로 한다. 조선, 그리고 일본과 중국 등을 여행하는 주체는 1절에서 잃어버린 행복을 기억을 통해 '다시 찾'으려는 '행복변증법'적 욕망 아래 기억을 탐색한다. A항에서는 교환가치를 전유하는 방식이 그리고 인간과 '다른', 그리고 자본주의의 교환가치를 초과하는 사물들에 '이입'하는 과정에서 드러나는 것을 살펴보았다. 그 결과 주체는 '가난'이 수치나 불편함의 대상이 아닌 타자를 지각할 발판으로 인식할 수 있었다. B항에서는 현실압력을 전환하려는 의지가 여성성에 대한 지향으로 나타남을 보았다. 2절에서는 현실을 있는 그대로 드러내는 현상(darstellung)이 알레고리(Allegory)로 드러나는 것을 살펴보았다. A항에서는 사랑대상을 잃은 주체가 유보적인 언술태도를 드러내는 것에 주목해 상실이 대상을 구체화하는 양상을 지적하였다. B항에서는 후각과 청각감각이 공간을 재맥락화하는 과정을 다루었다. 후각과 청각은 여행하며 마주친 장소를 재구축하는 한다. 주체는 북신과 안동이 역사적으로 고정된 공간이 아니며, 산과 바다는 추상적인 공간이 아니라 자연물과 인간이 살아 숨 쉬는 구체적인 삶의 터전이라는 사실을 전달함으로써 국경과 영토의 관념을 재맥락화한다.

4장에서는 역사적 차원에서 백석 시의 기억을 살펴보았다. 주체가 '현재'로서의 역사를 어떻게 인식하고 있는가, 그리고 진보와 자연적 발전논리를 거부하는 유물론적 역사로서의 기억이 묻혀 있던 과거를 어떻게 시 '쓰기'를 통해 '구원'하는가가 중심을 이룬다. 1절에서는 삶의 기반이자 애정대상을 상실한 유랑자, 삶의 기반이자 애정대상을 상실한 멜랑콜리적 주체가 역사로서의 과거를 정관(Kontemplation)을 통해 드러나고 있음을 살펴보았다. A항에서는 개개인이 맺는 동시적 관계로서의 역사를 '마음'의 양가성 아래 다루었다. 선조적인 역사개념을 거부하고 순간성, 현재성으로서의 역사가 '마음'이라는 시어에서 나타나기 때문이다. B항에서는 자연사를 폐허화된 역사로 인식하고 주체 내부를 응시함으로써 시대적 무력감에 저항하는 '시인'으로서의 주체의 모습을 살펴보았다. 이 과정에서 주체 내부로 향한 시선은 무력감을 극복하는 수단이 된다. 2절에서는 기억으로 드러나는 정신적 본질(순수언어)이 언표화되는 양상을 살펴보았다. 주체는 시쓰기를 통한 구원이 순수한 본질을 미메시스적으로 탐색하는 것에서 드러남을 밝혔는데, 이를 대상의 이름을 부르는 '명명'(der Name)으로 제시하였다. A항에서는 주체가 '국수', '바람벽' 앞에서 질문하는 문답을 통해 화제에 집중하는 것을, 그리고 B항에서는 현실적 압력을 촉각으로 변주하는 주체가 비언어적 언어로서의 언어를 재맥락화하는 과정을 다루었다.

그렇다면 그의 시에서 '기억', 그리고 기억을 찾는 '회상'이 어떤 의미를 갖는가, 그리고 시사적으로 어떤 의의를 갖는가 살펴볼 필요가 있다.

첫째로 회상하는 행위의 내면성이나 소극성 대신 회상의 의도성과 적극성을 제시했다는 점이다. 기억탐색의 유형을 '술래잡기', '행복변증법', '정관' 등으로 제시한 데에는 이유가 있다. 주체가 회상하는 대상에 갖는 강렬한 두려움과 매혹, 슬픔과 기쁨, 아쉬움과 사랑은 기억 속 대상들을 생생하게 살아 있게 만든다. 주체의 탐색형식을 통해 개인이 잃어버린 것, 그리고 사회역사적으로 박탈된 것을 기억해내고, 사회역사적 압력을 전환할 힘을 주체 내부에서 찾을 수 있었다.

둘째로 회상하는 주체의 역사적 시각을 읽을 수 있었다. 전술했듯 백석의 시는 기존의 역사, 곧 상상적 공동체를 내면화하는 방식과는 차이가 있다. 그의 시는 일제강점기의 조선의 무력함, 혹은 비근대성을 그대로 노출하면서도 '조선적인 것'의 우위성을 고집하지 않는다. '헐리다 남'은 역사에서 주체가 집중하는 것은 '한울빛'과 청배를 팔러 오는 '늙은이'이다. 여진(女眞)과 신라(新羅), 그리고 소수림왕(小獸林王)과 광개토대왕(廣開土大王), 도연명(陶淵明)과 두보(杜甫)와 이백(李白)과 프랜시스 쨈, 라이넬 마리아 릴케가 공존하는 그의 시선에서 중요한 것은 잊혀진 삶, 망각된 기억이다. 그렇기에 주체는 죽음 혹은 존재의 무의미가 일어나는 '현재'를 조명한다. 이것이 백석 시의 역사의식이다. 안동(安東), 북관(北關) 등에서 국경을 넘어 중국의 시인들을 조명하는 것, 터전을 잃고 눈물을 쏟는 '게집아이', 거짓된 것에 놀라 우는 '아이'에 집중하는 것은 이유가 있다. 앞서 언급한 '부스러기'로 명명되는 삶의 편린, 집중해야 하는 '오래고 깊은 마음'이자 '외롭고 높고 쓸쓸한' 삶의 진실을 읽는 것이 진정한 역사적 시각이라 보기 때문이다.

더 나아가 이 연구의 한계점을 살펴보고, 앞으로의 과제를 고민하고자 한다. 첫째로 '회상'을 통해 재맥락화되는 감각과 언어의 양상을 살펴 보면서 백석 시의 방언 연구와의 연관성을 면밀히 살피지 못한 점이 그것이다. 둘째로 '꿈 - 깨어남'으로서의 기억과 '유물론적 역사'로서의 기억을 다룰 때, 주체의 정서적 차별화를 좀 더 정치하게 구분하지 못했다는 한계가 있다. 셋째, 백석의 짧은 시편들을 통해 기억을 촉발하는 매개가 어떻게 작동하는지를 아우르지 못했다는 아쉬움이 남는다. 이 한계점은 앞으로 연구할 기억의 영향사와 더불어 후속 연구과제로 다루고자 한다.

## 1. 기본자료

고형진 엮음, 『정본 백석 시집』, 문학동네, 2007.
_____, 『백석』, 새미, 1996.
_____, 『백석 시의 물명고 - 백석 시어 분류사전』, 고려대학교 출판문화원, 2015.
김학동 편, 『백석전집』, 새문사, 1990.
송준 엮음, 『백석시전집』, 학영사, 1995.
_____, 『백석 시 전집』, 흰당나귀, 2012.
이동순 편, 『백석시전집』, 창작사, 1987
_____, 『모닥불 : 백석시전집』, 솔, 1998.
이동순, 김문주, 최동호 엮음, 『백석문학전집 1 시』, 서정시학, 2012.
이숭원 주해, 이지나 편 『(원본) 백석 시집』, 깊은샘, 2006.
이숭원 편, 『백석을 만나다』, 태학사, 2008.
정효구 편저, 『백석』, 문학세계사, 1996.
현대시비평연구회 편, 『다시 읽는 백석 시』, 소명, 2014.

## 2. 국내 논저

### 1) 단행본

강수미, 『아이스테시스』, 글항아리, 2011.
고지현, 『꿈과 깨어나기』, 유로, 2007.
고형진, 『한국근대시의 구조연구』, 한샘출판사, 1985.
_____, 「백석 시와 엮음의 미학」, 박노준, 이창민 외, 『현대시의 전통과 창조』, 열화당,
    1998, 1 - 34쪽.

_____, 『백석 시 바로 읽기』, 현대문학, 2006.

_____, 『백석 시를 읽는다는 것』, 문학동네, 2013.

권용선, 『세계와 역사의 몽타주, 벤야민의 아케이드 프로젝트』, 그린비, 2009.

김열규, 「신화와 소년이 만나서 일군 민속시의 세계」, 이선영편, 『1930년대 민족문학의 인식』, 한길사, 1990, 183‑193쪽.

김옥균, 『치도약론』, 이광린 외 역, 한국의 근대사상, 삼성출판사, 1977.

김용직 외, 『한국현대시사의 쟁점』, 시와시학사, 1991.

김용직, 「서정, 실험, 제 목소리 담기」, 김윤식·김우종 외, 『한국현대문학사』, 현대문학, 2002, 181‑203쪽.

김용희, 「몸말의 민족시학과 민족 젠더화의 문제」, 『한국 현대 시어의 탄생』, 소명, 2009, 64‑83쪽.

김우창, 「모더니즘과 근대세계」, 유종호편, 『현대한국문학100년』, 민음사, 1999, 561‑617쪽.

김윤식, 『한국근대문예비평사연구』, 일지사, 1976.

김종철, 「30년대 시인들」, 『시와 역사적 상상력』, 문학과지성사, 1978, 9‑54쪽.

김진송, 『서울에 딴스홀을 허하라』, 현실문화연구원, 1999.

김헌선, 「한국시가의 엮음과 백석 시의 변용」, 제3세대비평문학회 편, 『한국현대시인연구』, 신아, 1988, 225‑248쪽.

김홍중, 『마음의 사회학』, 문학동네, 2009.

_____, 「꿈과 사회」, 『사회학적 파상력』, 문학동네, 2016, 197-252쪽.

민족문학연구소 기초학문연군단, 『'조선적인 것'의 형성과 근대문화담론』, 소명, 2007.

심재휘, 『한국 현대시와 시간』, 월인, 2007.

안도현, 『백석 평전』, 교보문고, 2014.

오문석, 『1930년대 문학의 근대성과 자기성찰』, 깊은샘, 1998.

유종호, 「시원 회귀와 회상의 시학‑백석의 시세계1」, 『다시 읽는 한국시인』, 문학동네, 2002, 237‑266쪽.

이경수, 『한국 현대시와 반복의 미학』, 월인, 2005.

이진경, 『근대적 시공간의 탄생』, 푸른숲, 2002.

이필영, 『일제의 식민지배와 일상생활』, 혜안, 2004.

조효원, 『부서진 이름들』, 문학동네, 2013.

최문규, 『파편과 형세』, 서강대학교출판부, 2012.

최성만, 『기억의 정치학』, 길, 2014.

최정례, 『백석 시어의 힘』, 서정시학, 2008.

## 2) 논문 및 평론

강진옥, 「'신성과의 소통방식'을 통해 본 무속의례와 신화의 공간성 연구」, 『비교민속학』 39권, 비교민속학회, 2009, 387 - 438쪽.

고지현, 「발터 벤야민 : 인식론을 통해 바라본 사유이미지」, 『뷔히너와 현대문학』 40, 한국뷔히너학회, 2013, 309 - 334쪽.

고형진, 「백석 시와 판소리의 미학」, 『현대문학이론연구』 21호, 현대문학이론학회, 2004, 5 - 26쪽.

권은선, 「신자유주의 문화상품 - 1990년대를 재현하는 향수/복고 영화와 드라마」, 『영상예술연구』 25권, 영상예술학회, 2014, 35 - 55쪽.

김남시, 「"역사와 기관차", 역사를 보는 발터 벤야민의 시각」, 『비교문학』 제10권 60집, 한국비교문학회, 2013, 183 - 208쪽.

김명근, 「일제하 일상생활의 변화와 그 성격에 관한 연구 : 경성의 도시공간을 중심으로」, 연세대학교 박사학위 청구논문, 1999.

김문주, 「백석 문학 연구의 현황과 문학사적 균열의 지점」, 『비평문학』 54호, 한국비평문학회, 2013, 81 - 109쪽.

김신정, 「백석 시에 나타난 '차이'에 대하여」, 『한국시학연구』 34, 한국시학회, 2012, 9 - 40쪽.

김영범, 「백석 시에 나타난 '슬픔'의 의미」, 『한국문학이론과 비평』 제40집, 한국문학이론과 비평학회, 2008, 251 - 278쪽.

김은석, 「백석 시의 '무속성'과 식민지 무속론 : 백석 시의 '무속적 상상력; 재고」, 『국어국문학』 48, 국어국문학회, 2010, 2, 115 - 137쪽.

김응교, 「문학연구 방법론의 재검토 - 지역연구와 한국문학, 문화연구와 한국문학 : 백석 시 <가즈랑집>에서 평안도와 샤머니즘 - 백석의 시 연구(2)」, 『현대문학의 연구』 27권, 한국문학연구학회, 2005, 65 - 93쪽.

김요한, 「1920년대 미신타파운동연구 : <동아일보>를 중심으로」, 한남대학교 일반대학원, 2007.

김재용, 「만주 시절의 백석과 현대성 비판」, 『만주연구』 제14집, 만주학회, 2012, 161 - 184쪽.

김정수, 「백석 시의 아날로지적 상응 연구」, 『국어국문학』 114집, 국어국문학회, 2006, 346 - 361쪽.

_____, 「백석 시에 나타난 슬픔의 의미와 성격」, 『어문연구』 142호, 한국어문교육연구회, 2009, 319 - 339쪽.

_____, 「백석 시에 나타난 공동체의 성격과 그 의미」, 『대동문화연구』 66권, 성균관대학교 대동문화연구원, 2009, 449 - 470쪽.

김춘식, 「시적 표상공간의 장소성 : 백석을 중심으로」, 『한국문학연구』 43, 동국대학교 한문
　　　학연구소, 2012, 12, 365 - 396쪽.

김홍중, 「문화적 모더니티와 역사시학」, 『경제와사회』 70, 비판사회학회, 2006, 89 - 110쪽.

나명순, 「백석 시 연구」, 고려대학교 대학원 박사학위논문, 2004.

남기혁, 「백석의 만주시편에 나타난 '시인'의 표상과 내면적 모럴의 진정성」, 『한중인문학연
　　　구』 제39집, 한중인문학연구, 95 - 126쪽.

류중렬, 「일제 강점기의 '금 모티프' 소설 연구(1) 김유정 소설을 중심으로」, 『외대어문논집』
　　　13권, 부산외국어대학교 어문학연구소, 1998, 151 - 166쪽.

류지연, 「백석 시의 시간과 공간의식 연구」, 명지대학교 대학원 박사논문, 2002.

박설호, 「발터 벤야민의 '아우라' 개념에 관하여」, 『브레히트와 현대연극』 9권, 한국브레히트
　　　학회, 2001, 128 - 146쪽.

박숙자, 「근대적 감수성의 탄생 : '조선적 감정'이라는 역설」, 『현대문학이론연구』 29권, 현
　　　대문학이론학회 2006, 49 - 63쪽.

박순원, 「백석 시의 시어 연구, 시어 목록의 고빈도 어휘를 중심으로」, 고려대학교 국어국문
　　　학과 박사학위논문, 2007.

방민호, 「삶과 역사 사이에 놓인 길 - 안도현론」, 『시와시학』, 시와시학사, 1996년 봄호,
　　　1996. 203 - 218쪽.

배주영, 「1930년 만주를 통해 본 식민지 지식인의 욕망과 정체성」, 『한국학보』 112, 일지사
　　　(한국학보), 2003, 35 - 57쪽.

소래섭, 「백석 시에 나타난 음식의 의미 연구」, 서울대학교 박사학위논문, 2008.

＿＿＿, 「백석 시에 나타난 감정과 언어의 관련 양상」, 『한국시학연구』 제 31호, 한국시학회,
　　　2011, 35 - 60쪽.

＿＿＿, 「1930년대 문학에 나타난 "나라"의 의미 - 백석의 경우」, 『현대문학의연구』 49권,
　　　한국문학연구학회, 2013, 85 - 112쪽.

신범순 「현대시에서 전통적 정신의 존재형식과 그 의미 - 김소월과 백석을 중심으로」, 『국
　　　어교육』 96, 한국국어교육연구회, 423 - 454쪽.

신용목, 「백석 시의 현실인식과 미적 대응」, 고려대학교 박사논문, 2013.

신주철, 「백석의 만주체류기 작품에 드러난 가치 지향」, 『국제어문』 45, 국제어문학회, 2009,
　　　251 - 277쪽.

신철규, 「백석 시의 비유적 표현과 환유적 상상력」, 『어문논집』 63호, 민족어문학회, 2011,
　　　363 - 389쪽.

＿＿＿, 「백석의 기행시편 구조 연구」, 『민족문화논총』 48권, 영남대학교 민족문화연구소,
　　　2011, 319 - 353쪽.

심혜련, 「발터 벤야민의 아우라 개념에 관하여」, 『시대와철학』 12권 1호, 한국철학사상연구

회, 2001, 145 - 176쪽.

안상원, 「백석 시의 알레고리 연구」, 『한국문예창작』 36, 한국문예창작학회, 2016, 39 - 61쪽.

여태천, 「풍부한 기억, 빈곤한 사유, 그리고 현실 : 백석론」, 『한국근대문학연구』, 2권 2호, 근대문학회, 2001, 159 - 190쪽.

유종호, 「한국의 페시미즘 - 운명론의 계보 <상>」, 『현대문학』 195호, 현대문학사, 1961, 188 - 195쪽.

유성호, 「백석 시의 세 가지 영향」, 『한국근대문학연구』 제17호, 한국근대문학회, 2008, 7 - 31쪽.

윤대석, 「1940년대 '만주'와 한국문학자」, 『한국학보』 118, 일지사(한국학보), 2005, 130 - 150쪽.

이경수, 「현대시의 반복 기법과 언술구조」, 고려대학교 박사논문, 2003.

_____, 「1930년대 후반기 시에 나타난 '가난'의 의미 - 백석과 이용악의 시를 중심으로」, 『현대문학의 연구』 32호, 한국현대문학회, 2007, 153 - 180쪽.

_____, 「백석의 기행시편에 나타난 장소의 심상지리」, 『민족문화연구』 53권, 고려대학교 민족문화연구소, 2010, 359 - 400쪽.

_____, 「백석 시 전집 출간 및 어석 연구의 현황과 과제」, 『한국근대문학연구』 27, 한국근대문학회, 2013, 67 - 97쪽.

_____, 「백석 시에 나타난 '마음'의 형상화 방식과 의미」, 『한국시학연구』 제38호, 한국시학회, 2013, 147 - 178쪽.

이광호, 「백석 시의 서술 주체와 시선 주체」, 『어문론총』 제58호, 한국문학언어학회, 2013, 331 - 348쪽.

이근화, 「1930년대 시에 나타난 식민지 조선어의 위상 : 김기림·정지용·이상을 중심으로」, 고려대학교 박사논문, 2008.

이기성, 「초연한 수동성과 '운명'의 시쓰기 - 1930년대 후반 백석 시의 자화상」, 『한국근대문학연구』 제17호, 한국근대문학회, 2008.4, 33 - 64쪽.

이동순, 「문학사의 영향론을 통해서 본 백석의 시」, 『인문연구』 제18권 1호, 1996, 영남대학교 인문과학연구소, 69 - 100쪽.

이소연, 「백석 시에 나타난 기억의 구현 방식」, 『한국문학이론과비평』 제53집, 한국문학이론과비평학회, 2011, 95 - 116쪽.

이숭원, 「백석 시 연구의 현황과 전망」, 『한국시학연구』 제34호, 한국시학회, 2012, 99 - 132쪽.

이승원, 「20세기 초 위생담론과 근대적 신체의 탄생」, 『문학과경계』 1, 문학과경계사, 2001, 200 - 217쪽.

_____, 「근대계몽기 서사물에 나타난 '신체' 인식과 그 형상화에 관한 연구」, 인천대학교 국어국문학과 석사학위논문, 2001.

이창남, 「발터 벤야민의 언어이론적 인식론과 독서 개념」, 『독일문학』 92집, 232 - 252쪽.

_____, 「벤야민의 인간학과 매체이론의 상관관계」, 『독일언어문학』 35집, 2007, 217 -

240쪽.

이철주, 「백석 시의 '전통성'에 대한 비판적 읽기 - '기억의 방식'에 대한 고찰을 중심으로」, 제6회 세계한국학대회 학술발표자료집(한국전통의 변모 : 과거와 현재) 한국학중앙 연구회 주최, 2012. 9.25 - 26.

이홍섭, 「근대성과 기억 : 발터 벤야민과 T.S. 엘리엇」, 『T.S. 엘리엇 연구』 20편 2호, 139 - 170쪽.

이휘재, 「기억을 통한 역사 다시쓰기 : 이창래의 『제스처 인생』 분석」, 『현대영미소설』 20권 2호, 한국현대영미소설학회, 2013, 99 - 127쪽.

임종욱, 「한국 부 문학연구 시론 - 장르적 접근과 내용상의 구분을 중심으로」, 『동악어문학』 36, 동악어문학회, 2000, 415 - 435쪽.

정끝별, 「현대시에 나타난 알레고리의 특징과 유형」, 『한국문학이론과 비평』 21, 한국문학이 론과 비평학회, 2003, 306 - 332쪽.

정윤자, 「'싶다', ' - 고프다'의 쓰기와 사전 처리 문제 고찰」, 『어문연구』 80, 어문연구학회, 2014, 55 - 77쪽.

정의진, 「발터 벤야민의 알레고리론의 역사 시학적 함의」, 『비평문학』 41호, 한국비평문학 회, 2011, 387 - 423쪽.

조혜진, 「1930년대 모더니즘 시의 타자성 연구」, 성신여자대학교 대학원 박사학위논문, 2007.

최성만, 「역사인식의 방법으로서 '기억하기' - 벤야민의 『1900년 경 베를린의 유년시절』」, 『독일어문화권연구』 15권, 서울대학교 독일어문화권연구소(구 서울대학교 독일학 연구소, 2006, 313 - 334쪽.

_____, 「발터 벤야민의 몇 가지 신학적 모티프에 관하여」, 『인문학연구』 44집, 2012, 7 - 40쪽.

_____, 「벤야민 횡단하기 Ⅰ」, 『문화과학』 44, 문화과학사, 2005, 249 - 261쪽.

_____, 「벤야민 횡단하기 Ⅱ」, 『문화과학』 47, 문화과학사, 2006, 373 - 387쪽.

_____, 「벤야민 횡단하기 Ⅲ」, 『문화과학』 48, 문화과학사, 2006, 251 - 269쪽.

_____, 「벤야민 횡단하기 Ⅵ」, 『문화과학』 49, 문화과학사, 2007, 237 - 269쪽.

_____, 「역사인식의 방법으로서 기억하기」, 『독일어문화권연구』 15, 서울대학교독일어문화 권연구소, 2006, 313 - 334쪽.

최정례, 「백석 시의 근대성 연구」, 고려대학교 박사논문, 2005.

하상일, 「백석의 지방주의와 향토」, 『한민족문화연구』 43, 한민족문화학회, 2013, 109 - 133쪽.

한경희, 「백석 기행시 연구 - 유랑의 여정과 장소 배회」, 『한국시학연구』 7권, 한국시학회, 2002, 267 - 291쪽.

한수영, 「감각과 풍경: 백석 시에 나타난 감각의 특징」, 『현대문학이론연구』 47, 현대문학이 론학회, 2011, 371 - 391쪽.

_____, 「백석 시 연구」, 이화여자대학교 석사학위논문, 1990.

홍경실, 「베르그손과 메를로 - 퐁티의 우리 몸에 대한 이해 비교」, 『철학』 95호, 한국철학회, 2008, 91 - 114쪽.

홍준기, 「변증법적 이미지, 알레고리적 이미지, 멜랑콜리 그리고 도시 : 벤야민 미학에 관한 정신분석학적 고찰」, 『라깡과 현대문학』 10권 2호, 2008, 27 - 53쪽.

황종연, 「1930년대 古典復興運動의 文學史的 意義」, 『한국문학연구』 11권, 동국대학교 한국문학연구소, 1988, 217-260쪽.

황화상, 「"있다"의 의미 특성과 품사, 그리고 활용」, 『한말연구』 33호, 한말연구학회, 2013, 379 - 403쪽.


## 3. 외국저서

정화열, 『몸의 정치와 예술, 그리고 생태학』, 이동수 외 옮김, 아카넷, 2005.

한병철, 『피로사회』, 김태환 옮김, 문학과지성사, 2012.

_____, 『시간의 향기』, 김태환 옮김, 문학과지성사, 2013.

유아사 야스오(湯淺泰雄), 『몸과 우주』, 이정배, 이한영 옮김, 지식산업사, 2004.

알라이다 아스만(Assmann., Aleida), 『기억의 공간』, 변학수 외 2인 옮김, 경북대학교출판부, 2003.

조르주 바타이유(Bataille., Georges), 『어떻게 인간적 상황을 벗어날 것인가』, 조한경 옮김, 문예출판사, 1999.

지그문트 바우만(Bauman., Zygmunt), 『액체근대』, 이일수 옮김, 강, 2005.

_____, 『쓰레기가 되는 삶들』, 정일준 옮김, 새물결, 2008.

_____, 『고독을 잃어버린 시간』, 조은평, 강지은 옮김, 동녘, 2012.

발터 벤야민(Benjamin., Walter), 『일방통행로』(선집1), 김영옥, 윤미애, 최성만 옮김, 길, 2007.

_____, 『기술복제시대의 예술작품 / 사진의 작은 역사 외』(선집2), 최성만 옮김, 길, 2007.

_____, 『1900년대 베를린의 유년시절 베를린 연대기』(선집3), 윤미애 옮김, 길, 2007.

_____, 『보들레르의 작품에 나타난 제2정기의 파리/보들레르의 몇 가지 모티프에 관하여 외』(선집4), 김영옥, 황현산 옮김, 길, 2010.

_____, 『역사의 개념에 대하여/폭력비판을 위하여/초현실주의를 위하여 외』(선집5), 최성만 옮김, 길, 2008.

_____, 『언어 일반과 인간의 언어에 대하여 번역자의 과제 외』(선집6), 최성만 옮김,

길, 2008.

_____, 『파리의 원풍경』(아케이드 프로젝트1), 조형준 옮김, 새물결, 2008.

_____, 『보들레르의 파리』(아케이드 프로젝트2), 조형준 옮김, 새물결, 2008.

_____, 『도시의 산책자』(아케이드 프로젝트3), 조형준 옮김, 새물결, 2008.

_____, 『방법으로서의 유토피아』(아케이드 프로젝트4), 조형준 옮김, 새물결, 2008.

_____, 『부르주아의 꿈』(아케이드 프로젝트5), 조형준 옮김, 새물결, 2008.

_____, 『아케이드 프로젝트의 탄생』(아케이드 프로젝트6), 조형준 옮김, 새물결, 2008.

_____, 『독일 비애극의 원천』, 최성만, 김유동 옮김. 한길사, 2009.

_____, 『서사, 기억, 비평의 자리 / 프리드리히 휠덜린 / 요한 페터 헤벨 / 고트프리트
켈러 / 카를 크라우스 / 마르셀 프루스트 / 폴 발레리 니콜라이 레스코프 외』(선집9),
최성만 옮김, 길, 2012.

_____, 『괴테의 친화력』(선집10), 최성만 옮김, 길, 2012.

수잔 벅 모스(Buck‑Morss., Susan), 『발터 벤야민과 아케이드 프로젝트』, 김정아 옮김, 문학
동네, 2004.

질 들뢰즈(Deleuze., Gilles), 『프루스트와 기호들』, 서동욱, 이충민 옮김, 민음사, 2004.

Finnegan, Ruth., *Oral poetry : its nature, significance, and social context*, Cambridge ; New York
: Cambridge University Press, 1979, c1977.

지그문트 프로이트(Freud., Sigmund), 「늑대인간 - 유아기 신경증에 관하여」, 『늑대인간』, 김
명희 옮김, 열린책들, 2003, 197 - 341쪽.

_____, 『정신분석 강의』, 임홍빈, 홍혜경 역, 열린책들, 2003.

돈 아이디(Ihde, Don), 『소리의 현상학』, 박종문 옮김, 예전사, 2006, 128 - 129쪽.

라인하르트 코젤렉(Koselleck., Reinhart), 『지나간 미래』, 한철 옮김, 문학동네, 1998,

데트레프 쉐트커(Schöttker., Detlev), *Erinnern, Benjamins Begriffe*, Opitz, Michael., Wizisla,
Erdmut. Frankfurt am Main : Suhrkamp, 2000, pp.260 - 298.

이 푸 투안(Tuan., Yi‑fu), 『공간과 장소』, 구동회·심승희 옮김, 대윤, 1995.

브라이언 터너(Turner., Bryan S), 『몸과 사회』, 임인숙 옮김, 몸과마음, 2002.

슬라보예 지젝(Žižek., Slavoj), 『당신의 징후를 즐겨라!』, 주은우 옮김, 한나래, 1997.

**안상원**

이화여자대학교 국어국문학과를 졸업하고 동대학원에서 문학박사학위를 받았다. 서울
과학기술대학, 한신대학, 이화여자대학에서 강의 후 현재 부산외국어대학 만오교양대
학에서 조교수로 재직 중이다. 문화적 기억의 변용, 대중문화에 관심을 두고 있다.
기억 관련 연구로는 「백석 시의 알레고리 연구」, 「김명인 시의 기억과 회상양상 연구」,
대중문화 관련 연구로는 「응답하라 시리즈에 나타난 기억회상과 시청자의 수용욕망
연구」, 「웹툰 연구의 현황과 전망 - 인문사회영역을 중심으로」 등이 있다.

## 백석 시의 '기억'과 구원의 시쓰기

**초  판 1쇄 발행** 2018년  2월 28일
**초  판 2쇄 발행** 2018년  9월 27일
**저  자** 안상원
**펴낸이** 이대현
**편  집** 박윤정
**디자인** 안혜진
**펴낸곳** 도서출판 역락 | **등록** 제303-2002-000014호(등록일 1999년 4월 19일)
**주  소** 서울시 서초구 동광로46길 6-6 문창빌딩 2층
**전  화** 02-3409-2058(영업부), 2060(편집부) | **팩시밀리** 02-3409-2059
**홈페이지** http://www.youkrackbooks.com
**블로그** http://blog.naver.com/youkrack3888
**전자우편** youkrack@hanmail.net
**ISBN** 979-11-6244-111-4 93810

* 이 도서의 국립중앙도서관 출판예정도서목록(CIP)은 서지정보유통지원시스템 홈페이지(http://seoji.nl.go.kr)와
  국가자료공동목록시스템(http://www.nl.go.kr/kolisnet)에서 이용하실 수 있습니다. (CIP제어번호: CIP2017033838)